古漢語字義反訓探微

葉鍵得著

臺灣學生書局印行

《古漢語字義反訓探微》再版序

　　本書初版於民國九十二年五月，係筆者自民國八十三年發表〈論郭璞的反訓觀念及其舉例——兼論反訓是否存在〉一文後，歷經多年來對反訓研究之結集，舉凡反訓之名稱、起源、界義、成因、類型、演進等，皆作深入之探討，再三之推敲，董理成篇，提出己見，堪稱完整而有系統，博採而能得中。惟因付梓倉促，魚魯之謬不免，爰重加校正，仍由臺灣學生書局出版。

　　本書為海峽兩岸對於反訓綜合研究之首本專著，頗受學者關注，惟筆者才疏學淺，凡所論述，或見遺漏，尚祈博雅君子，不吝指正！

民國九十四年歲次乙酉九月

葉鍵得　序於

臺北市立教育大學語文教育學系

目　錄

《古漢語字義反訓探微》

【摘要】

　　在古漢語中，有一種特殊的現象，即有些詞語按常用意義去理解不可通，但若從與常用意義相對或相反的角度去理解，則文意通暢。例如：《尚書・虞書・皋陶謨》：「愿而恭，亂而敬。」《論語・泰伯篇》：「武王曰：予有亂臣十人。」「亂」字都必須解爲「治」，文意才能通暢，於是形成詞語含有正反兩種意義，這種字義反訓現象，訓詁學上稱之爲「反訓」。

　　一般學者都以爲，「反訓」源自於東晉郭璞。郭氏在《方言》卷二：「逞、苦、了，快也。自山而東或曰逞，楚曰苦，秦曰了」條下注云：「苦而爲快者，猶以臭爲香，亂爲治，徂爲存，此訓義之反覆用之是也。」又於《爾雅・釋詁》：「徂、在，存也」條下注云：「以徂爲存，猶以亂爲治，以曩爲曏，以故爲今，此皆詁訓義有反覆旁通，美惡不嫌同名。」其後，自唐迄今，歷代皆有學者論及此一問題，尤其在一九八〇年，徐世榮氏發表〈反訓探源〉一文後，許多學者紛紛發表論文，形成極熱烈的場面。然而他們，有贊成者，有不贊成者，也有質疑者，堪稱眾說紛紜，莫衷一是。

　　本書之作，乃就字義反訓諸項議題，如：名稱、來源、性質、是否存在、起因、類型、例證等問題，作全面、深入之剖析與探討，從而提出筆者的看法。

　　本書分七大章，第一章緒論。又分四小節：第一節古漢語字義反訓釋義。說明字義反訓爲訓詁義方式之一，源自晉代郭璞，其後歷代學者如孔穎達、洪邁、賈昌朝……等人皆有論及，提出各種用

語與例證。諸家中僅錢大昕、劉淇有「反訓」之名，經剖析之後，其含意與郭璞的「字義反覆用之」相同，與後世所謂字義相反爲訓則不同。然而「約定俗成」，此一「反訓」已成爲訓詁的專門術語。字義反訓則屬較寬廣的內涵。第二節反訓與相關術語之比較。比較字義與反訓的不同，比較反訓與反義詞、反語、倒辭、倒語、倒言、反用不同。第三節反訓與訓詁學之關係。分別列舉傳統訓詁學及現代語言學有論及反訓之專論，以明反訓爲訓詁學、語言學的內容，顯示他們密切的關係。第四節字義反訓研究現況，列舉歷代論及字義反訓的學者，並分臺灣地區、大陸地區、香港地區三部分，介紹學者專著及單篇論文內容，從而提出反訓十項議題。

　　第二章反訓觀念之源起。又分爲四小節。第一節郭璞與字義反訓之關係。臚列學者認爲反訓始自郭璞之說。第二節郭璞之生平與著作，扼要敘述郭氏生平，列舉其著作。郭氏著作以訓詁方面最多，貢獻也最大。第三節郭璞之反訓觀念。就郭氏「訓義之反覆用之」、「義相反而兼通」、「詁訓義有反覆旁通」、「美惡不嫌同名」等用語探討，說明郭氏僅是指兩字字義往來相通而已，與後世所言反訓者不同，然而此一觀念，已深植後世學者心中，於是「反訓」便成爲訓詁學的術語了。第四節檢視郭璞所舉六例。就郭氏所舉「苦而爲快」、「以臭爲香」、「以亂爲治」、「以徂爲存」、「以曩爲曏」、「以故爲今」六例，列舉學者贊成、不贊成，或質疑之意見，並加以評論，再提出筆者看法。第三節小結，以爲除「以臭爲香」爲「美惡同辭」、「以亂爲治」爲詞義反向引申所形成之反訓，其餘四例則皆非反訓。

　　第三章反訓之界義。又分三小節。第一節辭典所見「反訓」條之界義。列舉語言學、漢語教學辭典及一般辭典，計十三種，所列「反訓」界義，以爲參考。第二節諸家所論反訓界義。歸納、列舉董璠等廿六位學者所下反訓界義。第三節小結。就上二節所列界義，加以評論，並提出筆者反訓界說：古漢語因詞義反向引申形成反義

共詞，或因詞義內在對立關係形成一詞兼正反二義之詞彙訓詁現象，皆稱之為反訓。

第四章郭璞以後字義反訓觀念之演進。又分三小節、第一節唐代至清代。製表列舉唐代至清代學者之著作、論證用語、舉例，並加案語。後者，則分贊成派與否定派，詳細列舉學者論說。第三節小結。就上二節學者論說加以評論、歸納，從而提出學者有共識者為「字義反申」及「一詞兼正反二義」，加上否定派也有類似主張，本書爰以為反訓客觀存在。

第五章反訓之成因與類型。又分三小節。第一節學者論說。列舉董璠等廿一家之論說，包括明確舉出類型者；或只述成因，未標明類型者；或部分涉及類型者，一併列舉之。第二節反訓之成因與類型討論。從區別郭璞訓義反覆旁通之觀念與後世所謂反訓之不同、傳統訓詁學觀點、現代語言學角度等端予以討論，去除非形成反訓之成因與類型，最後僅餘「施受反訓」、「內含反訓」與「引申反訓」三種，同時又將前二者併成「正反同詞」一類。第三節小結。筆者以為反訓之類型可分為正反同詞與引申反訓二種：正反同詞，是一詞兼正反二義；引申反訓有義本相因，引申而形成正反二義與詞義反向引申而形成正反二義兩種。

第六章現代漢語與外語一詞兼正反二義之現象，又分二小節。第一節現代漢語一詞兼正反二義之現象，舉華語、閩南語一詞兼正反二義之例，指出皆為語用，不能視作反訓。第二節外語一詞兼正反二義之現象：舉日語、英語、俄語等外國語文，亦有一詞兼正反二義之例，此為語言共通現象，非中國語言所獨有。

第七章結論。又分三小節。第一節古漢語字義反訓問題應予正視。第二節本書研究結果。分名稱、郭璞用語與例證、歷代學者研究反訓、反訓界義、反訓之成因與類型、字義反訓與相關詞彙之比較、現代漢語一詞兼正反二義現象、外語中一詞兼正反二義現象等

八端提出研究結果。第三節反訓之改造。以爲反訓爲特殊之訓詁現象，爲客觀存在之事實，應予以研究，然亦可從字音與字形等方法予以改造，以減少其弊。

　　書末附錄本書主要參考書目。

第一章　緒論

第一節　古漢語字義反訓釋義

訓詁學中有一種「字義反訓」，爲訓詁義訓方式之一。

所謂義訓，乃指字義之解釋不以字音或字形爲訓，只求說明其相當之意義者。

「字義反訓」有以爲係古代比較特殊字義訓解之現象，爲客觀存在之事實；有以爲非古人訓解之方法，不可成立，蓋繫於詮釋之不同，而有不同之論斷。本書擬針對此一問題作深入探究，以期獲得較客觀之看法。茲先就其名稱與含義予以分析。

早在先秦時期，《墨子・經上》即有「已，成；亡」之辭，「已」字有「成」與「亡」二義，而「成」與「亡」二義卻相反，此即一字兼含二義之例，可稱之爲「字義反訓」。惟《墨子》只有成例，未有「字義反訓」之名。

一般人以爲，字義反訓源自晉代郭璞，蓋因郭氏於《爾雅注》、《方言注》中有「苦而爲快者，猶以臭爲香，亂爲治，徂爲存」、「肆既爲故，又爲今，今亦爲故，故亦爲今」、「以徂爲存，猶以亂爲治，以曩爲曏，以故爲今」諸例，然而郭氏只用「訓義之反覆用之」、「義相反而兼通」、「詁訓義有反覆旁通」等語詞說明，未曾有「字義反訓」用語，後人未予以明察，竟展轉衍成「字義反訓」、「反訓」等語詞，與郭璞原意頗不相同。

郭璞之後，唐代孔穎達疏《尙書・盤庚》，有「臭是氣之別名，古者香氣穢氣皆名爲臭」之語，「臭」字有「香氣」與「穢氣」二義，此二義相反，亦即有「字義反訓」之情況，孔氏亦無「字義反訓」

或「反訓」之名。

　　此後，諸家於字義反訓有諸多不同之語辭，茲列表如下：

用　　　　　　　　語	學　者	著　　　　　作
（五經）字義相反	洪　邁	《容齋隨筆》卷十一
美惡相反	賈昌朝	《群經音辨》
（辭）無美惡	李　治	《敬齋古今黈》卷二
（古人文字有）極致之詞		
（古文多）倒語	楊　慎	《丹鉛總錄》卷十一
	焦　竑	《筆乘》卷六
二字相反	郝懿行	《爾雅義疏》
義取相反		
美惡不嫌同辭	俞　樾	《古書疑義舉例》卷三
兼善惡之辭		
義異而同（字）	段玉裁	《說文解字注》
正反兩義		
相反而相成		
一字兼兩義	鄧廷楨	《雙硯齋筆記》卷四
（古人用字往往以）相反爲義		
相反爲義	黃季剛	《文字聲韻訓詁筆記》
一字兩訓義相反而實相同		
一字兩訓而反覆旁通		
（義）相反而實相因	王念孫	《廣雅疏證》
一字兩訓而反覆旁通		
義相反		《讀書雜志》卷三
	陳獨秀	《字義類例反訓第四》
誼相對相反	章太炎	《小學答問·轉注假借說》
訓詁相反		

兩誼相反之字	朱駿聲	《小學識餘》卷五
兩義相反		《說文通訓定聲》
二義有相反	劉師培	《古書疑義舉例補》卷三
同一字而義相反		《小學發微補》
正名詞同於反名詞		
相反爲訓	陳玉澍	《爾雅釋例》
施受同辭	楊樹達	《古書疑義舉例續補》
反訓	錢大昕	《潛研堂答問》
	劉 淇	《助字辨略・自序》

由此表可知，諸家用語固有同異，然多異名而同實者，與字義反訓、字義兼正反二義有關。由諸家用語中可知：

1.王念孫「一字兩訓而反覆旁通」、俞樾「美惡不嫌同辭」，蓋本郭璞之用語。

2.洪邁「字義相反」；鄧廷楨、黃季剛「相反爲義」、段玉裁「正反兩義」；劉師培「二義有相反」、「同一字而義相反」；朱駿聲「兩義相反」；章太炎「誼相對相反」等人用語僅說明字義相反而已。

3.段玉裁「一字兼兩義」、黃季剛「一字兩訓義相反而實相因」、王念孫「（義）相反而實相因」，已提出一字兼有兩義之事實，黃、王二氏更指出此一字兼兩義，雖「相反」，但有「相因」之關係。

4.陳玉澍「相反爲訓」、章太炎「訓詁相反」，已有較明顯之訓詁術語。

5.錢大昕、劉淇逕用「反訓」之名。

在諸家中錢大昕、劉淇二氏有「反訓」之稱，含義又爲何？分析如下：

錢大昕《潛研堂答問》云：

　　窒本塞，反訓爲空，猶亂之訓治，徂之訓存也。

　　錢氏所用之「反訓」二字，只是敘例，且由所譬喻「亂訓治」「徂訓存」之例觀之，此「反訓」仍本郭璞。

　　劉淇於《助字辨略》之「自序」，舉訓釋之例凡六，其云：

　　　曰正訓，曰反訓，曰通訓，曰借訓，曰互訓，曰轉訓。

又云：

　　　反訓，如故訓今，方訓向是也。❶

就其字面觀之，不僅有反訓之名，更有反訓之例，其是否為後世字義相反之反訓？試觀劉氏所舉「方訓向」之例，其云：

　　　……又張平子〈南都賦〉：「方今天地之睢剌，帝亂其政，豺
　　　虎肆虐，真人革命之秋也。」李善云：「《漢書音義》：方，向
　　　也，謂高祖之時，《倉頡篇》云：今，時辭也，謂光武。」愚
　　　案：方今猶云向時，不必以向屬高，以今屬光。方今得為向
　　　時者反訓也。《爾雅》訓肆為故今，訓徂為在存。郭注云：「肆
　　　既為故，又為今，今亦為故，故亦為今，此義相反而兼通。」
　　　又云：「以徂為存，猶以亂為治，以囊為曏，以故為今，此皆
　　　詁訓義有反覆旁通，美惡不嫌同名也。」❷

茲列表比較郭璞、劉淇二氏之用語與例證：

項目 人名	用語	例證
郭璞	此義相反而兼通	肆既為故，又為今 今亦為故，故亦為今
	此皆詁訓義有反覆旁通 （美惡不嫌同名）	以徂為存，猶以亂為治，以 囊為曏，以故為今
劉淇	反訓	方，向也 （方今猶云向時）

　　由此表可以剖析：

　　1.劉氏云：「方今猶云向時」，又云：「方今得爲向時者反訓也。」
知「方今」與「向時」意相反。

　　2.劉氏有「反訓」之名。

　　3.劉氏引郭璞之例證與用語，其意蓋謂「方今」與「向時」，與
郭璞之例證、用語性質相同。

　　由此，吾人可知劉氏所云「反訓」，仍屬郭璞「詁訓義有反覆旁
通」、「此義相反而兼通」之內涵。

　　郭璞舉例似有字義反訓，但強調訓義「反覆用之」、「兼通」、「反
覆旁通」，惟其本人並無「字義反訓」之用語，亦無「反訓」之稱。
孔穎達固稱「臭」有「香氣」、「穢氣」二義，亦未言「字義反訓」。
洪邁之後，諸家已提出「字義相反」、「正反兩義」、「一字兼兩義」、
「同一義而義相反」之用語，說明字義相反；更有「相反而實相因」、
「相反而相成」，說明其關係；「相反爲訓」、「訓詁相反」，則有較明
顯之訓詁術語。至於「反訓」，與郭璞之理念不同。

　　「字義反訓」，如只就字面而言，指某字之含義與某字相反，只
是客觀、表面之現象，不須考慮是否共時、歷時，或是否就文訓解，
只是一種稱述而已；但如就古籍訓解，就文辭釋義時，某字之訓解
與此字字義相反，此種字義反訓，就屬訓詁學之範疇與工作。

　　「字義反訓」之含義如此，與後世訓詁專論之「反訓」有何異
同？《荀子・正名篇》云：

> 名無固宜，約之以命，約定俗成謂之宜，異於約則謂之不宜。
> 名無固實，約之以命實，約定俗成謂之實名。

所有名稱原本只是「符號」，起初此一符號代表何物，並無一定，此
謂「名無固宜」，其後，經社會「約定俗成」，此一形式之符號，轉
爲有「意義」之內容，變成指某內容之名稱，習以爲常。「反訓」經

「約定俗成」，已成爲訓詁之術語；「字義反訓」則屬較寬廣之內涵。

【注釋】

❶見劉淇《助字辨略》，頁五三。

❷仝注❶。

第二節　反訓與相關術語之比較

一、字義反訓與反訓

　　字義反訓，純就字面言，就是一字之含義與該字相反。但如就古代文獻之文辭訓釋，有訓解與該字含義相反時，亦稱作字義相反，已屬特定之範疇與用語。

　　前文所論錢大昕、劉淇二氏亦有「反訓」用語，其含義實本諸郭璞「反覆旁通」之義。至於後世訓詁學專論中之「反訓」，乃屬專門術語，用以說明詞性之變化、詞義之變遷、詞義訓釋之方式或現象。此蓋約定俗成，而爲訓詁學之通稱。

二、反訓與反義詞

　　反義詞，乃指兩詞意義相反或相對，即構成反義詞。如：大之反義詞爲小、多之反義詞爲少、雌之反義詞爲雄。一般分爲反義、互補、反向三類，茲說明如次：

　　1.反義類——如美與醜、大與小、好與壞、多與少、輕與重、始與終、旦與暮、巧與拙、厚與薄、長與短、晦與朔、本與末、首與尾等。此類之特點爲非Ａ未必Ｂ：非Ａ未必Ｂ，非Ｂ未必Ａ，ＡＢ之詞有非Ａ非Ｂ之中間狀態，如大小——可以有不大不小、好壞——可以不好不壞、輕重——可以不輕不重。反義之二詞，僅是「兩

極」，故又稱「兩極關係」或「極性對立」。圖示如下：

2.互補類——如男與女、雄與雌、是與非、曲與直、得與失、異與同、牝與牡、真與偽、有與無、存與亡、生與死、作與息、行與止、晝與夜等。此類之特點爲非 A 即 B：非 A 必 B，非 B 必 A，無中間狀態之非 A 非 B。如男與女，非男即女，非是即非。又稱「互補關係」。圖示如下：

此類反義詞，區分對象明確肯定，可以一分爲二，無中間模糊狀態。

3.反向類——如東與西、南與北、左與右、買與賣、夫與妻、君與臣、主與客、師與徒、因與果、教與學、問與對、名與實、呼與應、嫁與娶等。此類特點爲 AB 相同，甲對乙來說稱 A，乙對甲來說稱 B。甲賣某物於乙，即乙向甲買某物。以西方爲定點，反向即東方；以東方爲定點，反向即西方。又稱「相對關係」或「反向關係」。圖示如下：

　　以上就反義之「反」予以區別，亦有以音節區分者。先分爲一對一與一對多兩類。

　　一對一，指一個詞對一個詞；一對多，指一個詞可以對兩個或兩個以上之間。又可加「形式平衡」一類，舉例如下：

一一對一：(1)單音節，如：天對地，笑對哭。

　　　　　(2)雙音節，如：勝利對失敗，正確對錯誤。

二一對多：如：失敗對勝利、對成功。

三形式平衡：包括一對一、一對多，亦不論單音節或雙音節。如：

　　　聰明對愚蠢

　　　聰明對蠢

又如：

　　　精對傻

　　　精明對傻

　　本單元字義反訓與反義詞之比較，係就反義關係之「反」分類者。

　　此三類反義詞各有特點，郜政民氏〈反訓淺說〉曾比較反義詞與反訓之不同，其云：

　　　反義詞與反訓的不同，更其清楚。東與西；上與下；左與右；正與反……它反映了人們對於矛盾對立著的客觀事物屬性的認識，屬於含義相反的不同語詞。固然有東必有西，無上便沒有下，沒有左便沒有右等等，但是，我們絕對不能說『東』可解釋爲『西』，『上』可解釋爲『下』，『左』含有『右』的意思。辭書中也找不到這樣的例證。它們之間的關係是各以對方的存在而存在，並不說是說甲包含著乙，或乙蘊含著甲的含義，而是含義相反，各自獨立的兩個不同的反義詞。這

同『予有亂臣十人』的『亂』完全不同。『亂』既指紊亂、雜亂，又有治理、順理之意。含義相反，兩相對立，處在同一的字、詞之中，與反義詞截然不同。所以把上下、左右、正乏視為反訓，是不妥當的，模糊了反義詞與反訓的明確界限。❶

趙克勤氏《古代漢語詞匯學》云：

反訓詞與反義詞有一定的聯繫，不同的是：反義詞是指兩個詞互相之間具有相反或相對的意義；反訓詞則指一個詞具有兩個相反的意義。❷

郗氏所舉反訓，將「予有亂臣十人」之「亂」字，有「紊亂、雜亂」與「治理、順理」含義相反二義。反義詞指兩詞含義相反或相對，二者之不同，甚易區別。

三、反訓與反語

反語有二義：

(一)指兩字合成音。又可分為三類：

　(1)指合兩成音之反音。為我國傳統之注音方式。北齊顏之推《顏氏家訓・書證篇》：「且鄭玄以前，全不解反語；通俗反音，甚會近俗。」

　(2)即指「反切」，為我國傳統注音之方法。以二字相切合，取上一字的聲母，與下一字的韻母與聲調，拼合成一個字的音，稱為某某反，唐以後稱為某某切。如：冬、都宗切，都 tu 取聲母 t，宗 tsuŋ 取韻母 uŋ（平聲），拼成 tuŋ。舊說以為興於魏代孫炎，惟「反切」之語，漢以上即有，非創自孫炎。沈括《夢溪筆談》謂古語已有二聲合為一字者，如不可為叵，何不為盍，如是為爾之例，又應劭注《漢地理志》，有「墊音徒浹反」「（沓）音長答反」之例，足見反

語起於漢末，不始於魏代孫炎也。

以上二類，含義不同，黃季剛先生《文字聲韻訓詁筆記》云：

> 反切雖出於反語，而不同於反語，蓋較反語為謹嚴也。反切
> 特反語之一偏或四之一耳。❸

又云：

> 反語者，反切之初步也。反切有規律，而反語則出入常語間
> 耳。反切為常見字、易識字，而反語則由熟語組成，而自有
> 其文字之本耳。❹

(3)為一種隱語。即以二字先正切，再顛倒相切成另外二字。如
李鄴《切韻考》云：

> 南北朝人作反語，多是雙反，韻家謂之正紐、倒紐。史之所
> 載，如：晉孝武作清暑殿，有識者以清暑反為楚聲，楚聲為
> 清，聲楚為暑也。

「楚聲」合音為「清」，「聲楚」合音為「暑」，「清」與「暑」二字
組成「清暑」。又如：

《水經注》四〈河水〉：

> 民有姓劉名墮者，宿擅工釀，……排於桑落之辰，故酒得其
> 名矣。…自王公庶友，牽拂相招者，每云索郎有顧，思同旅
> 語。索郎，反語為桑落也。

「索郎」合音為「桑」，「郎索」合音為「落」。「桑」與「落」二字
組成「桑落」。

反語、反切含義本殊，其後竟不分，皆指反切而言。倒切作隱
語，則為反切之運用。

(二)為修辭格之一：

　　陳望道氏《修辭學發凡》將修辭方法中之「倒反」分爲「倒辭」與「反語」,「倒辭」見下條所論。「反語」,或稱「說反話」,指使用與本意相反之語詞來表達本意,含有鄙薄、嘲弄、譏刺之意。

《史記‧滑稽列傳》:

> 楚莊王之時,有所愛馬,衣以文繡,置之華屋之下,席以露牀,啗以棗脯。馬病肥死。使群臣喪之,欲以棺槨大夫禮葬之。左右爭之,以爲不可。王下令曰:「有敢以馬諫者,罪至死!」優孟聞之,入殿門,仰天大哭,王驚而問其故。優孟曰:「馬者,王之所愛也。以楚國堂堂之大,何求不得,而以大夫禮葬之,薄!請以人君禮葬之!」

　　優孟謂「請以人君禮葬之」,乃反語,有譏諷之意,馬死,以大夫禮葬之已屬不對,豈可以人君禮葬之?

宋代袁褧《楓窗小牘‧卷上》云:

> 宣和中有反語云:「寇萊公之知人則哲,王子明之將順其美,包孝肅之飲人以和,王介甫之不言所利。」此皆賢者之過,人皆得而見之者也。

「知人則哲」「將順其美」「飲人以和」「不言所利」皆反諷之「反語」。

朱自清〈背影〉:

> 我那時真是聰明過分,總覺得他說話不大漂亮,非自己插嘴不可。但他終於講定了價錢,就送我上車。他給我揀定了靠車門的一張椅子,我將他給我做的紫毛大衣鋪好座位。他囑我路上小心,夜裡要警醒些,不需受涼;又囑託茶房好好照應我。我心裡暗笑他的迂,他們只認得錢,託他們直是白託;而且我這樣大年紀的人,難道還不能料理自己麼?唉!我現

在想想，那時真是太聰明了。

首句「聰明過分」與末句「太聰明了」，為「愚笨」之倒反。朱自清對於父親之關愛，既無法心領神會，又笑父親「迂」，為自我嘲笑之「倒反」。此類反語，必須在特定文辭中，表示相反之義，如離開特定語境，則無法顯示其功能。郗政民氏〈反訓淺說〉一文，曾比較此類反語與反訓之別，其云：

> ……這些表示反語的詞義，只是在特定的上下文中，表示相反的意義，一旦離開特定的語境，這些相反的含義隨之消失，不再構成相反的詞義。也就是說這些詞在同一個形體中，不包含兩個相反的、對立的、相互背戾的含義，而且在古今辭書中，也沒有發現兩個相反的義項，這種現象，應視為反語。……如果某個詞，在特定的語言場所，指的是一種與另一個意義相反的含義，而且辭書中也確立了兩個對立的相反的義項，那麼應看作是反訓。❺

此類反語為修辭手段之運用，講究修辭色彩；反訓則屬訓詁範疇，二者不同。

四、反訓與倒辭

宋文翰氏《國文修辭學》云：

> 倒辭，也叫舛辭。它是使用反面的言辭來表達心中所欲表的正意的辭格。

陳望道氏《修辭學發凡》以為倒辭之形成，或因情難言，或因嫌忌怕說，便將正意用倒頭之語言來表現，但又無嘲弄、諷刺之意。

《史記・滑稽列傳》：

二世立，又欲漆其城。優旃曰：「善，主上雖無言，臣固將請
之。漆城雖於百姓愁費，然佳哉！漆城蕩蕩，寇來不能上，
即欲就之，易為漆耳。顧難為蔭室。」於是二世笑之，以其
故止。

優旃本意在反對漆城，卻稱「佳哉」。可知倒辭仍為修辭手段，與反
訓不同。

五、反訓與倒語

倒語一詞，見楊慎《丹鉛總錄》與焦竑《筆乘》，二氏並謂「古
文多倒語」，楊氏舉例如：亂之為治、擾之為順、荒之為定、臭之為
香、潰之為遂、釁之為祥，結之為解等；焦氏舉例如：息之為長、
辭之為治、擾之為順、荒之為定、臭之為香、潰之為遂、釁之為祥、
結之為解、坐之為跪、浮之為沉、面之為背、糞之為除等。則「倒
語」指字義相反也，類似反訓。

六、反訓與倒言

倒言，指語詞顛倒，如玲瓏倒言則為瓏玲、鬱伊倒言則為伊鬱。
倒言之二字，有雙聲關係。王念孫《廣雅疏證》云：

> 枸簍蓋中高而四下之貌。山顛謂之岣嶁，曲脊謂之痀僂，義與
> 枸簍並相近。倒言之則曰僂句。

倒言與反訓大大不同，由此可見。

七、反訓與反用

反用為修辭手段，蓋類於「倒反」，乃為加強文章表達效果而運
用之技巧。反訓乃訓詁之範圍，二者亦不同。

【注釋】

❶文見《西北大學學報》，哲學社會科學報，1984 年第 4 期。引文見
　頁二二。

❷見趙克勤《古代漢語詞匯學》，頁一六八。

❸見黃季剛《文字聲韻訓詁筆記》，頁一〇四。

❹仝注❸，見頁一四八。

❺仝注❶，見頁二一。

第三節　反訓與訓詁學之關係

甲、從傳統訓詁學專著觀之：

　　在訓詁學專著中，諸家論及相反爲訓，於章節處置可分爲三種：

一、單獨成書者討論者：

　　徐世榮《古漢語反訓集釋》。

二、單獨成章討論者：

　　趙振鐸《訓詁學綱要》，見該書「第十章反訓」。

三、標明附論討論者：

　㈠胡楚生《訓詁學大綱》，見該書「第五章訓詁的方法」中「第五
　　節附論所謂『反訓』」。

　㈡何宗周《訓詁學導論》，見該書「捌、訓詁所施之術」之「乙、
　　互訓」後有「附論反訓」單元。

四、置於章節內討論者：

　㈠齊佩瑢《訓詁學概論》

　　見該書「第三章訓詁的施用方術」之「第十一節義訓」後說明
　　「相反爲訓」之問題。

　㈡林尹《訓詁學概要》

1.見該書「第一章緒論」「第三節訓詁的用途」「㈡明瞭語意的變遷」「㈢轉移式」，林先生以為「還有些字義的轉移，是由於反訓的關係」。❶

2.又見該書「第六章訓詁的條例」「第二節義訓條例」「㈠詮釋一詞之義」「己、相反為訓例」。

㈢應裕康、王忠林、方俊吉《訓詁學》

見該書「第五章訓詁的方法」「第三節義訓－直接釋義的方法」「二、反義訓釋」。

㈣陳伯元《訓詁學》（上冊）

見該書「第四章訓詁之方式」「一、互訓」「㈩以正義釋反義」。

㈤周何《中國訓詁學》

見該書「第九章訓詁的方式」「六、義訓」「4.相反為訓」。

㈥白兆麟《簡明訓詁學》

見該書「第三章訓詁的方法」「第三節直陳詞義」「二、直陳詞義的方式」「2.反義相訓」。

㈦張永言《訓詁學簡論》

見該書「第四章訓詁方式和訓詁用語綜述」「一、訓詁方式」「㈢義訓」「4.反訓」。

㈧楊端志《訓詁學》（上下）

見該書「第五章訓詁的方法（上）」「第十九節義訓」「⑸反訓」。

㈨周大璞主編　黃孝德、羅邦柱分撰《訓詁學初稿》

見該書「第四章訓詁條例」「第一節釋義的方法」「㈢義訓－直陳語義的方法」「⑵反義相訓」。

㈩許威漢《訓詁學導論》

見該書「第三章訓詁的方式」「五、其他」「㈡關於反訓」。

(十一)吳孟復《訓詁學通論》

1.見該書「第一講訓詁及其歷史」「第四節訓詁的歷史與經驗」

　　「一、先秦時期」「注意詞義的通別與反訓」。

　　2.又見該書「第三講訓詁與詞氣、文法」「第二節必須分清詞
　　　之虛實及詞義通別」「二、注意分清詞義的區別與相通」「注
　　　意詞義的反覆旁通」。

㈡齊沖天《訓詁學教程》

　　見該書「三、義訓」「2.論同義詞相訓」。❷

㈢劉成德《簡明訓詁學》

　　見該書「第三章訓詁的術語和方法」「第四節訓詁的方法(下)
　　－義訓」「2.反義相訓」。

㈣陸宗達、王寧《訓詁與訓詁學》

　　見該書「甲編訓詁方法論」「談比較互證的訓詁方法」「詞義
　　引申是一種有規律的運動」「五、反正的引申」。

㈤陳煥良《訓詁學概學》

　　見該書「第六章訓詁的方法」「三、義訓－直陳詞義」「(4)反
　　訓」。

㈥孫永選、闞景忠、季雲起《訓詁學綱要》

　　見該書「第二章訓詁方法」「第三節義訓」「二、義訓的類型」
　　「2.反義詞相訓」。

㈦路廣正《訓詁學通論》

　　見該書有二處論反訓：一處見該書「第二章訓詁學與諸相關學
　　科的關係」「第五節訓詁學與修辭學」；一處見「第三章訓詁的
　　條例與方式」「第一節訓詁的條例」「三、義訓」「㈠詮釋一
　　詞之義」「六曰相反為訓」。

㈧孫雍長《訓詁原理》

　　見該書「第四章詞義的變化」「二、促使詞義變化的因素」「㈠
　　從語言外諸因素看詞義的變化」「1.社會客觀因素」「(3)關於
　　『反訓』」。

(九)邱德修《新訓詁學》

　　見該書「第七章訓詁構成的方式」「第二節互訓」「四、互訓
　　釋例」「12.以正義釋反義」。

(十)宋永培《當代中國訓詁學》

　　見該書「第四章當代中國訓詁學的基本原則」「第二節以清代
　　學術研究的輝煌成就為起點」，介紹段玉裁《說文解字注》詞義
　　引申規律。

(三)徐興海《廣雅疏證》研究

　　見該書「第五章與詞義轉移相關的訓詁方法」「四、反訓」。

(三)毛遠明《訓詁學新編》

　　見該書「第六章訓詁學同漢語詞義學」「第一節傳統義訓方法」
　　「二、反義為訓」。

由以上諸家章節處置，吾人約略可看出字義反訓之性質，蓋諸家
討論此一議題時，有置於訓詁之起因者，有置於訓詁之用途者，
有置於訓詁之方式、訓詁之方術者，有置於訓詁之方法者，有置
於訓詁之術語者，有置於訓詁之條例者，有置於詞義之變化者，
不一而定。不論置於何處討論，字義反訓實為訓詁學之內容，二
者關係密切。同時，一項字義反訓問題，可從多角度立論，呈現
學術之靈活與多元，至為有趣。

乙、從現代語言學專著觀之：

　　字義反訓不僅為傳統訓詁學之內容，亦為語言學者所討論，如：

(一)蔣紹愚《古漢語詞匯綱要》

　　見該書「第五章反義詞」「第二節反訓」。

(二)趙克勤《古代漢語詞匯學》

　　見該書「7.反義詞」「7.4.反訓詞」。❸

(三)羅正堅《漢語詞義引申導論》

　　見該書「第二章詞義引申和修辭」「第四節詞義反向引申和修
　辭的倒反以及訓詁的反訓」。
㈣張聯榮《漢語詞匯的流變》
　　見該書「三、詞義關係面面觀」「㈡詞的反義關係與反訓」。
㈤郭良夫《詞匯》
　　見該書「第五章同義、反義、異義和偏義」「5.2 反義複合詞和
　反義詞」。
㈥蘇寶榮《詞義研究與辭書釋義》
　　見該書「第三章漢語詞義研究的理論與方法」「第一節詞義的
　系統性原則」「二、縱向的系統－動態系聯方法」。
　　至於傳統訓詁學與現代語言學對於字義反訓之看法如何？有何
差異，容後文再行討論。

【注釋】

❶見林尹《訓詁學概要》，頁一三。
❷齊氏將反訓視爲同義詞相訓。其云：「一個詞同時有正反兩方面的
　意義，或一個詞的引申義和它的本義相反，這是反訓的另一方面
　的涵義。這種反訓是語義的演變現象，意義向相反的方面引申，
　所以這種反訓實際也是同義詞相訓，也是真正的義訓。」（見該
　書頁六〇）。
❸趙氏此書章節以阿拉伯數字分之。

第四節　字義反訓研究現況

　　自晉代郭璞在《爾雅》注、《方言》注提出「訓義之反覆用之」、
「義相反而兼通」、「詁訓義有反覆旁通」以說明「以亂爲治」等六
例後，歷代學者論及此一議題者，唐代有孔穎達；宋代有洪邁、賈

昌朝；元代有李治；明代有楊慎、焦竑；清代有段玉裁、鄧廷楨、桂馥、朱駿聲、劉淇、孔廣森、王念孫、錢大昕、俞樾、陳玉澍、邵晉涵、郝懿行、陳奐等人；民國初有章太炎、黃侃、劉師培等人。諸家所論約可分爲三種：㈠舉例僅說明字義相反者，如孔穎達、洪邁、李治、楊慎、陳奐、段玉裁、鄧廷楨、朱駿聲、孔廣森、俞樾、陳玉澍等人；㈡舉例，與郭璞反覆旁通之義相同者：如劉淇、王念孫、錢大昕；㈢舉例，但有所置疑者：如賈昌朝、郝懿行、桂馥、朱駿聲等。賈氏以爲「可惑」，郝氏以爲應視爲假借、桂氏以爲「敵、亂」有別。

此時期之特點：

㈠諸家所論簡略。

㈡時代愈後，援例增多。

㈢未針對理論作深入而有系統之分析。

㈣除劉淇、錢大昕外，諸家無「反訓」名稱，而劉、錢雖有「反訓」之名，卻仍與郭璞「反覆旁通」之義相同。

詳細內容，俟第五章再列舉討論之。

近年來，有關字義反訓之研究，頗爲熱絡，先有一九三七年董璠氏發表〈反訓纂例〉，再有一九八〇年，其學生徐世榮發表〈反訓探原〉後，引發學者研究之興趣，此類研究乃蓬勃發展，如雨後春筍，不僅廣爲訓詁學者專論所討論，亦爲語言學者論著所重視，尤其單篇論文達四十餘篇，此一議題備受重視。

茲就現今學者之研究，以時間先後，予以概述：

一、臺灣地區 —

㈠在訓詁學專著方面：

此類著作約十餘種，今就較重要者介紹之。

早期各大學中文系訓詁學課程所使用教科書，僅有齊佩瑢氏《訓

詁學概論》及林尹先生《訓詁學概要》二書而已。

　　齊氏在該書「第三章訓詁的施用方術」中提出說明相反爲訓之
問題。先略敘反訓之由來，並引其所著〈相反爲訓辨〉一文之內容
敘述之。齊氏以爲郭璞之說，一般小學家輒誤以爲訓詁之原則或訓
詁之方法，其文「旨在闡明反訓只是語義的變遷現象而非訓詁之法
則，對舊說之謬誤者加以辨正」。❶齊氏先依事情性質之不同，將反
訓之類別分爲分種：即授受同詞之例、古今同辭之例、廢置同詞之
例、美惡同詞之例、虛實同詞之例五種。齊氏以爲此五類皆語義演
變恰成相反諸，並附帶舉正：

　　㈠不曉同音假借而誤以爲反訓者。

　　㈡不達反訓原理而強以爲反訓者。

　　㈢不識古字而誤以爲反訓者。

　　㈣不知句調爲表達方法之一而誤以爲反訓者。

　　㈤不明詞類活用現象而誤以爲反訓者。❷

　　林尹先生在《訓詁學概要》一書中，有二處論及相反爲訓：

　　一處見該書「第一章緒論」「第三節訓詁的用途」中「㈡明瞭
語意的變遷」，林先生將語意變遷分爲擴大式、縮小式、轉移式三種，
而在轉移式中謂「還有些字義的轉移，是由於反訓的關係」，並舉「亂」
字有「治」與「不治」相反爲例。❸

　　另一處見該書「第六章訓詁的條例」「第二節義訓條例」「㈠
詮釋一詞之義」列有「己、相反爲訓例」一項。林先生亦先引郭注，
再引劉師培《古書疑義舉例補》「二義相反而一字之中兼具其義」
之例及《小學發微補》「同一字而字義相反」「正名詞用於反名詞」
之例，林先生謂此爲反訓實例。並列舉諸家推測反訓相關約有四說。

　　⑴義本相因，引申之始相反者。

　　⑵假借關係。

　　⑶音轉關係。

⑷語變關係。❹

林先生以爲此四說可以同時成立。

在齊、林二人之後有胡楚生《訓詁學大綱》、應裕康等《訓詁學》、陳伯元先生《訓詁學》上，周何先生《中國訓詁學》及竺家寧《訓詁學》（在國立空中大學《文字學》第三部分）等。

何宗周氏《訓詁學導論》，在該書「捌、訓詁所施之術」「乙、互訓」後有「附論反訓」單元，何氏謂反訓之說，始自晉郭景純，其後學者以爲訓詁之則。何氏先引王念孫、孔廣森、章炳麟、王引之、黃季剛例證或論說，再分析習見之所謂反訓字－「亂，治也」、「攘，卻也」、「曩，曏也」、「貿，買也」、「仇，合也」、「愉，勞也」、「故，今也」、「落，始也」、「臭，香也」、「苦，快也」、「徂，存也」、「豫，厭也」、「毒，治也」、「縮，直也」、「貢，賜也」、「斂，與也」、「乞，與也」、「句，與也」、「不亦」、「無寧」、「不顯」、「不盈」等，以爲皆非反訓也。

胡楚生教授《訓詁學大綱》，在「第五章訓詁的方法」第五節附論所謂「反訓」，所討論者有「反訓」觀念的提出與「反訓」現象的解析二項。在前項中，胡氏引郭注，並詳考郭注「美惡不嫌同名」典源，以爲《公羊傳》「貴賤不嫌同號，美惡不嫌同辭」與郭璞「訓義之反覆用之」「詁訓義有反覆旁通」不同，而爲郭璞誤解或應用，以致使後代學者以爲「反訓」爲訓詁之常則，甚至段玉裁、桂馥、王筠、陳奐通儒碩彥亦視爲理所當然。

胡氏據龍宇純先生〈論反訓〉一文，解析「反訓」現象。就郭氏所舉之例解析之，以爲此六例非真正之「反訓」，「以苦爲快」爲聲音之轉移；「以臭爲香」「以徂爲存」「以曩爲曏」「以故爲今」爲語義之引申；「以亂爲治」乃由於同一事物，詞性之轉變活用而造成。

胡氏並歸納相反爲訓之原因，有：

㈠由於字義的引申演變。

㈡由於聲音的轉移。

㈢由於詞性的變異。

㈣由於同音的通假。

㈤由於句法的形式變化。

㈥由於古字的應用自然。❺

胡氏云:「……也就是由於人們不了解這一類的原因,才把古籍上的例子,誤認為『反訓』了。」❻

應裕康、王忠林、方俊吉三教授之《訓詁學》,在「第五章訓詁的方法」「第三節義訓－直接釋義的方法」列有「二、反義訓釋」一項,據應裕康先生「後記」所云,此章由應先生所執筆。故所論應屬應先生之見解。應氏就郭璞所舉六例,再加上在古書注解中常見七例,計十三例,予以分析,得出造成反訓現象原因有:

㈠詞義的變遷。

㈡方言的不同。

㈢詞性的變異。

㈣同音的通假。

㈤句式的變化。

㈥形近的誤寫。

㈦其他。❼

應氏以為「以常理來說,用反義詞來解釋同義詞,是不可思議的」。❽

陳伯元先生《訓詁學》上冊,有二處論及字義反訓:一處在該書「第四章訓詁之方式」「一、互訓」中第十種互訓方式為「以正義釋反義」。陳先生以為「我們談訓詁,總不可以丟開不管,最少應該研究為甚麼有這種『意義相反為訓』的事實」❾,並根據前人的說法,歸納為四類:

㈠義本相因，引申之始相反者。

㈡由於假借，以致義訓相反。

㈢由於義之相對相反，多從聲以變。

㈣語言變遷，因而正反相異。❿

其後，陳先生再分別介紹齊佩瑢《訓詁學概論》極端排斥「反訓」五條理由、徐世榮《古漢語反訓集釋》十三類反訓、王寧〈反訓析疑〉反義共詞現象之條件、李萬福〈反訓即反義同詞嗎？〉，更為「反訓」下界義，陳先生謂：「就是一個字的常用詞義，用了一個相反的常用詞義去解釋，就稱它為反訓。」⓫

一處在該書「第六章訓詁之條例」「第二節義訓條例」「一、同義詞之訓釋」「〔五〕相反為訓例」。陳先生以為「反訓是指用反義詞解釋詞義之訓詁」，徵引郭注，又引申小龍氏《中國語言學・反思與前瞻》第三章前景廣闊的詞彙語義研究談及義位研究者二段，前者申氏引用蔣紹愚以義位理論研究反訓現象；後者申氏引用張世祿矛盾對立發展出反訓現象、同源詞族產生意義相反或相對之詞。⓬

周何先生《中國訓詁學》，在該書「第九章訓詁的方式」「六、義訓」中有「4.相反為訓」一項。

周先生基於「在一片反對聲和大多沈默無意見者之間，應該容許提出個人不否認的意見」⓭，提出肯定主張與理由。周先生先介紹反訓觀念之源起、研究者之態度，以為相反為訓現象「這應該是屬於一種有條件的存在，而不是全面判定其為存在或不存在的問題」⓮，『首先必須釐清「義有正反」與「相反為訓」兩者之間不容混淆的界劃』，「前者是內容屬性的問題，理論基礎可能由此而建立」「後者是實際工作的運用技術」。末了，提出「一體兩面」、「同時存在」、「相反相成」三條件。

竺家寧教授在《文字學》⓯「第三篇字義的知識－訓詁學」「第

十六章詞義的探索」「第一節詞義的解釋」中論及反訓。

　　竺先生先引白兆麟《簡明訓詁學》、陳紱《訓詁學基楚》、程俊英等《應用訓詁學》、吳孟復《訓詁通論》義訓各種方式，再就被認為「反訓」六例重新檢視，以為此六例皆非反訓，末了歸納誤為「反訓」原因有：「方言的音轉、詞義的變化、詞性的轉移、古籍的通假、字形的演化、句法的變換等等。」❻

　　邱德修教授《新訓詁學》，在「第七章訓詁構成的方式」「第二節互訓」「四、互訓釋例」「12.以正義釋反義者－相反為訓」論及反訓。邱教授先簡述「相反為訓」之說法始自郭璞注《爾雅》《方言》。再援引齊佩瑢氏《訓詁學概論》自述曾作〈相反為訓辨〉一文，「旨在闡明反訓只是語義變遷現象，而非訓詁之法則」，並提出看法，邱教授謂：『個人認為「相反為訓」實際上造字者就一個字「一體兩面，同時存在」，而反映出一個字體同時具備「正」與「反」兩方面的意思。』❼舉「亂」「受」二字為例。

㈡在單篇論文方面：

　　臺灣地區學者研究字義反訓單篇論文不多，茲介紹如下：

　　陳大齊先生有〈「無寧寧也」質疑〉❽一文，就《論語‧子罕篇》「且予與其死於臣之手也，無寧死於二三子之手乎」中之「無寧」作為主題，取《論語》所用「寧」字四則及《左傳》有關句子，由語法肯定、否定句型予以討論，陳氏以為『「無寧」二字，反訓為寧，既甚費力，又難討好，順訓為無寧，既可省力，又易討好』。❾

　　龍宇純先生有〈論反訓〉一文❿，先舉陳奐、段玉裁、桂馥、王筠注疏為例，說明反訓觀念氾濫之廣，並指出「貴賤不嫌同號」與「美惡不嫌同辭」，皆與所謂「訓義之反覆用之」絕不相同。再就郭璞所舉六例及「髒」、「耳與聏」、「茇與拔」、「釁」、「勞」、「糞」諸字加以剖析，以為反訓在邏輯上毫無道理。文末云：「……自郭氏以後，居於反訓的立場者也曾或多或少爬羅出些例子，欲以證成郭

說。但大致言之，絕大多數仍是義的引申，如讎、仇、敵、對、措、置、舍、止、謝、逆、巧、智、厭、落、引之類。有的則因本是一事的二面，如受、貸、假、市、沽之類。」❷❶

　　周何先生〈論相反爲訓〉❷❷，立論已見前文周先生《中國訓詁學》一書，此不贅。

　　姚榮松先生〈反訓界說及其類型之商榷－兼談傳統訓詁術語所隱含的多層次意義〉❷❸，旨在「檢討前人對反訓界說的紛歧，通過對正反兩派意見的商榷，提出反訓一名成立的基本命題。同時，也針對反訓材料的類型，檢討反訓的成因及其範疇，從三種類型論探討『反訓』一詞所蘊含的多層次界說，並藉此一典型的訓詁術語所反映的不科學、不夠精密、不合共時的語言現象，總結出吾人如何正確對待傳統語言學的術語」❷❹，文中先回顧反訓研究之歷史及其與兩岸訓詁學發展之脈動。對反訓界說之商榷，主要以蔣紹愚、王寧兩家異同爲基礎，兼及龍宇純、呂慶業等否定派之理論，再從比較郭璞、董璠、徐世榮、張舜徽四家反訓分類法，得出其多層次說，並將來源類型化約爲四種：引申反訓、正反同詞、假借反訓、同源反訓。

　　王松木氏〈經籍訓解上的悖論－論「反訓」的類型與成因〉❷❺，以爲以「反義同詞」來代替傳統的「反訓」，窄化研究視野，不表贊同，「反訓」之成因具有多樣性，單從語義學角度著眼無法窺見全貌，乃在前人研究之基礎上，探求「反訓」形成過程，並改採符號學觀點，分別從句法、語義、語用三方面來論述「反訓」之類型與成因。

　　筆者〈論郭璞的「反訓」觀念及其舉例－兼論反訓是否存在〉，❷❻先就郭璞《爾雅》注、《方言》注中用語「訓義反覆用之」「詁訓義有反覆旁通」與「美惡不嫌同名」之含義予以探討，再就郭璞所舉六例予以檢視，結論有郭璞不曾說過「反訓」，郭璞可能誤解了《公羊傳》「美惡不嫌同辭」之意，惟經歲月展轉，約定成俗，造成「反

訓」。

　　筆者〈徐世榮《古漢語反訓集釋》述評〉❷，主要就徐書予以介紹，評論其優缺點，並比較筆者與徐氏「反訓」界說之異同。

　　筆者〈反訓之名稱與界說〉❷，在反訓名稱方面－先列舉諸家稱述同異，並列表歸納郭璞以後至清代諸家之用語，以為約定俗成，「反訓」名稱可成立；在反訓界說方面－先列舉諸家論說及辭典所見界說，再予以歸納成四類。同時，亦取反訓與反義詞、反語、倒言、反用比較之。文末引出筆者界說。

　　第一篇為筆者對於反訓探討之首篇論文，雖充滿研究熱誠與興趣，惟無論觀點或文辭，顯然未臻成熟。至於後二篇所論，涉及反訓名稱、界說，亦容有疏失之處，此亦筆者經繼續探討，而有本書之呈現也。

二、大陸地區－

㈠在訓詁學專論方面：

　　白兆麟氏《簡明訓詁學》，在「第三章訓詁的方法」「第三節直陳詞義」「二、直陳詞義的方式」「2.反義相訓」中約略敘及反訓。白氏以為反義相訓「這主要是因為有些詞在上古本來兼有正反兩種意義，後世只通行其中一種；另外，由對比引起的聯想也是造成反訓的一個原因」❷，這種訓詁現象雖然範圍有限，但有助於閱讀古籍，並舉「面」字為例。❸

　　張永言氏《訓詁學簡論》，在第四章「訓詁方式和訓詁用語綜述」「一、訓詁方式」「㈢義訓」中，提及反訓。張氏云：「反訓之所以可能是因為語言裏的同一個詞可能具有相反的意義。」❸舉「匡，正也」、「亂，治也」二例。文詞簡要，蓋約略敘述耳。

　　楊端志氏《訓詁學》上下編，在「第五章訓詁的方法」「第十九節義訓」❷約略敘及反訓。楊氏舉「亂，治也」為例，謂：「…是

一詞具有正反兩方面的意義，訓詁家只是指出了它的反面意義。指出反面意義同指出正面意義一樣，也是同義詞相訓。所謂反訓，只是錯覺罷了。」❸❸

　　趙振鐸氏《訓詁學綱要》，在「第十章反訓」中討論反訓，分「訓詁中的反訓現象」、「美惡同辭」、「施受同辭」、「正反同辭」、「反訓的成因」五單元。在「訓詁中的反訓現象」單元中，趙氏以爲郭璞所舉有關反訓例，「有的今天已經缺乏足夠語言材料依據，因此，遭到了非難。但是，他舉的有些例子同時具有相反的意義是能夠使人相信的。」❸❹趙氏舉「亂」、「臭」、「曩」、「在」爲例，云：「一個詞同時具有相反的意義，不僅漢語存在，世界上其它語言也有。這是客觀事實，不是什麼怪事。」❸❺

　　在「美惡同辭」單元中，趙氏以爲「美惡同辭是常見的一種反訓現象」。趙氏云：「美惡同辭是指同一個詞兼有好壞兩方面的意義。它可能反映事物本身美惡兩個方面，也可能反映人們對事物的愛憎態度。」❸❻舉俞樾「委蛇」、「豈弟」及古籍「毒」、「祥」、「誘」、「訑」爲例。

　　在「施受同辭」單元中，趙氏云：「同一個詞既能夠表示發出的動作，又能夠表示接受的動作，這種現象稱爲施受同辭。」❸❼兩義讀音相同者，舉「受」、「賈」、「貸」爲例；兩義讀音不同者，舉「伐」、「學」爲例。「伐」有長言之「伐人」、短言之「見伐」之別，「學」有教與受教之別。

　　在「正反同辭」單元中，趙氏云：「一個詞兼有正反兩方面的意思稱爲正反同詞。」❸❽舉「面」、「寡」、「廢」、「賦」、「如」、「盍」諸字爲例。

　　在「反訓的成因」單元中，趙氏先指出訓詁學與詞匯學對於同一詞具有對立意義之反義現象看法歧異：(1)訓詁學範圍較大。(2)「委蛇」、「豈弟」之例，訓詁學視爲美惡同辭，詞匯學則以爲「它只是

根據上下文而出現了意義色彩的差別，還不能夠算是這個詞真正有了對應的意義。」「伐」、「學」之例，訓詁學視爲施受同辭，詞匯學以爲「音讀不同，是另外一個詞了」。趙氏並歸納反訓之類型有：

(1)詞義的分化：舉「臭」、「祥」、「賈」爲例。

(2)詞義的發展由一個方面向它的對立方面演變，舉「亂」、「廢」爲例，以爲係引申之結果。

(3)語急。舉「不如」當作「如」、「盍不」省作「盍」爲例。

(4)文字的通假。舉「面」假借爲「偭」爲例。

　　總結云：「語言的發展內在規律的作用，詞義的變化，出現了反訓。又由於語言表達的需要，使分歧費解的意義逐步精確定型。人們解讀古書，對那種已經消亡的相反的意義感到陌生，對它進行解釋，這就被認爲是反訓了。」❸❾

　　周大璞主編，黃孝德、羅邦柱分撰《訓詁學初稿》在「第四章訓詁條例」「第一節釋義的方法」「㈢義訓－直陳語義的方法」中引有「反義相訓」一項，此章由羅邦柱執筆。羅氏謂：「反義相訓，訓詁學習慣稱爲反訓。有人認爲這是一種不科學的提法，怎麼能用意義與之相反的詞解釋這個詞呢？其實，這並不足怪，一個詞包括正反兩個義項是詞義引申發展的結果，是客觀存在的事實，絕大多數語言學家都承認這一事實。」❹⓪

　　許威漢氏《訓詁學導論》在「第三章訓詁的方式」「五、其他」一項中論及反訓。許氏引新版《辭海》「反訓」界說，即「有些詞在古代含有相反的兩義，……以治訓亂，訓詁學上稱爲反訓」❹❶，又歸納比較具體之例說：

(1)事物本身包含好壞兩面內容，表示表一事物總體的詞也就包含好壞兩種相反意義，可用於好的方面，也可用於壞的方面，於是產生「美惡同辭」的情況。－如「仇」「既可以是同伴、嘉耦，也可以是仇敵、怨耦，後來「專用來指敵對的雙方」。

(2)動作行動的施事者和受事者相對立而又相依存，表示某一動作行
　　為的詞由於在實現動作行為的過程中所處地位不同而有正反兩
　　義，於是有時產生「施受同辭」的情況。－如「借」有「借出」
　　與「借入」意。

(3)詞所表示的概念自身具有程度的相對性，隨著意義的引申而產了
　　反義。－如「七十曰老」，隨著詞義引申，形成「衰竭」與「老練」
　　對立義。

(4)詞義引申向對立面轉化而產生反義。－如「巧，技也」，引申為「靈
　　巧」，再向貶義轉化為「作偽」義。❷

　　許氏以為由詞義引申而產生相反意義稱之為「反訓」，「這些都
不無商榷的餘地」。❸

　　此外，許氏以為『有人還認為「離」有「罹」義，「苦」有「快」
（高興、痛快）義，「曷」有「盍」義，它們都可以形成反訓，就不
能不說是誤會了。』❹

　　許氏指出：(1)「離」借用為「罹」，是不明通假而誤為反訓之毛
病。(2)「苦」有「快」義，是方言同音之緣故。(3)「曷」有「盍」
義，是不明聲近音通而誤為反訓之毛病。以為「反訓」一說不夠科
學。又以為不少人以章炳麟「一聲之變」為反訓產生之主因，毋寧
說是意義引申，不必附會。此外，有人以為「語急」為反訓產生之
原因，林尹《訓詁學概要》列為反訓起因之一，如：「不警，警也，
不盈，盈也…」等，許氏引齊佩瑢《訓詁學概論》「不識古字而誤
以為反訓者」，以為「不」乃「丕」字，「不」「丕」於古為一體，「丕」
音近「溥」，故有「大」義，用以表極甚之副詞。❺

　　徐世榮氏《古漢語反訓集釋》，前有〈反訓探源〉（代序），此
文原載於《中國語文》一九八○年第四號。內容有：徐氏反訓界義、
引郭璞《爾雅注》、俞樾《古書疑義舉例》卷三〈美惡同辭例〉、吳
曾祺《涵芬樓文譚·雜說》，並介紹其師董瑤先生〈反訓纂例〉反訓

十類。徐氏既肯定其師，發凡舉例，引證豐富，又謂其師此作「少貢實例，以備研討」，因此以八年時間搜集五百多個反訓字，分爲十三類，即：

㈠內含反訓。

㈡破讀反訓。

㈢互換反訓。

㈣引申反訓。

㈤適應反訓。

㈥省語反訓。

㈦隱諱反訓。

㈧混合反訓。

㈨否定反訓。

㈩特方反訓。

⑾異俗反訓。

⑿假借反訓。

⒀訛誤反訓。

徐氏稱此十三類，即反訓之成因。徐氏特此五百多條反訓，分爲名物類八十餘條；動作類二百五十餘條；性狀類一百三十餘條；虛助類四十條。

文末，徐氏介紹外語義兼正反之例。包括英文、希臘文、拉丁文等。

在此文後，分別爲說明、目次、反訓字各條。其目次，即依名物類、動作類、性狀類、虛助類排序。每字引用古代經籍文獻、注釋爲證。

吳孟復氏《訓詁學通論》一書有二處論及反訓：

一處見該書「第一講訓詁及其歷史」「第四節訓詁的歷史與經驗」「一、先秦時期」中「注意詞義的通別與反訓」，吳氏舉「墨子・

經上」：「已，成；亡。」及《說文》：「爲衣、成，治病，亡也。」
而謂：『可見當時已看到一字之中，包含有相反的兩義，即所謂「相
反同根」，爲後世「反訓」之始。』❹

　　一處見該書「第三講訓詁與詞氣、文法」「第二節必須分清詞
之虛實及詞義通別」中有「注意詞義的反覆旁通」單元。

　　吳氏謂：「客觀事物皆是對立統一的，因而在一定條件下，詞的
含義會對立而轉化，形成相對立的兩種意義並存在一個詞裏的現
象。這種現象在古漢語裏特別突出。」❹在引郭璞《爾雅注》《方
言注》後，又引劉師培稱此爲「二義相反，而一字之中兼具二義之
例」，吳氏按語謂：『前引《墨子·經上》：「已，成；亡。」《經說》
舉例說：「爲衣，成也；治病，亡也。」製衣衣已，是衣之成；治病
病已，是病亡失。「成」與「亡」義雖相反，而「已」則兼有此二義。
「臭、香」，「治、亂」，「徂、存」，「苦、快」，與此同理。這就是通
常說的「反訓」，是訓詁上的一條重要原則。』❹吳氏亦指出「施」、
「受」同辭，與此相類者。吳氏舉《詩·大序》：「哀窈窕，思賢才」
之「哀」爲例，「哀」常用義「哀傷」，此應解爲「喜愛」，說明了解
詞義反覆旁通，對訓釋古書極有幫助，同時，也是「反訓的方法」。
❹

　　齊沖天氏《訓詁學教程》在「三、義訓」「2.論同義詞相訓」
單元中，介紹同訓、互訓、遞訓後，介紹「反訓」，齊氏謂：「反義
詞之間互相訓解，叫做反訓。其實反義詞是不能相訓的，既然意義
相反，還有什麼共同之點可以相訓呢？」❺又謂：「在同義詞相訓中，
有一種奇異現象：看上去似乎是反訓，實際還是同訓。」❺齊氏以
爲反訓是語義的演變，意義向相反方面引申，實際仍是同義詞相訓。

　　劉成德氏《簡明訓詁學》在該書「第三章訓詁的術語和方法」
「第四節訓詁的方法（下）－義訓」中論及反義相訓。劉氏將義訓
分爲單詞釋義與詞組句子釋義兩類。又將前者分爲同義相訓與反義

相訓。

劉氏謂：「最早注意到義兼正反，以反義爲訓的是東晉郭璞。」❺引郭注，並略述各家看法，但詳細引錄徐世榮〈反訓探源〉所歸納反訓來歷或成因，劉氏以爲由徐氏十種反訓❺，可以看出引申、假借爲反訓產生之主要原因。

陸宗達、王寧二氏合著《訓詁與訓詁學》，在該書「甲編訓詁方法論」有「談比較互證的訓詁方法」單元，其中有「詞義引申是一種有規律的運動」。將古代書面漢語詞義引申分爲「理性的引申」、「狀所的引申」、「禮俗的引申」三種類型。在「理性的引申」中「施受的引申」與「反正的引申」與反訓有關。作者舉「乞」常訓「討」「求」，同時又訓「施」，作爲施受反訓之例。在「反正的引申」中，作者謂：「訓詁上也很早就發現了一種詞義互訓的規律，叫做相反爲訓，也稱反訓。反訓表現爲兩種情況：一種是反義詞互訓，如『亂，治也』、『落，始也』。另一種是同一個詞可以用一對反義詞來分別訓釋。如《廣雅‧釋詁》既有『薆，廣也』的訓釋，又有『薆，小也』的訓釋。」❺作者以爲相反爲訓是由反正引申所造成。

陳煥良氏《訓詁學概要》在該書「第六章訓詁的方法」「三、義訓－直陳詞義」，義訓方式中述及反訓。陳氏謂：「反訓之所以成立，主要是因爲有些詞在上古本來兼有正反兩種意義，後世只通行其中一種。」❺又謂：「…用『混亂』訓『亂』爲同義詞相訓；用『治理』訓『亂』也爲同義詞相訓。不過，二義相反，後者看上去似用反義詞相訓，所以，傳統訓詁學稱後者爲『反訓』。」❺

孫永選、闞景忠、季雲起三氏合著《訓詁學綱要》，此書有一九九六年二月及一九九九年九月版。前版在「第二章訓詁方法」「第三節義訓」「二、義訓的類型」中論及反義詞相訓。後版，所見章節不變，惟無反義詞相訓標題，而改以附帶論及。作者謂：「這種義訓（指：反義詞相訓）是用一個與被釋詞意義相反的詞來解釋被釋

詞，古人也稱之爲『反訓』。」❺❼作者以爲反訓本質上仍是同義相訓，稱之爲反訓，是注意表面現象。論及原因，前版以散文式討論，後版則以列舉式，茲錄後版如下：

其一、有些詞是原本詞義較寬，內部包含著正、反兩義。…前人稱這類詞義現象爲正反同辭、美惡同辭或施受同辭等。

其二、有的詞是因爲詞義的引申，出現了引申方向與原詞義相反的意義。

其三、有的詞是因爲使動用法，才產生了與原義相對的含義。

其四、還有一些詞是因爲修辭上的原因，在特定的語言環境中一時具備了與原義相反的含義。❺❽

作者以爲反訓不是語言中普遍現象，只有在特定語言環境中才形成，稱之爲反訓不科學，不是訓詁的原則與方法，仍然是同義相訓。

路廣正氏《訓詁學通論》一書中有二處論及反訓：

一處見該書「第二章訓詁學與諸相關學科的關係」「第五節訓詁學與修辭學」，路氏以爲修辭學爲古代訓詁學一項內容。並指出郭璞是從理論上研究「反訓」第一人，路氏謂：「詞義本身存著的『反覆旁通』現象，決定了訓詁學上的『反訓』原則，所以研究訓詁學的人要重視它、研究它。」❺❾又謂：「…對於修辭學來說，這種『相反相成』的現象或所謂『對立物的統一』，難道就不該去研究它了嗎？」❻⓪路氏以「亂臣」有「治世之良才」與「犯上之叛逆」二義爲例，指出訓詁學、詞匯學、文字學、修辭學均須予以討論。

一處見「第三章訓詁的條例與方式」「第一節訓詁的條例」「三、義訓」中論及相反爲訓，路氏引郭璞《方言注》《爾雅注》後，依序引齊佩瑢《訓詁學概論》反訓非訓詁法則之說、徐世榮《古漢語反訓集釋》反訓十三類與林尹先生反訓四種起因。

孫雍長氏《訓詁原理》在「第四章詞義的變化」「二、促使詞

義變化的因素」「㈠從語言外諸因素看詞義的變化」「1.社會客觀因素」中有「關於『反訓』」單元。孫氏謂：「其實，所謂『反訓』，除了少數是注家隨文而釋、因文立義而造成的假象外，嚴格說來只能是語言中的一種歷時現象。」孫氏以爲「作爲一種歷時的詞義變通現象，相反爲義也確實具有普遍性」，又引錢鍾書《管錐編》之說後，謂：「錢鍾書的這一段論述，對於我們認識『相反爲義』現象的實質，理解歷史問題與共時問題在『相反爲義』規律的辯證關係，應有啓發作用。」❻❶又謂：「相反爲義的語詞現象乃是古人對客觀事理中對立統一規律的樸素認識的體現。」❻❷「所以，對於事理關係引起的義變現象，乃至所有的詞義變化現象，我們只能據詞義的已有事實去認識和解釋其由來，而不能以今人的邏輯理性去片面推論，無限演繹。換言之，對於詞義變化的說明，只能是描寫的、歸納的，而不能是猜想的、演繹的。」❻❸

宋永培氏《當代中國訓詁學》，在該書「第四章當代中國訓詁學的基本原則」「第二節以清代學術研究的輝煌成就爲起點」，介紹段玉裁《說文解字注》詞義引申規律，其中有「正反轉移引申」一條。所謂「正反轉移引用」，指詞義在演變中出現本義與引申義正反相對情形，段玉裁作出斷語，闡說理論依據，揭示正反轉移引申之普遍性與內在聯繫，而以「治亂」、「徂存」、「苦快」作爲表達格式。此外，宋氏亦迻錄陸宗達、王寧《訓詁與訓詁學》與反訓有關之論述，此不再贅錄。

徐興海氏「《廣雅疏證》研究」在「第五章與詞義轉移相關的訓詁方法」「四、反訓」論及反訓。徐氏主要針對王念孫《廣雅疏証》之反訓研究，徐氏先揭示反訓之界義，謂：「反訓是謂一個字具有兩個義項，這兩個義項的意義相反，王念孫稱之爲『一字兩訓而義相反』。」又謂：「反訓是訓釋字義的方法，屬訓詁學的範圍。」徐氏指出《廣雅》卷五下最後一個部分連列八條，都是反訓詞，並引出

反訓詞四例，分別爲「毓，長也」「毓，稚也」、「曩，久也」「曩，晜也」、「陶，喜也」「陶，憂也」、「澄，清也」「澄，泥也」四對。徐氏對《廣雅疏證》所論證反訓詞形成原因歸納成下列四種情況：

　　1.通假而成。

　　2.一個詞所表示的是同一方向上的兩個意義，因爲斷限不同，比如時間的斷限不同，便產生相反的兩個意義。

　　3.一意義爲另一意義的先決條件，當這兩個相反的意義以一個詞來表達時，即形成反訓詞。

　　4.由基本義向相反反向引申而生成的反訓。❻❹

　　毛遠明氏《訓詁學新編》，在該書「第六章訓詁學同漢語詞義學」「第一節傳統義訓方法」「二、反義爲訓」，中論及反訓。

　　毛氏以爲「反訓詞是語言中客觀存在的事實，不可否認」，又舉出不是反訓詞而誤認爲反訓者有三種情況：

　　其一、沒有分清字和詞。本來是一個字記錄兩個不同的詞，即同形詞，誤認爲是一個詞兼有相反二義。

　　其二、沒有分清楚上下義位。

　　其三、沒有認識到文字假借。❻❺

　　真正之反訓，毛氏指出有兩類：

　　其一、一個詞有反向二義，相反而相同。（如「乞」：①乞求。②給與。）

　　其二、詞義的反向引申。（如「置」：①廢棄。②設置、安置。）❻❻

　　毛氏以爲反訓違背語言明確性原則，後世加以改造之，辦法有二：

　　辦法之一，從字音上，變音以別義。如『乞』的乞求義，音去訖切；給與義，音去既切。

　　辦法之二，從字形上，新造區別字。『受』的接受義作『受』，

給予義加形符爲區別字『授』。❻❼

㈡在語言學專著方面：

　　現代語言學專論甚多，然涉及字義反訓課題者不多，茲就所見者予以介紹：

　　蔣紹愚氏《古漢語詞彙綱要》，見該書「第五章反義詞」「第二節反訓」，中論及反訓。關於「反訓」界義，蔣氏謂：「所謂『反訓』，簡單地說，就是一個詞具有兩種相反的意義。」❻❽主張運用現代語言學之觀點解決反訓問題，先對歷來「反訓」例證作深入分析，排除似是而非者，再對確實爲「反訓」者進行分析。蔣氏將歷來所舉「反訓」例分爲七類，進行討論，分別爲：

　　㈠有的實際上並非一個詞具有兩種意義，把它們看作「反訓」，是沒有區分字和詞而產生的一種錯覺。

　　㈡有的是一字兼相反兩義，而不是一詞兼相反兩義。

　　㈢有的是一個詞在不同時期中褒貶意義的變化。

　　㈣有的是一個詞具有兩個相對立的下位義，在不同的語境中分別顯示出來。

　　㈤有的是修辭上的反用。

　　㈥有的是一個詞有兩種「反向」的意義。

　　㈦有的是詞義的引申而形成反義。❻❾

　　蔣氏以爲此七類中，㈠㈡㈢類，不屬於反訓。㈣爲褒貶意義之歷史變化，亦非反訓。㈤㈥㈦三類確是反訓，蔣氏分三項立論：㈠「反訓」這種現象存在，其界域必須嚴格劃定：即：「一個詞同時兼具相反二義。如果不是同一個詞，或者不是共時的語言現象，或者並非真正是相反二義，就不能叫『反訓』。」❼⓪㈡蔣氏只以㈤㈥㈦類爲反訓，並闡釋反訓之起因，蔣氏以「事物向對立面轉化」規律在詞方面之反映爲依據，就此三類分析之，以爲第五類爲修辭「反用」；第六類爲詞義向對立面轉化，即詞義反向之反訓；第七類與「事物

向對立面轉化」無關，而是詞義向不同方向引申形成反義。又以爲「反訓」與「對立統一規律」不相等。㈢一個詞同時兼具相反二義，在交際中會引起混亂，「反訓」不能長久存在。

趙克勤氏《古代漢語詞匯學》，在該書「7.反義詞」「7.4.反訓詞」中討論反訓。趙氏討論反義詞，而論及反訓詞與反義詞之比較。趙氏以爲二者有一定之聯繫，而有所不同，其謂：「反義詞是指兩個詞互相之間具有相反或相對的意義；反訓詞則指一個詞具有兩個相反的意義。」❼

趙氏以爲晉人郭璞最早提出反訓理論，雖沒有明確提出「反訓」術語，已明白表達：「某些詞存在著正反兩方面的訓釋」❼，反訓已成爲訓詁學一種重要理論與分析詞義之方法。「我們認爲，古漢語中是存在著反訓詞的，這不僅被古代訓詁學家所提供的許多例證的證實，而且被古代典籍所提供的大量材料所證實」。❼以爲反訓詞有其「共時性」，因字義通假而產生正反意義，不是反訓，並就訓詁學家所提「相反爲訓」之例證剖析，以爲「介」大也，又有小義；「不顯，顯也」，皆非反訓。「肆、故，今」也屬於理解錯誤，亦非相反爲訓。

關於反訓詞形成原因，趙氏以爲有：

㈠主要原因是詞義的引申。

㈡其次，詞義的分化也是反訓詞形成的一個原因。

㈢有些詞本身就隱含著方向性。❼

羅正堅氏《漢語詞義引申導論》在該書「第二章詞義引申和修辭」「第四節詞義反向引申和修辭的倒反以及訓詁的反訓」，中論及反訓，羅氏以爲「一個詞的詞義彼此相反是可以相互引申的，中國自古以來就有相反相成相反相通的說法，《老子》一書中說了許多相反相成相反相通的道理，相反的事物相互之間都有聯繫，萬事萬物如此，詞義也概莫能外。」❼羅氏舉段玉裁於《說文》「偢，鄉也」下注：「偢，訓『鄉（向）』，亦訓『背』，此窮則變，變則通之理。

如廢置（廢可訓置）、徂存（徂可訓存）、苦快（苦可訓快）之例。」
謂：「段玉裁用道家的『窮則變，變則通』的哲學原則來解釋反訓產
生的原因，是十分精闢的。這同修辭上的倒反辭格產生的原理是一
致的，兩者原理一致，但是使用的詞不完全相同。『倒反』經常使用
的詞，能形成固定的反訓詞義，反訓的詞不可能都能使用到『倒反』
辭格上。因為修辭還要講究修辭色彩，這兩者之間不能畫等號。」
⓻

羅氏將詞義反向引申分為四種類型：

㈠美惡用詞：古時稱此類詞義反向引為『美惡不嫌同名（詞）』。

㈡施受同詞。

㈢肯否用詞：

㈣一般性質的反義引申。**⓼**

羅氏謂：「詞義反向引申，其中大部分是訓詁上的反訓，其中有
一小部分既屬於反訓，又屬於語法上的使動用法（施受同詞）。反訓
的意義、使動用法的意義都被作為詞的一種意義，列為義項之列，
這是客觀存在的事實。」**⓽**

羅氏以為反訓除了一個詞有兩個相反意義之外，尚有兩個反義
詞之詞義可以相互滲透，如「徂」有「去」義，又有相反之「存」
義。

張聯榮氏《漢語詞匯的流變》，在該書「三、詞義關係面面觀」
「㈡詞的反義關係與反訓」中列「反訓」單元討論。張氏以為郭璞
注語：「肆既為故，又為今；今亦為故，故亦為今」，未劃清「字」
與「詞」之界限，其謂：「單從字面上看，『肆』既作『故』講，又
作『今』講，意義相反，但實際上有兩個『故』，有表示時間的『故』
（故舊），有用作連詞的『故』（所以），一個『故』字記錄了兩個
不同的詞。《爾雅・釋詁》裏講的『肆』是作連詞（所以）用的，意
思相當於連詞的『故』。」**⓾**

　　張氏又謂：「我們覺得反訓實際上是一個詞匯（主要是詞義）現象，它是指同一個詞同時具有相反或相對的兩個意義。所謂同一詞，首先就要把字與詞區別開來，不要再犯郭璞那樣的錯誤。」❽

　　張氏將反訓分爲下列幾種情況：

　　(1)去取關係。（如《說文》：「賦，斂也。」指收入，《孟子‧離婁上》：「賦粟倍他日。」又指分給、授予。）

　　(2)相與關係。（「仇」有匹配與仇敵二義。）

　　(3)反向關係。（如「忍」有抑制與忍受二義。）

　　(4)數量關係。（如「表」表差異，又表過甚、頗甚。）

　　(5)存廢關係。（如「放」有安放存置，又有擱置不用（放棄）之意。）❽

　　郭良夫氏《詞匯》，在該書「第五章同義、反義、異義和偏義」「5.2.反義複合詞和反義詞」中「反義詞」單元，論及「美惡同辭」。

　　郭氏云：「古人所謂『美惡同辭』，說的是同一個詞包含正相反對的兩種意義。」舉東漢王充《論衡‧異虛篇》：「美惡同實，善祥出，國必興；惡祥見，朝必亡。」而謂：「這說明『祥』有善也有惡，吉兆是祥，凶兆也是祥。」❽。

　　蘇寶榮氏《詞義研究與辭書釋義》，在「第三章漢語詞義研究的理論與方法」「第一節詞義的系統性原則」「二、縱向的系統－動態系統方法」，討論詞義演變。蘇氏分析、總結《段注》，歸納漢語詞義演變表現有以下之種主要形成：

　　一是詞義範圍的擴大或縮小；

　　二是詞義褒貶感情色彩的變化；

　　三是詞義比喻性引申；

　　四是詞義程度重輕、深淺的變化；

　　五是詞義重心的轉移；

　　六是詞義的輾轉引申。❽

其中第五種爲「詞的主要意義與次要意義的矛盾運動的結果」
❽，蘇氏謂：「詞義重心的轉移體現了詞義演變的規律性與靈活性的
對立統一關係，是古今詞義變化的又一個普遍的、重要的方式。」
❽蘇氏又分爲「理據性的轉移」與「特徵性的轉移」兩大類。其云：
「所謂理據性的轉移，是指詞義引申前後甲、乙兩個項有邏輯上的
相因關係。根據其相因關係的不同，又可以分爲因果轉移、動靜轉
移、物人轉移、施受轉移、正反轉移等方面。」❽

此五類轉移中，「施受轉移」與「正反轉移」與字義反訓有關。

㈠施受轉移。蘇氏謂：「古漢語中『施受同辭』的現象很多，至
後代才分化爲兩詞。如『食』與『飼』、『受』與『授』、『至』與『致』。
這種『施受同辭』的現象，也體現了詞義重心的轉移。」

㈡正反轉移。蘇氏謂：「古漢語中詞義『相反爲訓』的現象非常
突出。這種詞義『相反爲訓』的現象，多數也是由於詞義引申而造
成，也是詞重心轉移的一種形式。」❽蘇氏舉例，如：置，《說文》：
「赦也。」段注云：「置之本義爲貰遣（即廢置－作者注），轉之爲
建立，所謂變則通也。」

施受同辭、相反爲訓皆詞義重心轉移，而形成對立統一關係。

㈢在單篇論文方面：

大陸地區有關字義反訓之單篇論文，數量頗多，茲介紹如下：

董璠氏〈反訓纂例〉一文，整比反訓之字，歸納其例：

一以見中文一字多義，但分生起之跡，思想上本含矛盾拒中律
者；

一以見文字偏旁相從，音近義反之詞，先民聲讀，或曾偶有複
輔音焉。❽

董氏以爲反訓之起，或由意義引申，或由音變假借。反訓之字，
自本義引申者半，自音變假借者亦半。以轉注、假借迻變演生，有
字同義反、聲同義反兩類，而將反訓分爲十類。即：

一曰同字同聲反訓。

二曰同字異讀反訓。

三曰從聲反訓。

四曰易形反訓。

五曰表德反訓。

六曰彰用反訓。

七曰省語反訓。

八曰增字反訓。

九曰譴諱反訓。

十曰疊詞反訓。**❽⁹**

董氏文末歸結：

一、反訓是生於語文之病態也。

一、反訓是肇於思想之矛盾也。

一、反訓是保存語言之複輔音也。

一、反訓是用如「前加」「後附」之音標也。**❾⁰**

　　張舜徽氏〈字義反訓集證〉，謂郭璞所注字義反訓之例，確不可易。將反訓分爲造字時之反訓與用字時之反訓。造字時之反訓，(1)於字之同從一聲而義相反者見之。(2)文字之由少而多，亦實有藉敵對字以孳乳相生者。

　　用字之反訓，尤爲廣泛，張氏綜合群書舊詁，拈出一字兼含正反二義之實例，概括爲四十類例：

類例一：善與惡同辭

類例二：治與亂同辭

類例三：分與合同辭

類例四：大與小同辭

類例五：取與與同辭

類例六：偶與敵同辭

類例七：勝與敗同辭

類例八：問與答同辭

類例九：棄與留同辭

類例十：去與就同辭

類例十一：受與授同辭

類例十二：吉與凶同辭

類例十三：獨與群同辭

類例十四：進與退同辭

類例十五：喜與憂同辭

類例十六：盈與虛同辭

類例十七：剛與柔同辭

類例十八：買與賣同辭

類例十九：敬與慢同辭

類例二十：向與背同辭

類例二十一：存與亡同辭

類例二十二：高與卑同辭

類例二十三：絕與續同辭

類例二十四：誠與偽同辭

類例二十五：動與靜同辭

類例二十六：始與終同辭

類例二十七：定與移同辭

類例二十八：上與下同辭

類例二十九：緩與急同辭

類例三十：俯與仰同辭

類例三十一：多與少同辭

類例三十二：依與違同辭

類例三十三：立與廢同辭

類例三十四：強與弱同辭

類例三十五：久與暫同辭

類例三十六：明與暗同辭

類例三十七：毀與譽同辭

類例三十八：出與入同辭

類例三十九：古與今同辭

類例四十：老與少同辭❾❶

　　張氏以為此四十類例，凡一百數十字，皆古代文字運用中每一字兼有正反二義之實證，後人不解其故，率以假借說之，失其恉矣。此外，張氏又舉古人命物定名，亦恆有取於相反相成之理，物名如：鯢、鯨魚也，小魚也；人名如：楚公子黑肱字子皙，《說文》：「皙，人色白也。」其次，就古人語法言，有以肯定之字為否定者，如：敢，不敢。如，不如。

　　徐世榮氏〈反訓探源〉，原載於《中國語文》第四號，其後置於其著《古漢語反訓集釋》一書之前，作為代序。內容見本節第一章第四節字義反訓研究之歷史及現況所述，此不贅述。

　　自徐氏此文發表後，大陸地區有關字義反訓之論述，如雨後春筍，堪稱濟濟盛哉，以下分：1.綜合論述者；2.就個別議題立論者；3.就例證立論者；4.其他等四類介紹之。

　　1.綜合討論者：

　　呂慶業氏〈論反訓〉、劉慶諤氏〈反訓辨疑〉、王寧氏〈反訓析疑〉、華學誠氏〈五十年來反訓研究情況述評〉、楊榮祥氏〈『反訓』研究綜述〉、李國正氏〈反訓芻議〉、余大光氏〈『反訓』研究述評〉等，大抵就反訓界義、性質、存在與否、來源、內容、類型等課題綜合討論。

　　2.就個別議題討論者：

　　徐朝華氏〈反訓成因初探〉、伍鐵平氏〈論反義詞同源和一詞兼

有相反義〉、李萬福氏〈反訓即反義同詞嗎？〉、肖逸氏〈什麼叫反訓？同一個為什麼含有正反兩種意義？〉、羅少卿氏〈『同根反訓』現象淺析〉、徐朝華氏〈同一聲符的反義同族語〉等，或討論反訓成因，或討論反訓與反義同詞之異同，或討論反訓界義等。

　　3.就反訓例證抒論者：

　　孫德宣氏〈美惡同辭例釋〉、唐鈺明氏〈『臭』字字義演變簡析〉、余心樂氏〈反訓釋例〉、馬固鋼氏〈反訓釋詞例〉等。就反訓例證討論之。

　　4.其他：

　　郭在貽氏〈唐詩中的反訓詞〉、羅少卿氏〈試論反訓中的辯證法〉等。

三、香港地區－

　　有黃耀堃氏〈說『亂』〉一文，係就反訓例證「亂」字予以考證。黃氏分別從字形及讀音二端分析：從字形看，「亂」的偏旁「𤔔」，是表示治理已經亂了的絲，從混亂向有條理發展的過程，在過程中，有治理的傾向，而對於絲的狀態來說，則有混亂錯雜的成份。因此，由「𤔔」作為偏旁而組成的字，含有正反義的傾向性；從字音看，「亂」屬來母元部，與「𤔔（繺）」、「𢿧」的諧聲字一樣，有兩組字義相反的字。黃氏因謂不論本義還是假借，「亂」都可兼正反兩義。

　　綜觀諸家所論，可以確認者亦有下列數事：

一、字義反訓為訓詁現象之一。

二、反訓為傳統訓詁學術語，而為訓詁學範疇。

　　此外，可歸納下列議題：

一、郭璞「訓詁義有反覆旁通」寓義為何？與後世字義反訓，乃至
　　「反訓」術語是否相同？

二、郭璞「美惡不嫌同名」與何休所言，是否相同？

三、郭璞所提六例，與後世所言反訓，是否相同？

四、反訓是否存在？贊成者與反對者意見爲何？

五、反訓是否爲訓詁之方法或原則？抑只是現象而已？

六、反訓是否爲反義同辭？其界義如何訂定？

七、反訓之起因爲何？

八、反訓之類型爲何？

九、現代漢語之一詞兼正反二義現象與傳統訓詁學之反訓有何異同？

十、外語中之一詞兼正反二義現象與傳統訓詁學之反訓有何異同？

　　以上諸議題，本篇均將予以探討，並提出看法。

【注釋】

❶見《訓詁學概論》，頁一七八。

❷見《訓詁學概論》，頁一九一～頁一九九。

❸見《訓詁學概要》，頁一三。

❹見《訓詁學概要》，頁一七〇～頁一七六。

❺見《訓詁學大綱》，頁一二四。

❻仝注❺。

❼見《訓詁學》，頁一七〇～頁一七九。

❽仝注❼，見頁一七〇。

❾見《訓詁學》上，頁一七二。

❿見《訓詁學》上，頁一七三～頁一八〇。

⓫見《訓詁學》上，頁一九五。

⓬見《訓詁學》上，頁二九一～頁二九二。

⓭見《中國聲韻學》，頁九五。

⓮仝注⓭，見頁九七。

⓯此書爲空大叢書，第三部分《訓詁學》，由竺先生執筆。

⑯見《文字學》，頁五三五。

⑰見《新訓詁學》，頁二五三。

⑱本文收錄於《名理論叢》一書。

⑲見《名理論叢》，頁五〇。

⑳見《華國》第四期。

㉑仝注⑳，見頁四二。

㉒見《林尹教授逝世十週年學術論文集》，頁二一七～二二九。

㉓見《國文學報》第二十六期。

㉔仝注㉓，見頁二三五。

㉕見《漢學研究》第 16 卷第 1 期。

㉖見《陳伯元先生六秩壽慶論文集》。

㉗見《北市師院語文學刊》第二期。

㉘見《北市師院語文學刊》第五期。

㉙見《簡明訓詁學》頁八九。案此書爲 1984 年所著，民國 85 年臺灣學生書局有增補訂正本《簡明訓詁學》，增訂本中，「第四章訓詁的方法」將原來「直陳其義」節改成「引申推義」。可見增訂本頁一〇九。

㉚見《簡明訓詁學》頁九〇。

㉛見《訓詁學簡論》頁一三七。

㉜該書上、下編，計分十四章，由第一節至五十九節貫全書十四章。

㉝見《訓詁學》上編頁一四三。

㉞見《訓詁學綱要》，頁一七七。

㉟仝注㉞，見頁一七九。

㊱仝注㉟。

㊲仝注㉞，見頁一八三。

㊳仝注㉞，見頁一八六。

㊴仝注㉞，見頁一九二。

❹見《訓詁學初稿》，頁一五五。

❹見《訓詁學導論》，頁一一四。

❹仝注❹，見頁一一四～頁一一五。

❹仝注❹，見頁一一六。

❹仝上注。

❹仝注❹。見頁一一八。

❹見《訓詁通論》，頁三〇。

❹仝注❹，見頁一〇三。

❹仝注❹。

❹見《訓詁通論》，頁一〇四～頁一〇五。

❺見《訓詁學教程》，頁五二。

❺仝注❺，見頁五八。

❺見《簡明訓詁學》，頁一三八。

❺案徐世榮十類反訓爲：⑴內含反訓。⑵破讀反訓。⑶互換反訓。⑷引申反訓。⑸適應反訓。⑹方俗反訓。⑺省語反訓。⑻隱諱反訓。⑼假借反訓。⑽訛誤反訓。

❺見《訓詁與訓詁學》，頁一一七。

❺見《訓詁學概要》，頁一四四。

❺仝上注。

❺ 1996 年 2 月版《訓詁學綱要》，見頁四六。1999 年 6 月版見頁四九。

❺見 1999 年 6 月版《訓詁學綱要》，頁五〇～頁五二。

❺見《訓詁學通論》，頁一〇六。

❻仝注❺，見頁一〇七。

❻見《訓詁原理》，頁三一〇。

❻見《訓詁原理》，頁三一一。

❻見《訓詁原理》，頁三一四。

❹見《廣雅疏證》研究，頁一〇六～頁一〇八。

❺見《訓詁學新編》，頁二〇五～頁二〇七。

❻見《訓詁學新編》，頁二〇七～頁二〇八。

❼見《訓詁學新編》，頁二〇九。

❽見《古漢語詞匯綱要》，頁一四〇。

❾見《古漢語詞匯綱要》，頁一四一～頁一五五。

⓿見《古漢語詞匯綱要》，頁一五六。

㉑見《古代漢語詞匯學》，頁一六八。

㉒仝注㉑。

㉓見《古代漢語詞匯學》，頁一六九。

㉔見《古代漢語詞匯學》，頁一七一～頁一七二。

㉕見《漢語詞義引申導論》，頁六三。

㉖以上引文並仝注㉕。

㉗見《漢語詞義引申導論》，頁六六。

㉘仝注，見頁七六。

㉙見《漢語詞匯的流變》，頁九六～頁九七。

㊀見《漢語詞匯的流變》，頁九七。

㊁見《漢語詞匯的流變》，頁九七～頁一〇一。

㊂以上引文，並見《詞匯》，頁五八。

㊃見《詞義研究與辭書釋義》，頁五七～頁五八。

㊄仝注㊃，見該書頁六四。

㊅仝注㊄。

㊆仝注㊄。

㊇仝注㊃，見該書頁六六。

㊈見《燕京學報》第二十二期，頁一二〇。

㊉仝注㊈，見該書頁一六九～頁一七二。

㊊仝注㊈，見該書頁一六九～頁一七二。

㊋見《舊學輯存‧中》，頁一〇七一～頁一〇九四。

第二章　反訓觀念之源起

第一節　郭璞與字義反訓之關係

　　歷來訓詁學者多以爲字義反訓起自晉代郭璞，茲列舉數家之論
即可知曉：齊佩瑢氏《訓詁學概論》：

　　這裏還有一點應該提出說明的，就是「相反爲訓」的問題。
　　漢人傳注雖知臭訓爲香，但尚無反訓之名：隱七《公羊傳》：
　　「《春秋》貴賤不嫌同號，美惡不嫌同辭。」然亦非言反訓之
　　理。至郭璞注《爾雅》《方言》始有其說。❶

龍宇純教授〈論反訓〉：

　　這一個（反訓）觀念從何時便已開始，很難說定。譬如前引
　　《說文》祀下云祭無已，倘如段王（指段玉裁、王筠）等所
　　說，是東漢的許慎已有此意念。但是東晉的郭璞則是明白揭
　　出此說的第一人。❷

胡楚生教授《訓詁學大綱》：

　　「反訓」這個觀念，雖然在《說文》和《毛傳》之中，似乎
　　已經出現，但是，最先把「反訓」明白地提出來的，卻是東
　　晉的郭璞。❸

應裕康教授《訓詁學》：

　　「反訓」之現象是晉代郭璞首先提出的。❹

周何教授《中國訓詁學》：

> 早期的訓詁，大都是隨文解義，訓詁的過程中，有時會發生
> 一字而意義恰好相反的事實，大概也沒有人給予十分的注
> 意。首先明白提示這種觀念者是東晉的郭璞。❺

徐世榮氏《古漢語反訓集釋》〈反訓探源（代序）〉：

> 古漢語訓詁學中有一種「反訓」，是比較特殊的字義訓解現
> 象。所謂「反訓」，其實是義兼正反。最早注意到這個現象的
> 是東晉郭璞。❻

何宗周氏《訓詁學導論》：

> 反訓之說，始自晉郭景純。❼

劉成德氏《簡明訓詁學》：

> 最早注意到義兼正反，以反義為訓的是東晉郭璞。❽

白兆麟氏《簡明訓詁學》：

> 反訓作為語義訓釋的一種手段，由《爾雅》開創，並由郭璞
> 注闡明。❾

周大璞氏主編《訓詁學初稿》：

> 反義相訓，訓詁學習慣稱為反訓。……晉代的郭璞首先從訓
> 詁學的角度指出這一現象。❿

楊榮祥氏〈「反訓」研究綜述〉⓫：

> 什麼是「反訓」？首創此說的是郭璞。

郗政民氏〈反訓淺說〉：

……可以看出，第一個把「以徂為存」、「以亂為治」的古代
書面語現象，同訓詁明確聯繫起來的人，當是郭璞。⓬

毛遠明氏《訓詁學新編》：

最早發現這種反訓現象，並加以解釋的學者是晉・郭璞。⓭

　　由以上所舉，諸家以為字義反訓之說，始自晉代郭璞。郭璞之
說，則見其注《爾雅》與《方言》，由其注中舉例與用語，遂引起歷
代學者之討論，故謂反訓觀念源自郭璞，殆無可議。

【注釋】

❶見《訓詁學概論》，頁一七八。

❷見《華國》第四期，頁三二、三三。

❸見《訓詁學大綱》，頁一〇六。

❹見《訓詁學》，頁一六九。

❺見《中國訓詁學》，頁九五。

❻見《古漢語反訓集釋》〈反訓探源（代序）〉，頁一。

❼見《訓詁學導論》，頁一三七。

❽見《簡明訓詁學》，頁一三八。

❾見《簡明訓詁學》，頁八九。

❿見《訓詁學初稿》，頁一五五。

⓫見《中國語文天地》，1988 年 5 期，頁三〇。

⓬見《西北大學學報》（哲學社會科學版），1984 年第 4 期，頁一六。

⓭見《訓詁學新編》，頁二〇四。

第二節　郭璞之生平與著作

一、郭璞之生平

郭璞（公元二七六～三二四），爲尙書都令史郭瑗之子。字景純，東晉河東聞喜（今山西省聞喜縣）人。《晉書》有傳。

郭璞博學有高才，喜好經術。詞賦爲東晉之冠，自小酷愛古文奇字，妙於陰陽算曆。初由宣城太守殷祐引爲參軍，繼由王導引爲參軍，璞著〈江賦〉，爲辭甚偉，爲世所稱。復作〈南郊賦〉，元帝見而嘉之，召爲著作佐郎，再遷尙書郎。帝崩之後，璞因母憂去職。明帝時，王敦起璞爲記室參軍。敦謀逆，問卜於璞，占卦凶，敦怒收璞斬之，年四十九。王敦平，追贈弘農太守。

二、郭璞之著作

㈠璞占前後筮驗六十餘事，名爲《洞林》。又抄京房、費直諸家要點，更撰《新林》十篇、《卜韻》一篇，皆未傳世。

㈡郭璞詩傳二十二首：以《遊僊詩》十四首爲代表，內容爲歌詠高蹈遺世，蔑棄富貴榮華，流露對現實之不滿。鍾嶸《詩品》評爲：「始變永嘉平淡之體，故稱中興第一。」劉勰《文心雕龍・才略篇》評爲：「景純艷逸，足冠中興。」皆就其詩而論也。

㈢郭璞爲文，斐然多采，超世邁俗，朗麗可誦，彪炳可翫。

1.言古理奧，句多閎誇：

郭璞博學多通，尤精小學，積字成句，積句成章，莫不考辭義，然後揮翰，由小學以通經學，鎔經句以鑄文章。尤復好道慕仙，暢曉陰陽五行。自傷坎壈，不能成務，則鬱結於中，言形於外。又不敢直陳以述情，爰影射以寄意。故言古理奧，句多閎誇。

2.通經達政，文成儒宗：

魏晉崇尚玄學，清談爲務，偏離儒學，經義寖衰。郭璞博通經
術，深諳治道，妙識曆算之法，洞知五行之術，見獄訟充斥，
怨氣盈積，爰於策疏，大聲疾呼，爲蒼生請命。上格君心，下
盡臣節，堪稱通經達政，文成儒宗。❶

㈣郭璞於訓詁方面，著作甚夥，其以畢生精力，「綴集異聞，會粹舊
說」，「考方國之語，采謠俗之志」來疏通訓詁，辨章名物，予《爾
雅》《方言》等書作注。

1.爲《楚辭》、《山海經》、《穆天子傳》作注，前者今已亡佚，後
二者有傳世。此類著作，富神話色彩。郭氏於草木鳥獸蟲魚之
敘述，名物訓詁至爲用力。

2.爲〈子虛賦〉、〈上林賦〉作注，今皆已佚。《史記》、《漢書》、《文
選》注中，保存一部分。

3.爲《三蒼》、《爾雅》、《方言》作注，另有《爾雅音》、《爾雅圖》
（又稱《爾雅圖讚》）。其中《三蒼注》及後二書，早已亡佚，
今只傳《爾雅注》及《方言注》，此爲郭璞訓詁方面極重要之作。

董志翹氏《訓詁類稿》曾論郭璞注釋成就，其云：

郭璞治學嚴謹，他的注釋，不僅引證宏博，訓辨精當，而且
不迷信前人，有所發明。這主要表現在他作注時，能不為文
字形體所束縛，從聲音上去考察語詞相互間的關係，從而找
出規律性的東西。他在注釋中，已經比較早地提出了「語之
輕重」、「聲轉、語轉」、「假借音」、「連綿詞不分訓」等概念。
這些概念，幾乎都涉及到訓詁與聲音的關係。這不能不說郭
璞開了清代語言學家「因聲求義，聲義密合」治學方法的先
河，是對訓詁學的一大貢獻。❷

【注釋】

❶參見陳松雄教授〈魏晉文之形式與風格〉，東海大學《第三屆魏晉南北朝文學國際學術研討會論文集》。

❷見《訓詁類稿》，頁六四。

第三節　郭璞之反訓觀念

郭璞於《方言》卷二：「逞、苦、了、快也。自山而東或曰逞，楚曰苦，秦曰了」條下注云：

> 苦而為快者，猶以臭為香，亂為治，徂為存，此訓義之反覆用之是也。

又於《爾雅·釋詁下》：「肆、故，今也」條下注云：

> 肆既為故，又為今，今亦為故，故亦為今，此義相反而兼通者，事例在下，而皆見《詩》。

郭氏所謂「事例在下」者，謂在下文「徂、在，存也」注中。

《爾雅·釋詁》：「徂、在，存也」條下郭氏注云：

> 以徂為存，猶以亂為治，以曩為嚮，以故為今，此皆詁訓義有反覆旁通，美惡不嫌同名。

郭氏以「訓義之反覆用之」、「義相反而兼通」、「詁訓義有反覆旁通」及「美惡不嫌同名」等詞語，解釋「苦而為快」、「以臭為香」、「亂為治」、「徂為存」、「肆既為故，又為今」、「故亦為今」之現象。茲先就此四詞語探討之：

一、「訓義之反覆用之」

此語重點在於「反覆」二字。此二字字義爲何？

反　《說文・又部》：「覆也。从又厂。」

段注云：「覆，覂也。」

覆　《說文・两部》：「覆，覂也。从两，復聲，一曰：葢也。」

段注於「覂也」下云：「反也。覆、覂、反三字雙聲。又部反下曰覆也。反覆者倒易其上下，如两從冂而反之爲凵也。覆與復義相通，復者往來也。」

段氏謂「復者往來也」係據《說文》。

復　《說文・彳部》：「復，往來也。从彳，夏聲。」

　段注云：「辵部曰：返，還也。還，復也。皆訓往而仍來。」
　今人分別入聲去聲，古無是分別也。」

可知「覆」、「復」通用，「反覆」通「反復」，乃「往來」之意。「往來」爲「往而仍來」之意。則郭璞《方言》注中「苦而爲快」之例，即「苦」可往「快」，又「快」可往「苦」，彼此可「往而仍來」，此即郭璞「訓義之反覆用之」之意。「反覆」非一般所謂「重複」之意。

二、「義相反而兼通」

以字面言，義既「相反」，又「兼通」，不亦「矛盾」乎？郭氏此語係解釋「肆既爲故，又爲今，今亦爲故，故亦爲今」之例。殆謂「故」「今」兩字義相反，然可「兼通」。吾人先探討「兼」、「通」二字之義：

兼　《說文・秝部》：「并也，从又，持秝。」

段注云：「并，相從也。」

通　《說文‧辵部》：「達也。从辵、甬聲。」

段注云：「通、達雙聲。達，古音同闥。《禹貢》：達于河。今文《尚書》作通于河。按達之訓行不相遇也。通正相反。經傳中通達同訓者，正亂亦訓治、徂亦訓存之理。」

案：《說文‧辵部》：「達，行不相遇也。」吾人本擬由《說文》「兼」「通」二字訓解曉喻郭璞用詞含意，卻無直接助益。然由段注中，有一意外發現者，即：經典中「通」「達」二字同訓，惟《說文》本意不同，「通」訓「達」；「達」訓「行不相遇」，段氏謂此例與「亂訓治、徂訓存之理」同，則吾人可推知，「故」與「今」義雖「相反」，卻可「兼通」。

「通」與「達」正相反，何以與「亂訓治」同理？宋永培氏於《古漢語詞義系統研究》有深入之探討，可以佐證本人推論。宋氏謂「段玉裁認為『亂訓治』、『通訓達』皆是『相反而成』」❶，並引段注二條：

《說文‧十二上》：擾，煩也。《段注》：擾得訓馴，猶亂得訓治、徂得訓存、苦得訓快，皆窮則變、變則通之理也。

《說文‧十下》：籍，窮治罪人也。《段注》引申為凡窮之稱。《蓼莪》傳曰：養也。養與窮相反而相成，如亂可訓治、徂可訓存、苦可訓快。

宋氏謂：「『窮則變，變則通』（變通）是『通』解決『塞、隔、阻』，以實現『暢達』的方式。段氏認為這與『亂可訓治』一樣是『相反而成』、『通』與『達』的關係確實是『相反而成』。」❷

郭璞「義相反而兼通」與段玉裁「相反而成」，寓義殆同。由段氏舉例「亂得訓治、徂得訓存、苦得訓快」，尤可證明。

三、「詁訓義有反覆旁通」

此語與「訓義之反覆用之」含義近似，所不同者此處有「旁通」

二字。由上文剖析，「反覆」乃「往來之意」，此處加「旁通」二字即「往來旁通」之意。以郭璞「以徂為存」為例，蓋即「徂」與「存」二字可以反覆往來旁通。胡楚生教授《訓詁學大綱》云：「旁通」二字，意義不甚明顯，大約是指意義正反可以通用而言。」❸胡教授所言甚是。

四、「美惡不嫌同名」

此語在「詁訓義有反覆旁通」之下，二詞相連。含義如何？「以徂為存」，「徂」「存」二字，可反覆往來旁通，其與「美惡不嫌同名」一詞，有無關聯？

考「美惡不嫌同名」語出《公羊傳》。

《春秋・隱公七年》：「滕侯卒。」

《公羊傳》：「何以不名？微國也，微國則其稱侯何？不嫌也。《春秋》貴賤不嫌同號，美惡不嫌同辭。」

吾人原欲明瞭「美惡不嫌同名」一詞之含義，尚未解決，卻又帶出另一語詞——「貴賤不嫌同號」。今只得兩語一併探討之。

㈠「貴賤不嫌同號」

《公羊傳》之「微國」即指「小國」，依例大國之君稱侯，小國之君稱伯子男，本儼然有別。今云「貴賤不嫌同號」，當有其寓意。

《公羊傳》「不嫌也」下，何休注云：

> 滕侯卒，不名，下常稱子，不嫌稱侯為大國。

復於「貴賤不嫌同號」下注云：

> 貴賤不嫌者。通同號稱也。若齊亦稱侯，滕亦稱侯，微者亦
> 稱人，貶亦稱人，皆有起文，貴賤不嫌同號是也。

徐彥疏云：

> 解云：滕侯卒，不名，下恒稱子，起其微也。齊侯恒在宋公
> 之上，起其大也。

又云：

> 解云：不論貴賤，不嫌者，通其同號稱，由是之故，春秋同
> 其號也。

滕爲小國，齊爲大國，稱號自然有別，惟在「貴賤不嫌同號」之理
念，及爲襃揚滕侯功績之下，稱「滕侯」。

史書之稱，僅反應「貴賤不嫌同號」，與郭璞所云「詁訓義有反
覆旁通」「訓義之反覆用之」等詞語之內涵，截然不同。

(二)「美惡不嫌同名」

何休於此詞下注云：

> 若繼體君亦稱即位，繼弒君亦稱即位，皆有起文，美惡不嫌
> 同辭是也。

何氏以繼體君、繼弒君之即位譬喻，並謂「皆有起文」，吾人尙且未
能明瞭，又如何能明瞭「美惡不嫌同辭」一語？茲先就「繼體君」
「繼弒君」二詞探討之。

徐彥疏云：

> 解云：前君之薨，書地者，起其後即位者，是繼體之君也；
> 若前君薨，不地者，起其後即位者，非是繼體之君也。

何休謂「繼體君」「繼弒君」均稱「即位」，即「美惡不嫌同辭」之
意。徐彥更以前君薨書地與否，區別「繼體君」「繼弒君」。爲明晰
計，表列如下：

新君繼位皆稱「即位」╱＜ 前君之薨，書地者－繼體君(子承父位)
╲ 前君之薨，不地者－繼弒君(下弒上) ＞美惡不嫌同辭

　　由此可知，「美惡不嫌同辭」原是今文學家用來闡述《春秋》微言大義，原指史書對於新君不同情況即位之稱，與詁訓義無關。

　　綜上所論，可以得知：

　　㈠「義之反覆用之」、「義相反而兼通」、「詁訓義有反覆旁通」三詞，蓋指兩字字義，往來相通之意。

　　㈡「貴賤不嫌同號」、「美惡不嫌同名」二詞，並無「反覆往來相通」之意，與前三詞意風馬牛不相及，蓋郭氏誤解《公羊傳》辭意，或郭氏以爲即「反覆往來相通」之意，予後人諸多不解，恐郭氏所始料未及也。

　　㈢郭氏所舉「苦而爲快」、「以臭爲香」、「以亂爲治」、「以徂爲存」、「以曩爲曏」、「以故爲今」諸例，本指二字可「往來兼通」，並非以字義正反爲訓之意，後人理解不同，遂衍生爭議。張舜徽於〈字義反訓集證〉一文中謂：

> 郭氏發凡之辭，雖甚簡約，不啻爲訓詁學揭櫫一大例矣。惜其說未能充類至盡，詳道其所以然。且所言者，僅限於文字運用之跡，又不及推溯皇古造字之初，補苴演繹，有待後人。❹

張氏所言甚是。胡楚生《訓詁學大綱》謂：「不管郭璞怎樣誤解或應用了《公羊傳》上的觀念，不過，自從郭璞明確地提出了『反訓』之說後，這一觀念，更深深地根植在後代的學者們心中了。凡遇一字不能依其常義來解釋的，使用反面的意義去說明，甚至推波逐浪，由歸納演繹，於是『反訓』幾乎成了訓詁的常則，以至於通儒碩彥，亦往往如此，視爲理所當然了。」❺胡教授此語說明反訓觀念源自郭璞。

【注釋】

❶見《古漢語詞義系統研究》，頁二六四。
❷見《古漢語詞義系統研究》，頁二六四～頁二六五。
❸見《訓詁學大綱》，頁一〇七。
❹見《舊學輯存·中》，頁一〇六五～頁一〇六六。
❺見《訓詁學大綱》，頁一〇九。

第四節　檢視郭璞所舉六例

　　郭璞於《爾雅注》《方言注》中所舉六例有：苦而爲快、以臭爲香、以亂爲治、以徂爲存、以曩爲曏、以故爲今，茲依次析論之：

一、「苦而為快」

　　郭氏舉「以苦爲快」爲「訓義之反覆用之」之例，依上節用語分析，郭氏殆以「苦」「快」二字義可往來旁通。然今人多取字面義，「苦」爲「痛苦」；「快」爲「愉快」，遂形成反訓。「苦」「快」是否爲反訓？學者有贊成有不贊成，茲析論如下：

甲、贊成者：

　　咸以「苦」「快」二字雙聲，雙聲相轉而爲反訓。

　　章太炎先生以爲苦快乃雙聲相轉、制字相承通藉者，其《小學答問》云：

> 問曰：古有以相反爲誼，獨亂訓爲治。《說文》：𤔔亂本與㕎
> 分，其它若苦爲快，徂爲存，故爲今，今雖習爲故常，都無
> 本字，豈古人語言簡短，諸言不、言非者，皆簡略去之邪？
> 答曰：語言之始，誼相同者，多從一聲而變，誼相近者，多
> 從一聲而變，誼相對相反者，亦多從一聲而變。……其它亦

有制字者而相承多用通耤。……苦徂故之為快存，今亦同斯
例，特終古未制本字耳。若從雙聲相轉之例，雖謂苦耤為快、
徂耤為存、故耤為今，可也。

董璠氏〈反訓纂例〉亦以為苦、快雙聲字也，「苦」訓「快」，
作用顯義，因之置「彰用反訓」一類，董氏云：

> 《方言》：「苦，快也。楚曰苦。」又「逞，曉，恔，苦，快
> 也。宋、鄭、周、洛、韓、魏之間曰苦。自關而西曰快。」
> 郭云：「苦而為快者，猶以臭為香，治為亂，徂為存，此訓義
> 之反覆用之」是也。戴氏東原云：「逞，苦，快，義本此。」
> 《莊子‧天道篇》：「徐則甘而不固，疾則苦而不入。」司馬
> 云：「甘者，緩也。苦者，急也。」急亦快疾義。本非指滋味
> 之厭嚐。原荼為大苦，因之凡物之苦者皆謂之苦。《釋名》：
> 「苦，吐也。人所吐也。」故苦艸名荼。《一切經音義》十一，
> 引《倉頡》云：「吐，棄也。」苦吐為疊韻字。苦遂專為厭苦
> 義矣。然荼稱大苦，即今之甘艸也。今文苦為芐。芐，地黃，
> 亦味甘。以其爽口，是又因味之快爽為反訓者。引申之即謂
> 苦稱快。苦、快又雙聲字也。猶今言「痛快」耳。痛而稱快，
> 是反訓之以其作用顯義者也。❶

先師林景伊先生《訓詁學概要》本章氏之說，推闡云：

> 章氏的意思是以為凡字義相對相反的，多從一聲而變，或雙
> 聲相轉，而造為二字。❷

林師以此例列為反訓起因中「音轉關係」之例。

徐世榮氏《古漢語反訓集釋》以此例為「性狀類」之反訓，徐
氏以「苦、困也。（又）快也」二義為反訓，釋云：

> 困苦之苦為恒言。而《方言‧二》曰：「苦，快也。……楚曰

苦。」郭注：「苦而曰快者，猶以臭為香，亂為治，徂為存，此訓義之反覆用之是也。」《說文通訓定聲》曰：「『苦、快』，一聲之轉，取聲不取義，與『徂、存』雙聲字同。若臭兼香，臭是本義。亂與溷別，故當訓治也。」郭與朱，皆以為反訓，且以為「快」乃「愉快」之「快」。然錢繹《方言箋疏》則云：『李善注〈廣絕交論〉引《說文》：「苦，急也。」《莊子・天道篇》：「斫輪，徐則甘而不固，疾則苦而不入。」《淮南・道應訓》同。高注：「苦，急意也；甘，緩意也。」是苦為「快急」之「快」。』苟如此，則與困義非相反矣。❸

徐氏據朱駿聲之說，以「苦」「快」為反訓，惟徐氏亦有但書，即：若據錢繹之說，「苦」為「急意」，則與「困義」非相反為訓矣。

案錢繹《方言箋疏》於「逞，苦，了，快也」條下云：

按此條有三義，逞為快意之快，苦為快意之快，了為明快之快，而義又相通。……卷三云：「逞、苦，快也。江淮陳楚之間曰苦，自關而西曰快。」復申釋此條之義也。❹

乙、不贊成者：

各家所持理由不一，然皆主張「以苦為快」非反訓。先援引各家之說，再予以剖析：

齊佩瑢氏《訓詁學概論》既主張反訓非訓詁之法則，卻又依其事情性質，列反訓類別五種❺，而此例不在其中。齊氏將此例置於附帶舉正「不曉同音假借而誤以為反訓者」之例，茲引錄如下：

《爾雅》：「蘦，大苦。」注：「今甘草也。或云蘦似地黃。」（《詩》「采苓采苓」，傳：「苓，大苦。」）

王氏《廣雅疏證》：「案大苦者大芐也。《爾雅》云：芐地黃，芐苦古字通，公食大夫禮羊苦，今文苦為芐是也。蘦似地黃，

故一名大苦。……苦乃苄之假借，非以其味之苦也。」又《方言》三：「苦，快也。」《方言》二：「苦，快也。」郭注謂苦而為快者，猶以臭為香。馬瑞辰據以訓解《詩》之「甘心首疾」，甘與苦相反為義，說亦無據。❻

所謂「王氏」係指王念孫。齊氏以「苦」為「苄」字之假借，大苦即大苄，非以其味苦，反之，大苦今甘草，則苦、甘非反訓。又齊氏曾論「語義的演變」，亦述及此例，齊氏云：

> 郭氏注《方言》更云：「苦而為快者，猶以臭為香，亂為治，徂為存，此訓義之反覆用之是也。」此說實未達語言演變之理，徒以表面而論，謂之反訓，不如《荀子・正名》注所說的「氣之應鼻者臭，故香亦謂之臭」為佳。❼

齊氏既評郭「未達語言演變之理」，其反對此例為反訓，顯然可知。

龍宇純教授〈論反訓〉從「苦」之含義與朱駿聲「苦快一聲之轉，取聲不取義」，以為此例非反訓，其論云：

> 苦而為快，除上引《方言》卷二條外，又見卷三，原文云：「逞、曉、恔、苦、快也。」逞為稱意適志之快，曉、恔、了為明白暢達之快，快字便是愉快的意思。苦字既與諸字同條共貫，亦當為愉快之意。然而苦字通常作痛苦或甘苦之苦解，義正相反，所以郭氏以為義之反覆用之者。只是苦字用為愉快義的古籍未嘗見過。《莊子・天道篇》說：「斲輪徐則甘而不固，疾則苦而不入。」兩語又見《淮南・道應篇》。高誘注《淮南》甘為緩意、苦為急意，《莊子》的司馬彪注相同。魏博士張揖的《廣雅》收苦急、甘緩、苦快三義，蓋一本《淮南》高注，一本《方言》。因為快字亦有急疾之義，在表面上，《方言》苦作快解與《莊子》苦作急解是相合了。所以王念孫《廣雅

疏證》在苦急、苦快三條下並引《莊子》此文以為證明。但
是即使王念孫是對了，所謂「苦快」快是急疾之義；畢竟不
是苦為愉快的明證，而急疾與痛苦或甘苦之苦意義都並非相
反。所以僅憑此一條而立反訓之說當然是不可以的。朱駿聲
《說文通訓定聲》此有另一看法。他說：「苦快一聲之轉，取
聲不取義。」意思楚人說快為苦，語言仍是一個，不過方域
不同，語音略有變易。我倒是很同意這一說法。第一，《方言》
中本來有許多只是記音之字。大底子雲聽其他方言中有音無
字的語言，語音與自己方言中某字類似，便借某字標音，只
不過等於「本無其字，依聲託事」的假借，並不需意義上有
何關聯。第二，從語音上講：苦快二字韻母雖不同，卻都讀
溪母合口。說他們一語之轉，並非無此可能。❽

胡楚生教授《訓詁學大綱》亦以為此例非「反訓」❾，胡教授由「苦」
字之含義與語音二端解析之：於「苦」字之含義一端，胡教授云：

苦字通常的意義，都作痛苦解，快字，通常可以解釋為愉快
和快速。《方言》這兩條中的快字，如果解作為愉快之義，那
麼，和痛苦之義的苦字，恰好便是意義相反了。自然，從另
一方面看，如果要說明「苦，快也」不是反訓，只有把苦字
也解作為迅急之義，那麼，它和快速之義，便可以不是「反
訓」了。❿

胡教授又謂「苦」作「急速」解，在古書上有其例，舉《莊子・天
道篇》：「斲輪，徐則甘而不固，疾則苦而不入。」《釋文》引司馬
彪云：「甘者緩也，苦者急也。」與《淮南子・道應訓》：「臣試以臣
之斲輪語之，大疾則苦而不入，大徐則甘而不固。」高誘《注》：「苦，
急意也，甘，緩意也。」胡教授云：

「苦」解作迅急之義，與「快」解作快速之義，意義自然是
不相反的。但是，問題在於《方言》裡那兩條的「快」字，
能否肯定它只是「快速」之義，而不作「愉快」義解。❶❶

胡教授復從「苦」之語音一端解析，其引朱駿聲《說文通訓定聲》
「苦快一聲之轉，取聲不取義」後云：

意思是說，楚人說快為苦，楚人語言中所要傳達的愉快之意，
是以「苦」這個聲音來表示的，語言仍是一個，不過方域不
同，語音略有變易而已。❶❷

胡教授以為朱氏「苦快一聲之轉」，合乎理論，但此例非反訓。

何宗周氏《訓詁學導論》以為此例「以語言有分化，文義隨之
衍變，而終古未制其字者也」❶❸，「苦」「快」二字為假借有雙聲之
例，為訓詁之通則，非反訓。其云：

故朱駿聲曰：「苦快一聲之轉，取聲不取義。與徂存雙聲字同。」
苦快亦雙聲。陳第《讀詩拙言》曰：「凡同在一條之內而雙聲
者，本同一意。意之所發，而聲隨之，故其出音同。唯末音
不同耳。末不同者，蓋以時不同；地不同故也。」故音訓，
假借有雙聲之例。為訓詁之通則，非反訓也。愚意：「苦，快
也。」非終古未制字者。苦即處古之叚借。《爾雅・釋詁》：「苦，
息也。」《廣雅・釋詁》則作：「憇，息也。」而息又為餲之
假借。《廣雅・逸文》：「餲，食也。」人食時則快愉也。故曰：
「苦，快也。」為以借字釋借字者。非反訓也。是又一說也。
❶❹

何氏據朱駿聲、陳第之說，以為苦、快乃雙聲假借，非反訓，更指
出「苦」即「憇」之假借。「苦」字，《爾雅》訓作「息也」；「憇」
字，《廣雅》亦訓「息也」。而「息」又為「餲」之假借，「餲」乃「食」

之意，人食時則快愉，故「苦」可解爲「快」也，不得視爲反訓。

　　蔣紹愚氏《古漢語詞匯綱要》將歷來視爲「反訓」之例，分爲七類，既承認語言中確有反訓詞存在，又將非反訓而誤爲反訓者排除，態度審愼。蔣氏第一類爲「有的實際上並非一個詞具有兩種意義，把它們看作『反訓』，是沒有區分字和詞而產生的一種錯覺」❺，以爲郭璞誤解《方言》之意，其云：

> 《方言》：「遌、苦、了，快也。」郭注：「苦而爲快者，猶以臭爲香，治爲亂，徂爲存，此訓義之反覆用之是也。」這裡先說「苦」和「快」。郭璞的意思說，「痛苦」的「苦」以「快意」的「快」爲訓，所以是反訓。

　　這也是把字和詞弄混了。對於《方言》的這一條，錢繹解釋說：

> 《方言箋疏》：『案此條有三義。「遌」爲快急之快，「苦」爲快急之快，「了」爲明快之快。而其義又相通。……下文云：「遌，疾也，楚曰遌。」《說文》：「楚謂疾行曰遌。」「疾」與「急」同義，是「遌」又爲快急之快。《廣雅》：「苦，快也。」李善注〈廣絕交論〉引《說文》：「苦，急也。」《莊子・天運篇》：「斲輪徐則甘而不固，疾則苦而不入。」《淮南・道應訓》同，高注：「苦，急意也。甘，緩意也。」是「苦」爲快急之快也。』❻

蔣氏將字、詞分開，列表如下：

$$苦:\begin{cases}苦_1（痛苦）\longleftrightarrow（快意）快_1\\苦_2（快急）\text{——}遌（快急）\text{——}（快急）快_2\end{cases}\Bigg\}快$$

蔣氏以爲郭璞誤解《方言》之意，以爲苦$_1$可訓快$_1$，即是「反訓」，實則《方言》所指爲苦$_2$可訓快$_2$，是同義相訓，非「反訓」。

　　李萬福氏〈反訓即反義同詞嗎？〉乙文，據《辭源》列出各對

反訓有關義項，第一對即「苦、快」，其表如下：

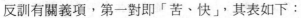
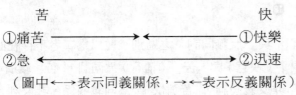

（圖中←→表示同義關係，→←表示反義關係）

李氏云：

> 從上表可以看出，每個被訓釋的詞都有一個義項與用來訓釋
> 的詞意義相同，又有一個義項與用來訓釋的詞意義相反。這
> 是必然的，因為沒有相同則不可相互訓釋，沒有相反便不得
> 稱反訓。由此推斷：甲詞有這樣兩個義項，其中一個與乙詞
> 的意義相同，另一個則相反，那麼，用乙詞訓釋甲詞便叫反
> 訓。但甲詞卻不一定具有兩個互為相反的意義。如「苦訓快」。
> ⓱

李氏引《方言・卷二》：「逞、苦、了，快也。」與郭注「苦而為快
者…訓義之反覆用之是也。」後云：

> 「苦」與「快」的確是反義詞，所以歷代學者都把「苦訓快」
> 視為反訓的典型。我們透過詞義平面，深入義項考察。「快」
> 有快意、明快、快急等義項。這裡說「苦」有「快」的所有
> 義項還有其中一個呢？典籍中找不到「苦」用為快意、明快
> 兩義的證據。《莊子・天道》：「斲輪疾則苦而不快。」《淮南
> 子・道應》也有此句。高誘注：「苦，急也。」《廣雅・釋詁》：
> 「苦，急也。」王念孫疏證：「快與急亦同義，今俗語猶謂急
> 為快矣。」所以錢繹「逞、苦、了，快也」下說：「此條有三
> 義。『逞』為快意之快，『苦』為快急之快，『了』為明快之快。」
> 取「快」的「快急」義去解釋「苦」的「快急」義，這不正
> 是同訓麼。只是因為「苦」有「痛苦」義、「快」有「快樂」

義才被稱為反訓。然而「苦」有痛苦，快急兩義卻構不成反義同詞。**⑱**

李氏說明「反訓」與「反義同詞」之區別，並以為二者不存在必然聯繫，指出「快」（快意）與「苦」（情意）為同訓，「苦」義項「痛苦」與「快意」非反義同詞，「苦訓快」，為同義關係，非反訓。

　　王寧教授〈反訓析疑〉，以為「反訓」名稱不科學，文中曾以「苦，快也」為例，說明訓釋時義項之關係，其云：

> 「苦」的本義一種味苦的菜，引申為一種刺激性強烈的味道，古代的苦相當於今天的苦與鹹兩種滋味，古代苦味屬火，《禮記・月令》在談到孟夏之月屬火時說：「其味苦，其臭焦。」注：「火之氣味也，凡苦焦者皆屬焉。」這說明苦味強烈，由於通感的引申而有了「急」義。《莊子》、《淮南子》都以甘味為緩，以苦味為急。因苦味刺激性大而又引申為情感痛苦。而「快」則有「歡喜」和「疾速」兩義。《方言》「苦，快也」，是「苦」的「強急」義和「快」的「疾急」義的對當，如以「苦」的「痛苦」義與「快」的「歡喜」義對當，便偷換了義項而有了反義，這是不能成立的。**⑲**

王氏以為「苦，快也」，是「苦」（強急義）與「快」（疾急義）相對當，非反訓。

　　應裕康教授《訓詁學》以為「苦」「快」是「方言的不同」，不能視作反訓。應教授云：

> 郭璞所提反訓現象的例子，有些是從《方言》一書裡所得的材料。殊不知《方言》一書，只是當時各地方言語音的紀錄，很多字只不過借其聲，而不能以其形體來釋義的。
> 《方言・二》：「逞、苦、了，快也。自山而東，或曰逞，楚

曰苦，秦曰了。」

郭注便以為以「快」來釋「苦」，自然是反訓。

按郭注以此為反訓，就是把「快」當作「愉快」義，把「苦」當作「痛苦」義，痛苦跟愉快，自然是相反為訓了。[20]

應教授引朱駿聲《說文通訓定聲》：「苦、快一聲之轉，取聲不取義。」後云：

> 朱氏這一說法，正表示《方言》只是方音的記錄，那個「苦」字，只是一個音，而不是痛苦的「苦」字。揚雄的意思是「愉快」這一個意義，楚地方言，發音似「苦」如此而已。所以說，這是不能將之視為義訓，更不能以此視為反訓的。[21]

周何教授〈論相反為訓〉以為郭璞「訓義之反覆用之」、「詁訓義有反覆旁通」之言論「也確實有些問題」，文中曾舉「苦」字為例，其云：

> 揚雄《方言》的編纂，有很多原就是記錄各地不同的語言語彙，沒有適當的文字可供表達，往往就用同音的字來記錄語言，所以他用的這個「苦」字，不過是一個借來記音，代表楚地方言的注音符號而已。郭璞認為那原是痛苦字，而居然訓為愉快字，因而才導引出「反覆用之」的說法。這是他對資料本身性質沒有看清楚，所以其所推衍出來的理論，似乎也站不住腳了。[22]

周教授又於《中國訓詁學》一書論及此例，其云：

> 至於《方言》「苦」而為「快」，郭璞以「訓義之反覆用之」來解釋，根本就是誤會。《方言》明明說是「楚曰苦」，指楚地的人把「快」唸作「ㄎㄨˇ」，揚雄為了記錄語言，正好用上了「苦」字，所以這裡的「苦」只是記錄聲音的一個符號

而已，不能當作文字來看，更無須推敲「苦」字與「快」字
之間的意義關係如何。㉓

　　姚師榮松〈反訓界說及其類型之商榷〉一文，引錢繹《方言箋
疏》後按語云：

　　　　按：快是通語，也是關西的方言用語。依錢氏箋疏，快意之
　　　逞、快急之苦、明快之了，具有共通的義項「快」，所以同義；
　　　苦字的通行義為「痛苦」，構成「苦」的另一義項，兩義並未
　　　相反，除非曲解《方言》的「苦」字為快意或痛快，才能和
　　　通行的痛苦形成「反義共詞」，因此郭注把它拿來和「以臭為
　　　香、亂為治、徂為存」類比，也用「訓義之反覆用之」說明，
　　　顯然是弄錯了。如果取《方言》的苦（快急義項）作為苦（二）、
　　　常用義「痛苦」作苦（一），來和快的兩個義項（快二為快急，
　　　快一為快意）類比，則「以苦（二）為快（二）」並不構成反
　　　義，換成「以苦（一）為快（一）」就是反義了。這就是王寧
　　　所謂的「偷換義項」。這條「訓義反覆」本來是不能成立的。
　　　但朱駿聲說：「苦快一聲之聲，取聲不取義」，意思是說：快
　　　急之「快」聲轉為「苦」，只取苦之音不取苦之義。說穿了就
　　　是假借字，從詞彙上說就是同形異義詞。郭璞似乎把同形異
　　　義詞拿來類比，經由移花接木，把不是「訓義反覆」的「苦
　　　（二）快（二）看成同形詞「苦（一）快（一）」的化身才完
　　　成的。㉔

姚師同意王寧「偷換義項」之說，又從朱駿聲苦快一聲之轉之說，
視「苦、快」為假借字，是其不贊成此例為反訓。惟姚師又由反訓
材料類型看反訓多層次意義，將郭璞所舉六例稱之為「郭璞的『訓
義反覆』之類型」，而此例為「顛覆型反義」。

　　竺家寧教授《訓詁學》亦據朱駿聲《說文通訓定聲》「苦、快

一聲之轉」之說，謂此例非反訓。㉕

　　毛遠明氏《訓詁學新編》，將「不是反訓詞而誤認爲反訓的」歸納爲三種情況，其一爲「沒有分清字和詞」㉖，毛氏云：

> 《方言》卷二：「苦，快也。」苦與快也不是反訓。「快」有愉快、快疾二義；「苦」有痛苦、快疾二義。《方言》的「苦」與「快」都祇是取其「快疾」義。是兩個詞的某一個義位偶然重合。「苦」並無愉快義。㉗

　　綜上觀之，贊成者、不贊成者之意見爲：

一贊成者：

　　章太炎先生以「誼相對相反者，亦多從一聲而變」「雙聲相轉」論之，林景伊師從之，並將此例列作「音轉關係」所形成之反訓。董璠以「苦、快」雙聲字論之，並將此例稱之爲「彰用反訓」；徐世榮謂郭璞與朱駿聲皆以「苦，快也」爲反訓，蓋徐氏對反訓之界義自有其見解。

二不贊成者：

　　㈠未達語言演變之理：齊佩瑢以爲郭璞徒以表面而論，未達語言演變之理。

　　㈡苦、快一聲之轉：龍宇純、胡楚生、何宗周、王忠林、周何、姚榮松等人主之。《方言》爲方音之記錄，「苦」只是借來記音，周何教授「楚地的人把『快』唸作『ㄎㄨˇ』，揚雄爲了記錄語言，正好用上了『苦』字」，即此意。

　　㈢義項偸換、字與詞混淆：義項偸換乃王寧教授用語。意謂字之義項，須視同義關係抑反義關係。蔣紹愚、李萬福、王寧、胡楚生、毛遠明均有類似之主張。而蔣氏所指「苦（快急）」與「快（快急）」爲同義相訓，可爲代表。錢繹《方言箋疏》「苦」爲快急之快，王念孫《廣雅疏證》「快與急亦同義」，爲此說之依

據。

筆者案：

㈠郭璞「以苦爲快」，爲「訓義之反覆用之」之例，殆謂「苦」「快」
　　二字可以往來旁通，與後世字義正反之觀念不同。

㈡「苦」「快」之例，筆者不以雙聲論之，主張應以《方言》爲
　　方音之記錄，「快」音「ㄎㄨˇ」，苦、快非反訓。再者，字與
　　詞應予以區別，確定義項，始能判斷同義抑反義，「苦」「快」
　　爲同義關係，是以筆者以爲此例非反訓。

二、「以臭爲香」

　　郭氏以此例作爲「訓義之反覆用之」之例，殆謂「臭」「香」
二字可往來旁通。後世有贊成爲反訓者，亦有不贊成者，茲析論如
下：

甲、贊成者：

　　董璠氏〈反訓纂例〉以爲反訓之字，自本義引申者半，自音變
假借者亦半。又將自音變假借者歸爲三類，即：

一原字本讀甲音，後假借爲乙，遂變乙音，即從而改原字讀爲乙音，
　　不復假借與乙音同讀之字。

二原字本讀甲音，後來其中一部破讀爲乙，而其一部仍存甲音，則
　　於讀甲音之處，寫本字，讀乙音之處，用假借字。

三最後將讀甲音之一部，亦變爲乙音，則亦改寫乙之假借字，而甲
　　之聲義，有時且從而消失；或別造一字，以寄其原有之聲若義。
❷

董氏於第三類中，舉「臭」字爲例，其云：

　　《說文・犬部》：「臭，禽走，臭而知其迹者，犬也。」音尺
　　救切（《玉篇》音赤又切）。假爲氣息字，音許救切（《玉篇》
　　音喜宥切）。〈鼻部〉：「齅，以鼻就臭也。」讀若畜牲之畜。

章氏敦彝以為齅即臭之絫增字。是知古於用作動詞之齅，音尺救切，讀若畜。用作名詞之臭，音許救切，讀若朽。讀尺救切之臭，既用為氣息字，變為許救切，乃別造從鼻臭聲之齅，與從口臭聲之嗅，皆臭之後起字也。歺部別有殠，腐氣也。洪邁《容齋三筆》（卷十一五經字義相反條）楊慎《丹鉛雜錄》（卷九古文例語條）焦竑《焦氏筆乘》（卷六古文多倒語條）諸書共指臭為反訓字，是誤臭為殠也。故臧氏琳云：「〈說卦〉：『巽為臭』《正義》《釋文》皆云：王肅作『為香臭』。案巽為風，風，氣也。故云『為臭』。香字不當有。必肅所妄增。經傳絕無香臭對言者。……」又王氏筠《說文釋例》云：「臭為腥臊羶香之總名，則凡『芳臭』、『惡臭』，皆同此義。」臧氏謂經傳中臭字絕無與香字相對者，王氏謂臭為凡「芳臭」、「惡臭」之總名，皆是。經傳之臭猶今云「味氣」。自臭專用為惡臭之義，遂亦專讀為抽去聲之殠，轉指經傳所用為反訓矣。❷⑨

董氏謂讀尺救切之「臭」，為動詞，既用為氣息字，變為許救切，為名詞，乃別造「齅」字。「嗅」、「齅」通。經傳之「臭」猶今云味氣，自專用為惡臭之義，與讀去聲之「殠」，即為反訓矣。

孫德宣氏〈美惡同辭例釋〉，以「臭」字為「原為中性詞兼指美惡，分化向一方發展」之例。❸⓪孫氏云：

古時「臭」為氣味之總名，香氣穢氣等都叫做臭，隨文見義。❸①

又云：

「臭」古兼芳香惡臭而言，後來專指惡臭。❸②

孫氏殆謂「臭」為中性詞，兼指香氣、穢氣，後來分化向指穢氣、

惡臭一方發展。孫氏稱爲「美惡同辭」。

　　徐朝華氏〈反訓成因初探〉以此例爲「由於詞義本身的特點及其發展變化」而產生之反訓。徐氏所稱「反訓」，包括「一個詞含有相反兩義的現象和用反義詞來解釋詞義的方法」❸兩類。

　　徐氏論反訓之產生，其中有「美惡同辭」之情況，其云：

> 一個詞詞義是表示某一事物總體的，這個事物本身包含著好壞兩個方面的內容，這個詞便也包含著好壞兩種相反的意義，使用時可以用於好的方面，也可以用於壞的方面，產生了所謂「美惡同辭」的情況。❸

徐氏以「臭」爲例，論云：

> 「臭」的本義是氣味，在上古漢語中是各種氣味的總稱，包括香、臭、腥、臊等。在各種氣味中，最能刺激人的是香味和臭味，臭便常被用以表示香味和臭味二義。後來，爲了使意思更加明確，「臭」逐漸發展爲只表示惡臭而不再表示芳香了。「臭」由各種氣味的總稱變爲只表示各種氣味的一種，這是詞義的縮小。詞義縮小以後，「臭」不再兼表香臭兩種相反的意義，也就無所謂反訓了。❸

　　徐氏殆謂「臭」兼香味、臭味時，爲「美惡同辭」之反訓。「臭」由各種氣味之總稱，變爲只表示氣味其中之一時，爲詞義之縮小，則非反訓。由此可知，徐氏以「臭」爲「美惡同辭」。「以臭爲香」則非反訓，吾人須明辨其意，不能一以概之。

　　李萬福氏〈反訓即反義同詞嗎？〉一文旨在區別「反訓」與「反義同詞」之異同。李氏謂「反訓」是對字義之相反訓釋，並謂字義與詞義不同，進而指出，造成對詞義之相反訓釋有三情況，其第三情況爲「別名釋共名會造成反訓」，「臭」字即李氏所舉例之一，李

氏云：

> 「臭」的情況更複雜。《禮記・月令》：「春臭羶」、「夏臭焦」、
> 「中央臭香」、「秋臭腥」、「冬臭朽」。文中把各種氣味都稱為
> 臭，因為如王筠所言：「臭為腥臊羶香之總名。」「臭」既為
> 總名，就可用別名訓釋。如：《禮記・內則》：「皆佩容臭。」
> 孔穎達疏：「臭謂芬芳。」後來「臭」專指惡味。泛指一切氣
> 味是古義。「謂芬芳」是古義的「訓釋義」。「訓釋義」與後起
> 義相反，也稱為反訓。❸⑥

李氏以為「臭」是「各種氣味」，為總名，「芬芳」義為「臭」別名，
後起義「專指惡味」，則為以別名釋共名所形成之反訓。惟李氏又謂
此類反訓「連注疏家也不一定認為它們便是詞的意義。」❸⑦亦即非
反義同詞。

乙、不贊成者：

龍宇純教授〈論反訓〉以為此例為語義的演變，非反訓，其論
云：

> 這一條卻顯然是郭璞說錯了。原來臭字本來只是氣味的總
> 稱，等於現在說氣味，並不限定惡腐之氣。《寺・文王篇》云：
> 「上天之載，無聲無臭。」《論語・鄉黨篇》云：「色惡不食，
> 臭惡不食。」《禮記・郊特牲》云：「至敬不饗味，而貴氣臭
> 也。」又：「殷人尚聲，臭味未成，滌蕩其聲。」又：「周人
> 尚臭，……臭陰達於淵泉，……臭陽達於牆屋。」〈月令〉
> 云：「其臭羶……其臭焦……其臭香……其臭腥，」臭都是氣
> 味的意思。《詩・生民篇》的「胡臭亶時」，鄭箋云：「何芳臭
> 之誠得其時乎。」臭字仍是「周人尚臭」之臭，鄭氏不過依
> 其意加一芳字以為解釋。在古書中亦實在沒有一個臭字是香
> 的意思。至於後來臭為惡腐之氣，顯然是語義的演變。正如

同色字一樣，色字本來就顏色，無美惡好壞之分；然而如賢賢易色，色字限定是美色之意，更從此慢慢演變，到今天，很多色字而有極壞的意思；並非因臭本為腐惡之氣，「反覆用之」而遂為芳香。而且我們還可以從臭字演變到腐惡之氣，其作氣味解的本義即不復存在一點看，更顯見其為語義的演變，並不是甚麼反訓。說文有一個殠字，義為腐氣。很多人以為臭作腐氣解是它的假借。其實連許君在內，都是只顧字形，沒有注意到語言的演變；殠便是臭字，所代表的是同一個語言。**㊳**

何宗周氏《訓詁學導論》亦以為此例非反訓。其大意如下：引《說文》：「臭，禽走臭而知其迹者，犬也。」引申為一切氣味之義。無別芬芳穢惡也。香殠則其別名。訓詁家以別名釋共稱，又有以共名釋別名。後世以芬馥之氣味為香；以穢惡之氣味為殠。臭香互訓者，即廣狹義之互訓也。實非反訓。**㊴**

蔣紹愚氏《古漢語詞匯綱要》將歷來反訓之例分為七類，此例列在「有的是一個詞具有兩個相對立的下位義，在不同的語境中分別顯示出來」一類，非反訓。蔣氏引《左傳・僖公四年》：「一薰一蕕，十年尚猶有臭。」與《周易・繫辭》：「同心之言，其臭如蘭。」後云：

> 似乎《左傳》例的「臭」指臭氣，《周易》例的「臭」指香氣。但實際上，這樣解釋是不確切的。王筠《說文釋例》：「臭為腥臊羶香之總名，引申為惡臭。」他的話說得很對。應該說，先秦時「臭」統指氣味，它包括兩個下位義：(a)臭氣，(b)香氣。在不同的語境中，「臭」或是統指氣味。如：
> 《孟子・盡心下》：「耳之於聲也，鼻之於臭也。」
> 或是以它的下位義出現。如果以下位義出現，就只能是其中

的一個，而不能同時既指這又指那。如上舉《左傳》例指臭
氣，《周易》例指香氣。❹

又云：

> 「臭」從上古統指氣味，發展到後來只指臭氣，也就是說，
> 原來是「臭」在特定語境中顯示出來的下位義「臭氣」，到後
> 來成了「臭」的固定的詞義。當人們習慣於這一點以後，再
> 回過頭去看上古「其臭如蘭」這樣的例子，就覺得這裡所表
> 示的「香氣」的意義和當時人們習慣的「臭氣」的意義恰恰
> 相反，於是就說是「相反為訓」了。❹

蔣氏以為「臭」在先秦時統指氣味，包括兩相對立之下位義，即臭
氣與香氣，其後在特定語境中所顯示之下位義「臭氣」成為固定詞
義，此一固定詞義，與其前之詞義「香氣」形成相反之情形，蔣氏
遂以為此例「應該是褒貶意義的歷史變化」，並非「反訓」。

　　胡楚生教授《訓詁學大綱》以為此例非「反訓」。胡教授先指出
「臭」原只是氣味之總稱，並不限只指腐惡之氣。又謂《說文》「臭」
字之義相當於「嗅」字❹，讀音也不讀作「香臭」之「臭」。胡氏引
《詩・大雅・文王》：「上天之載，無聲無臭。」《論語・鄉黨》：「色
惡不食，臭惡不食。」《禮記・郊特性》：「至敬不饗味，而貴氣臭
也。」……以為諸例句中之「臭」字，與聲、色、味對舉，自然為
「臭覺」之意，不可能是與香義相反之臭氣。後來由臭覺之義變為
惡腐之氣，顯然係由於語義之變遷。胡氏云：

> 臭覺之字，意義變壞為惡腐之氣以後，人們才又造嗅字，（由
> 臭字加形符為分別文）還它本來臭覺之義。這並非由於臭本
> 惡腐之氣。「反覆用之」而遂為芳香的，所以，這並不是什麼
> 「反訓」。❹

胡氏以爲「臭」原只是氣味之總稱，爲「臭覺」之意，後來變爲惡腐之氣，爲語義之變遷，故主張此例非「反訓」。

郭錫良氏〈反訓不可信〉以爲「在共時的語言詞匯系統中，具有正反兩個對立義的詞是不可能存在的」，曾舉「臭」字爲例，其上位概念與下位概念關係論之。郭氏以爲「臭」於先秦爲「氣味」之意，云：

> 本是同聲、色、味等並列的概念，包括腥臊羶香等各種氣味；後來詞義縮小，只指難聞的氣味，才與香對立。它的古義和今義是上位概念和下位概念的關係。用今義去理解古義，於是產生了正反兩個意思同用一個詞的反訓說法。

又云：

> 人們在閱讀古書時，沒有考察臭字詞義的消長，才產生了反訓的說法。許多反訓詞都是由這種情況造成的。❹❹

郭氏以語言共時存在與否、詞之上位下位概念與詞義變遷等角度立論，以爲此例非反訓。

應裕康教授《訓詁學》亦持詞義變遷觀點立論，其云：

> 詞義變遷的方式，可以變好，也可以變壞，一個詞義本來不壞的語詞，假如變到壞的方面去，這就是向「反」的方面發展了。反之也然。這樣所形成的「反訓」現象相當多。❹❺

應教授剖析此例云：

> 臭的本義，只是氣味的總稱。如：
> 《詩・大雅・文王》：「上天之載，無聲無臭。」是說沒有聲音，也沒有氣味的意思。
> 《論語・鄉黨》：「色惡不食，臭惡不食。」臭字是氣味，加

上「惡」字，才作壞氣味講。

其後「臭」義變遷，往壞的方面發展，才是我們現在所謂的香臭之臭。因此郭璞所謂的「以臭爲香」，實際是詞義的變遷而已。❹

應教授以爲「臭」由氣味總稱，轉至壞氣味，屬詞義變遷，主張「以臭爲香」非反訓。

唐鈺明氏〈「臭」字字義演變簡析〉一文，以爲歷來曾被認爲「臭有香義」之例證，或屬誤釋，或爲疑文，「臭有香義」之說難以成立。唐氏先就字、詞典「臭」字義項歸納其系統與典籍「臭」字之理解，再舉典籍十八例，逐一分析。文末再就有一派學者認爲「臭有香義」，「臭」爲「反訓」、「美惡同辭」之說，予以討論。

唐氏所歸納「臭」字之義項三系統爲：

《辭海》、《古漢語常用字字典》：「嗅」「氣味」「惡味」。

《經籍纂詁》、《中文大辭典》：「嗅」「氣味」「惡味」「香氣」。

新編《辭源》：「嗅」「氣味」「氣味（臭氣）（香氣）」。❹

至於對典籍之理解，唐氏舉《左傳‧僖公四年》：「十年尙猶有臭」爲例，有下列各解：

「氣味」

「穢惡的氣味」

「當『香』解」

「『恐是指』『惡氣』」❹

在典籍十八例之前，唐氏先引《說文》「臭」字訓解，以爲許慎將「臭」之本義定爲「嗅」，亦即「用鼻子聞氣味」。茲歸納唐氏所分析各時期「臭」字之含義：

先秦：「氣味」為「臭」之基本義。

春秋戰國：「臭」字頻繁使用於惡氣之場合，「臭」字之外延
逐漸縮小。

戰國後期：「臭」表「惡臭」。

漢代以降：除成語、熟語及個別仿古之文字外，「臭」「專指
氣味難聞」。❹

唐氏附表有「臭」字頻率表，茲迻錄如下：

典籍 頻率 義項		嗅	氣味			惡臭	其它
			泛指	指香	指臭		
西周	詩經		2				
	尚書	1					1
	周易		1	1			
春秋戰國之交	左傳		2		1		
	國語				2		
	論語				1		
	墨子		3				1
	孟子		1				
戰國後期	莊子		1		3		
	荀子	2	4		1	1	
	韓非子				9		
	戰國策				1		
	禮記	8		2	17		1
	周禮				1		
	呂氏春秋			2	16		
	山海經			2		1	
	竹書紀年					1	
	內經				4	1	
兩漢	春秋繁露	3				1	
	史記					2	1
	新序、說苑				1	3	
	漢書	1				4	

論衡					18	
鹽鐵論					1	

文末唐氏就學者以爲「臭有香義」，再舉三例討論，以爲學者主張「臭」爲「反訓」、「美惡同辭」看法大有可商。茲依其舉例，簡述如次：

㈠「人之情，口好味，而臭味莫美焉；耳好聲，而聲樂莫大焉。」《荀子‧王霸》

唐氏以爲「臭味」與「聲樂」對文，爲並列關係詞組，應解爲「氣味」，不可解作「惡味」或「香」。

㈡「同心之言，其臭如蘭。」《周易‧繫辭》

唐氏以爲新編《辭源》所錄孔疏「臭，氣香馥如蘭也」，斷句不當，原文應爲：「言二人同齊其心，吐發言語，氤氳臭氣，香馥如蘭也。」同義連文「臭氣」二字，爲孔氏「臭」字真正解詁。「臭」字可以說它指香，但不能說「臭」有「香」義。

㈢「天子大路越席，所以養體也，側載臭茝，所以養鼻也；前有錯衡，所以養目也。」《史記‧禮書》

唐氏發現「臭」原來是「睪」字之誤，「睪」即澤蘭、華澤蘭，即蘭花之屬。❺⓿

唐氏結論云：

> 歷來曾被認為「臭有香義」的例證，或屬誤釋，或為疑文，「臭有香義」之說是難以成立的。❺❶

綜上所述，可知唐氏反對此例爲反訓。

周何教授〈論相反爲訓〉一文，以爲郭氏此例只是「濃縮性的引申作用而已」，不可視爲反訓例證，周先生云：

> 郭氏二注所舉的六組例證，也不見得都很正確。如「臭」原是泛指一切氣味，「香」為各種氣味之一，以臭為香，如果有

人這樣使用過，那也只是濃縮性的引申作用而已。……意義的引申自有其合理的軌跡可循，只不過一再地引申，到最後那一站的意義可能和本義距離很遠；然而再怎樣也不可能被視為反訓的例證。❺❷

毛遠明氏《訓詁學新論》，將「不是反訓詞而誤認為反訓的」歸納為三種情況，其二為「沒分清楚上下義位」。毛氏舉例云：

臭，本義是氣味，它的下位義有芳香或惡臭等。臭等字形上可能既指香氣，又指惡氣，孤立地看，似乎不易分辨，但放到具體語境中便不會混淆。《周易·繫辭》：「同心之言，其臭如蘭。」臭，氣味，這裏指氣香。《左傳·僖公四年》：「一薰一蕕，十年尚，猶有臭。」臭，氣味，這裏指臭氣。後來，惡臭的臭，專用「臭」字；氣味的臭，另造「嗅」。用後代的眼光去看古代，容易誤認為反訓。❺❸

綜上觀之，贊成者、不贊成者之意見為：

一贊成者：

董璠氏以「音變假借」視之，以為經傳之臭猶今云味氣，自臭專用為惡臭之義，遂亦專讀為抽去聲之殠，轉指經傳所用為反訓。孫德宣與徐朝華二氏視此例為「美惡同辭」，惟徐說與孫說略有不同，孫氏以為「臭」為中性詞，兼指香氣、穢氣，後來分化向指穢氣、惡臭一方發展，將此例稱之為「美惡同辭」；徐氏則以為「臭」兼香味、臭味時，為「美惡同辭」之反訓。若由「各種氣味的總稱」，變為只表示「各種氣味的一種」時，為詞義之縮小，則非反訓。李萬福氏以為「臭」是「各種氣味」，為總名，「芬芳」義為別名，後起義「專指惡味」時，則形成反訓，為「以別名釋共名」之反訓。

二不贊成者：

㈠以互訓視之，非反訓：何宗周氏以爲「臭」「香」互訓，廣狹義之互訓，即「一切氣味」之「臭」與「芬馥」之氣味爲「香」、「穢惡」之氣味爲「殠」互訓。

㈡以詞之上位義、下位義關係反駁之：蔣紹愚、郭錫良、毛遠明三氏主之，蔣氏以爲「應該是褒貶意義的歷史變化」，郭氏以爲「應該是褒貶意義的歷史變化」，郭氏以爲共時語言詞匯系統中，具正反兩對立義之詞不可能存在。

㈢以詞義之變遷視之：龍宇純、胡楚生、王忠林三教授主之，郭錫良氏亦曾提及。

㈣「臭有香氣」或屬誤解，或爲疑文：唐鈺明氏主之。唐氏以字詞典與古代典籍爲據，以爲「臭有香義」之說難以成立。

㈤以濃縮性引申作用反駁之：周何教授主之。以爲「香」爲各種氣味之一，以臭爲香，只是濃縮性引申作用而已，意義一再引申與本義距離甚遠。

筆者案：

㈠郭璞「以臭爲香」，爲「訓義之反覆用之」之例，殆謂「臭」「香」二字可以往來旁通，與後世字義正反之觀念不同。

㈡孫德宣、徐朝華二氏以此例爲「美惡同辭」，古時「臭」，由氣味之總名，後兼香氣、惡臭，此時則視爲「美惡同辭」。

㈢蔣紹愚氏以上位義、下位義關係論之，此例非反訓。

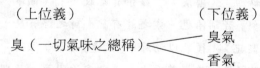

（上位義）　　　　　　　　　　（下位義）

臭（一切氣味之總稱）　　臭氣
　　　　　　　　　　　　香氣

在共時語言詞匯系統，具正反兩對立義之間不可能存在。胡楚生、王忠林二教授以詞義之變遷論之，周何教授以濃縮性引申作用論之。

㈣何宗周氏以互訓論之，似過於籠統，亦未明確。筆者不採其「互

訓」之說。

(五)筆者以爲若以上位義、下位義關係，此例不可視爲反訓；若以「臭」由氣味之總名，後兼香氣、惡臭二義，則爲「美惡同辭」。

三、「以亂爲治」

此例郭璞列爲「訓義之反覆用之」「詁訓義有反覆旁通」之例。乃歷來學者訓詁論文、專著言及反訓，常舉之例。郭氏殆謂「亂」「治」二字可往來旁通，後世有贊成爲反訓者，有不贊成者，亦有存疑者，茲析論如下：

甲、贊成者：

董璠氏《反訓纂例》歸此例爲「同字同聲反訓」，所謂「同字同聲反訓」，董氏釋云：

> 凡字同聲同而義相反者，必係初文。包括兩端，渾而未劃；已而病其曖昧，故後起之字，乘時生焉。其終始用之，不別造者，正反二義遂兼寫一形，此其大較也。❼

董氏例證之首字即「亂」字。其云：

> 《爾雅》：「亂，治也。」《說文‧乙部》：「亂，治也。一曰：理也。」亂與𤔔同。𤔔，理也。《論語‧泰伯》：「武王曰：予有亂臣十人❼。」〈盤庚〉：「茲余有亂政。」〈顧命〉：「其能而亂四方。」皆訓治也。樂之終有亂，詩之終有亂，皆理之之義也。《樂記》：「復亂以飭歸。」王逸《離騷》注云：「亂，理。所以發理辭指，總撮其要也。」理與治同意，故理謂之亂。《荀子‧解蔽》：「孔子仁知且不蔽，故學亂術，足以爲先王者也。」楊倞注：「亂雜也。」郝氏懿行曰：「亂者，治也。學治天下之術。亂之一字，包治亂二義，注非。」案不治是爲亂，亂止則爲治。《說文》所云：「受治之。」即括舉原委

之事也。其從攴訓「煩也」之馭字，明係亂之孳乳。孔氏廣居云：「𤔔，亂，皆訓治。馭，專訓煩。然經傳都以亂為馭者，古人往往反其義以相借也。」**56**

「亂」一字形一字音，而有「亂」「治」之義，爰構成反訓，此亦即董氏所云「正反二義兼寓一形」之例。

　　張舜徽氏〈字義反訓集證〉，將反訓分為「造字時之反訓」與「用字時之反訓」二類，並於後類中，綜合群書舊詁，拈出一字兼含正反二義之實例。張氏概括通常易見之敵對義，凡四十類例，類例二為「治與亂同辭」，例字中有「亂」字，茲引錄如下：

　　《春秋‧左氏文公七年傳》：「兵作於內為亂；」
　　《爾雅‧釋詁》：「亂、治也。」

張氏殆以《左傳》「兵作於內為亂」與「亂、治也」相對，而謂「治與亂同辭」。

　　林師景伊《訓詁學概要》於「訓詁的用途」第二項「明瞭語意的變遷」第三式「轉移式」中，論及此例。林師云：

　　還有些字義的轉移，是由於反訓的關係。像《論語‧泰伯篇》：「武王曰：予有亂臣十人。」馬注：「亂，治也。」可是《說文》：「亂，不治也」。同一亂字，而有「治」與「不治」相反的意義。段玉裁解釋其緣故云：「亂本訓不治，不治則欲其治；故其字從乙，乙以治之，謂詞者達之也，轉注之法，乃訓亂為治。」亂由不治而轉為治，也是字義的轉移。**57**

林師謂同一「亂」字有「治」與「不治」相反之義，即形成反訓矣。

　　林師復於「訓詁的條例」「義訓條例」中論及「相反為訓例」，曾引劉師培氏《小學發微補》「同一字而字義相反」之例，其中有「亂訓治。(《論語》：予有亂臣十人。亂即治也。)」**58**一例，可見

林師以「亂」為「同一字而字義相反」之例。

徐世榮氏《古漢語反訓集釋》將「亂」字歸為「動作類」之反訓。該書編號二三二，條目為：

〔亂〈乱〉〕紊也，不治也。（又）理也，治也。

徐氏釋云：

《一切經音義‧十三》引《考聲》曰：「亂，錯也。」《類篇》：「亂，紊也。」《荀子‧解蔽》：「故學亂術足以為先王者也。」楊注：「亂，雜也。凡此紊亂錯雜之義俱常者。而《爾雅》《說文》均訓「治也」。段玉裁改《說文》為「不治也」。深為諸家所斥，仍趨「治也」之解。徐灝《說文注箋》云：「𤔔與𤲩同。中象亂絲，從爪，從又，治之。小篆省作𤔔，相承從乙，乙者抽絲之義。自其體言則為亂，以其用言則為治。故亂亦訓治也。」《玉篇》訓為「理也，兵寇也」。理為治，兵寇則變亂，為不治矣。而《尚書‧泰誓》《左傳‧襄二十八年》及《論語‧泰伯》皆有「亂臣十人」語。亂字注解均為治理之義（亂臣，即治理之能臣）。與「亂臣賊子」之亂適反。《廣雅‧釋詁‧二上》：「亂，理也。」王念孫《疏證》云：「樂之終有亂，詩之終有亂，皆理之義也。故《樂記》云：「復亂以飾歸」。王逸注《離騷》云：「亂，理也。所以發理辭指，總撮其要也。」理與治，同意，故理謂之亂，亦謂之敕。治謂之敕，亦謂之亂。此正反兩解，或有究其故者。《正字通》：「《示兒編》云：『古文尚書，治字作𤳸，與亂相類。後人不識古𤳸字，訛以亂訓治耳。』戴氏侗曰：《說文》：𤲩，亂也；一曰治也。」徐鍇云：「象絲亂，爪治之。爪，覆手也。孫氏：呂員切（luán）。《集韻》：盧玩切（luán）。𤔔，治也。『幺、子』相亂，『𠬪』治之也。讀若亂。一曰理也。孫氏：郎段切（luàn）。

戴謂治亂相反，不應同文。《說文》之說，孫氏之切，淆亂紛然，未知所壹。『辭〈辭〉』以𤔔為聲，疑𤔔與𤔣即『治』字。凡治皆用亂，𤔔之訛也。據此足證古今借亂為治之誤。」林義光《文源》亦云：「嗣字從𤔣得聲，與『治』音近。𤔣當即『治』之本字，與亂形合。不治之義，古以繼為之，與𤔣音別。秦以後，𤔣形訛為亂，音訛為繼，亂始兼有治亂兩義。」❺❾

徐氏徵引古籍「亂」字訓解，如：《類篇》：「紊也。」段注《說文》：「不治也。」與《廣雅》、王逸《離騷》注：「理也。」（《論語》：「亂臣十人」）「亂」訓「治」，則一「亂」字有「紊也，不治也」與「理也，治也」之義，而形成反訓。徐氏並引《正字通》及《文源》二書所考：《正字通》「𤔲」訛為「亂」、疑「𤔔」與「𤔣」即「治」字，凡「治」皆用「亂」，「𤔔」之訛也；《文源》「𤔣」為「治」之本字，與「亂」形合，訛為「亂」，音訛為「繼」，「亂」始兼有「治」「亂」二義。

《正字通》與《文源》均從字形訛誤立論，說明「亂」始有「治」義，此徐氏引以為佐證者，而其重點蓋在古籍所見兼正反之義。

徐朝華氏〈反訓成因初探〉以為此例屬「由於詞義本身的特點及其發展變化」❻⓿而產生之反訓，即：「一個詞的詞義由表示一種動作行為，發展為表示這種動作行為的對象，因而出現了相反的意義」。❻❶

徐氏論云：

> 亂在古代漢書中，除了有混亂、叛亂之類的意義之外，還有治理的意義。……「亂」本指治絲這種動作行為，引申有治理社會生活中混亂的事物的意義。「亂」由表示治理這種動作行為的意義引申發展，又可用來表示動作行為的對象，即應當被處理的、需要撥之反正的東西。這樣便有了治和亂兩種

相反的意義。雖然到後來「亂」一般不表示治理的意義，但在上古的一段時間內，「亂」的治和亂兩種相反的意義是並存的，因而當時可以用治來解釋「亂」。**⑫**

徐氏另於〈郭璞反訓例證試析〉一文，曾對《尚書》《左傳》等十二部先秦典籍統計結果，「亂」字計出現一二七五次，其中表「不治」義者一二五一次，表「治理」義者僅二十一次。比例雖懸殊，然亦可知「亂」有「不治」與「治理」之兩種相反字義。**⑬**

黃耀堃氏〈說『亂』〉一文，分別從「亂」字之字形與讀音二端考索：字形方面，黃氏就「亂」字偏旁「𤔔」、「乙」予以分析，黃氏云：

> 由「𤔔」作為偏旁而組成的字，在具體條件下，連同其他偏旁，則呈現出「𤔔」旁含有正反義的傾向性，即如「辭」之類帶有「治理」的意義，其相反如「𤔲」之類。
>
> 「亂」的另一偏旁是「乙」，如按《說文》「乙，治之也」的解釋，當是傾向「治理」的意義，由此當從《說文》解作「治」。但是「乙」旁由爭論，如林義光、高田忠周（TAKADA Tadachika）、于省吾（1896-）、郭沫若（1892-1978）等都以為「乙」旁是錯誤，而且現在漢語之中，「亂」是作為「沒有秩序，沒有條理」解，則為「𤔔」旁的另一種傾向。**⑭**

因之，黃氏謂：「字形方面有疑問不能作完滿的解釋。」**⑮**；因而再從讀音方面考察，以為「亂」與從「縊」聲之字，為古韻元部、來母。現代漢語表示「沒有秩序，沒有條理」之「亂」，讀音乃從來母元部發展而來。元部從「𤔔（縊）聲之字」分別含有「沒有秩序，沒有條理」與「沒有秩序，沒有條理相反」之義。黃氏又引「敡」字，謂《說文》釋為「煩也」，與《貉子卣》：「敡王牢干敡。」中「敡」字「理修」之義相反。其結論云：

從上面看來，這個來母元部的讀音，本含有一對相反意義，分別在具體情況表現出來。「斂」字雖因字形規範了字義，但在同音假借的原則下，表現出相反的意義。同樣「繇（畠）」的諧聲字，也可得出兩組字義相反的字。

現在回頭看看「亂」字，如果上面各例無誤的話，則「亂」當屬來母元部，因此不論本義還是假借，都可兼具正反兩義。❻❻

黃氏從字形考索，有所質疑，遂從讀音分析，以爲從「畠（繇）」得聲之字、「斂」字在同音假借之下，均有兩組字義相反之字，因謂不論在本義或假借，「亂」均可兼具正反兩義。

　　郗政民氏〈反訓淺說〉一文，以爲「反訓現象是客觀存在」❻❼，立論中涉及此例，其云：

　　　　《尚書·虞典·皋陶謨》：「寬而栗，柔而立，愿而恭，亂而敬……，其中「亂而敬，擾而毅」兩句中，如果按照混亂、紊亂的含義理解「亂」，……顯然是同原意大相逕庭。這裏的「亂」是「治」，……❻❽

又云：

　　　　……亂與治……意義完全對立、相反，然而包含在一字之中，這種現象，前人稱做「反訓」，或「相反爲訓」。❻❾

郗氏從「亂而敬」之「亂」必須訓作「治」，遂以「亂」「治」爲反訓。

　　李萬福氏〈反訓即反義同詞嗎？〉一文旨在區別「反訓」與「反義同詞」之異同，文中曾論及此例。李氏據《辭源》列出「苦訓快」、「息訓勞」、「亂訓治」、「適訓歸」各對反訓有關義項，其中「亂訓治」製表如下：

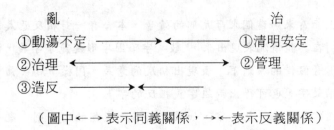

（圖中←→表示同義關係，→←表示反義關係）

李氏云：

> 「亂訓治」最能說明反訓與反義同詞的區別。「亂」與「治」
> 之間有兩對意義相反的義項，假設沒有「亂③」，它們間還剩
> 一對意義相反的義項，因而仍夠反訓的條件。但這時，表示
> 意義相同的線就不與表意義相反的線相交。就是說如果「亂」
> 沒有「造反」義，「亂訓治」仍是反訓，但「亂」就不是反義
> 同詞了。❼

李氏以為「亂」義項「①動盪不定」與「治」義項「①清明安定」
為反義關係，故「亂訓治」為反訓。而「亂」義項「②治理」與「③
造反」為反義同詞。

　　李國正氏〈反訓芻議〉一文探討反訓定義與實質，以為「反訓
既是一種特殊的歸納古漢語語義系統的方式，又是揭示或說明語義
歷史聯繫的一種方法」❼，文首舉《尚書‧虞書‧皋陶謨》：「愿而
恭，亂而敬。」謂「亂」不能理解為「混亂」，而應訓為「治」。該
文分為「反訓的定義」「反訓的實質」「反訓探賾」三部分，李氏
於「反訓探賾」部分中，詳論「以亂為治」為反訓。

　　李氏由《說文‧乙部》「亂」與《受部》「𤔔」字字形結構剖
析，謂此二字音義皆同，皆「治」之義，又舉甲骨文、金文相關字
形佐證。𤔔，《說文》訓「治」訓「理」為其本義。西周中期「𤔔」
始出現「不治」之義。戰國晚期，出現「亂」字，《說文》訓為「治」，

蓋因「亂」本「亂」之簡體，「亂」又爲「亂」之初文。「司」有管理之義。《說文・水部》「治」字，爲河流專名，與「治理」義毫無關係，因與「亂」上古同屬之部定紐。「亂」之「治理」義借予「治」，借而不還，「亂（亂）」之「治」義式微。戰國後期，「亂」之「不治」義交予失掉「治」義之「亂」。李氏云：

> 表示「治理」義的亂，在古書中只有少量保留，大多數情況都用它的假借字治來表達「治理」義，而亂則主要用來表示「不治」義了。❼❷

李氏又引徐朝華氏〈郭璞反訓例證試析〉一文，對《尚書》、《左傳》等十二部先秦典籍統計結果，「亂」字共出現一二七五次，表「不治」義者一二五一次，表「治理」義者僅二十一次。通過以上考察，李氏謂：「可見古代漢語確存在一個語詞具有兩種相反意義的情況，不過這種情況很難持久，最終很容易分化成意義相反的兩個各自獨立的語詞。」❼❸因之，李氏主張有反訓。

羅正堅氏《漢語詞義引申導論》，以爲「反訓，除了一個詞有兩個相反的意義之外，還有兩個反義詞的詞義可以相互滲透」❼❹，其舉例中有此例，羅氏云：

> 「亂」與「治」詞義相反，但「亂」可以訓「治」。《爾雅・釋詁下》：「亂，治也。此我有治政之臣，同位於父祖。」追究「亂」的本義為「治」，後來引申變化為「混亂」的「亂」，變為常用的意義，所以後來認為「治」是「亂」的反義。不論來源如何，「亂」後來引申變化成為兩種相反的意義，這是事實。就後來常用的意義來說，說「亂」的反義為「治」，也未嘗不可。……總的來說，詞義可以反向變化引申，可以變過來，也可以變過去。❼❺

　　羅氏殆謂「以亂爲治」的詞義反向引申的形成，而兩個反義詞詞義可以相互滲透。

　　邱德修教授《新訓詁學》以爲『「相反爲訓」實際上造字者就一個字「一體兩面，同時存在」，而反映出一個字同時具備「正」與「反」兩方面的意思』❼❻，其舉「亂」與「受」二字爲例，其云：

　　　　如「亂」字，何以同時兼具「治」（正）「亂」（反）兩種
　　　　意思呢？造「亂」字的人，站在就用手（「⋔」與「ㄡ」）拿
　　　　著治絲器（「╽╿」，即「紀」的象形）來整理紛亂的「絲」（「
　　　　⅄」）的立場來看，這個「亂」字所表現出來的是「治」義；然而，
　　　　就站在未經用手用紀來整理的紛亂之絲的角度來看，這個
　　　　「亂」字所表示的是「亂」義。又如「　　　」（受）字，就
　　　　拿承盤給人家而言，有「給予」的意思；就接受承盤而言，
　　　　有「接受」的意思。這豈不是一個字形，同時兼具「一體兩
　　　　面（正反），同時存在」的意思嗎？總之，「相反爲訓」不關
　　　　乎「互訓」，而是針對「造字者」所居立場而言，致使同一個
　　　　字同時具備「正」與「反」兩個相對立層面上的意思。❼❼

　　邱教授殆指「相反爲訓」係出於造字之故。

乙、不贊成者：

　　齊佩瑢氏《訓詁學概論》以爲反訓僅是語義變遷現象，卻又依事情性質之不同，分反訓爲五類，而此例不在五類之中。齊氏在五種之外，復附帶舉正「本非義變而誤認爲反訓」者五誤，其第一誤爲「不曉同音假借而誤以爲反訓者」，此字即爲首例，茲引錄其說如下：

　　　　《爾雅》：「亂，治也。」《說文》：「亂，治也。」又「𤔌，
　　　　治也。讀若亂同，一曰理也。」又「𢿱，煩也。」又「絲，
　　　　亂，一曰治也，一曰不絕也。」又「變，更也。」

郝氏《義疏》謂亂之訓治，蓋因與繇音義俱同，故兼有二義。段氏注則以亂為「不治」，轉注之法乃訓亂為治。（《匡謬》云惟不治故治之，治之曰亂，謂不治者亦曰亂，《孟子》一治一亂是也。徐灝箋云：自其體言則為亂，以其用言則為治，故亂亦訓治也。）按段氏於𤔔下云「此與乙部亂音義皆同」，於𤔔下云：「與受部𤔔，乙部亂，言部繇，音義皆同；煩曰𤔔，治其煩亦曰亂也。於繇下云「與受部𤔔，乙部亂，音義皆同。」然又分別治與不治，是前後自相矛盾也。桂馥《說文義證》則以亂字通借為𤔔；故有煩義。現在看來，諸說都非，方以智《通雅》云：「繇有辭治變之音。」辭籀文作𤔲，是以台叶音也。《楚辭》每篇末多有「亂曰」之文，即辭（詞詩）之借。金文𤔲字多用為司，司即治也。亂之訓治，猶療理（料理）之訓治，本係音借，非關反訓。舊說反其義以相借或相反為訓者，都大錯特錯了。❼❽

齊氏以為「亂」訓治，為同音假借，《楚辭》篇末「亂曰」之「亂」，即「辭」之借，且金文「𤔲」字多用為司，司即治，故「亂」可訓作「治」矣。是以齊氏以為此例非反訓。

龍宇純教授〈論反訓〉，以為此例非反訓，考證極詳，其云：

亂字通常為無條理的意思，恆見無庸舉例。然而《說文》云：「亂，治也。」《廣雅·釋詁》二云：「亂，理也。」《書·皋陶謨》云「亂而敬」，〈盤庚〉云「茲予有亂政同位」，〈微子〉云：「殷其弗或亂正四方」，《左氏·襄公·廿八年傳》云「武王有亂臣十人」，《論語》云「予有亂臣十人」，亂字正是治理的意思。這個字具有正反之義是不容否認的。前人對於此事的解釋，除郭氏以為係義訓之反覆為用而外，概括的說，另有兩種。一謂《說文》「𤔔、煩也」，「亂、治也」，二字音

同形近，亂作治解者為其本義，作無條理解者或為敵的假借，或為敵的譌誤。一謂《說文》「辭、訟也」，或體作嗣，字引申有紛爭擾攘之義。而金文嗣字作嗣，與亂字形近；因而推想亂本是治理之義，又為紛亂解者，為嗣的譌誤。也有人主張亂訓治為嗣的假借，金文嗣為司，司即治義；而亂字本義為煩亂。這些聲音，有的也似乎言之成理，然而都有根本缺點。關於亂與敵的關係，他們完全只顧從字形上去分別；如果從語音上看，反正 luan 這個語音有正反二義，字形雖然勉強分開了，根本問題並未解決。……關於亂與嗣的假借，因為二字語音略無關係；說亂是嗣的譌誤，問題也不如此簡單。⓱

為解決此一問題，龍教授取「皮」「髕」「耳與刵」「茇與拔」「夐」「勞」「糞」諸字予以探討，認為「皮」「髕」等字固有兩種意義，惟只是皮與剝去、髕與去髕之義，無所謂正反。「耳與刵」「茇與拔」等僅是語言之轉變，皆非反訓。是以龍教授謂：

> ……既是說在語言裏，往往除去某事某物的語言即緣某事某物之名而產生。也既是說，某事某物謂之某，除去某事某物亦謂之某，不過當它本身是形容詞的時候，兩者意義便顯得相反，於是便誤解為毫無道理可言的反訓了。其實，如果了解亂與治的對立本是亂與去亂的轉變，便不會有此誤解。⓲

何宗周氏《訓詁學導論》亦以為此例非反訓，謂「亂」訓「治」為本訓，後世以為輨亂義者，蓋即「敵」之假借。何氏云：

> 「亂，治也。」本訓也。《說文》：「亂，治也。」又「𤔔，治也。讀若亂同。」蓋𤔔亂為古今字。若《尚書－皋陶謨》：「亂而敬，」又〈盤庚中〉：「茲予有亂政同位。」又〈微子〉：「殷

其弗或亂政四方。」《論語－泰伯》:「予有亂臣十人。」竝訓治。是本訓也。後世以為輟亂義者,蓋即斁之假借。《說文》:「斁,煩也。」有煩擾義。若《左氏－宣十二年傳》:「人反物為亂。」又《文七年傳》:「兵作於內為亂。」竝用煩擾義。而世習用之,以段為正,故謂亂治也為反訓,失之矣。⑧

何氏以為「亂」本訓為「治」,後世以為輟亂義者,為「斁」之假借。

胡楚生教授《訓詁學大綱》論此例時,曾謂:「在古籍上,許多亂字,也確實只能解釋為治理之義,才講得通。」又謂:「亂字具有正反之義,是不容否認的。」惟以為「亂」與「治」僅是亂與去亂之轉變,並非真正之「反訓」。⑧

胡氏歸納前人對於「以亂為治」之解釋,除郭氏以為是義訓之反覆為用之外,大約有二說:

> 一種以為,《說文》:「斁,煩也。」又:「亂,治也。」斁亂二字,音同形近,亂作治理解的是本義,作混亂無條理解的,是斁的假借,或是斁字的形譌。另一種以為,《說文》:「辭,訟也。(段注訟作說)。」或體作嗣,引申有紛擾之義。而金文嗣作嗣,與亂字形近,因而推想,亂作治理解的是本義,作混亂紛擾解的,是嗣的形譌。
> 關於第一說,亂字和斁字,字形雖然勉強分開了,但從語音上看,luan 這個語音畢竟有著正反二義,根本問題並未解決。至於第二說,以為亂是嗣的形譌,也很難令人信服。⑧

為正確解答,胡教授舉「皮」(「皮」與「剝皮」)、「髕」(「髕」與「去髕」)、「耳與刵」(「耳」與「截耳」)、「茇與技」(「艸根」與「除草」)、「釁」(「裂隙」與「彌補而去其裂隙」)、「勞」(「勞苦」與「慰勞而去其勞苦」)、「糞」(「污穢」與「去污」)諸字為

例，以爲此類字易被誤認爲「反訓」，其論云：

> 勞字可以說有勞和逸的對立二義，糞字也可以說有汙穢和去
> 汙的對立二義，似乎又都是所謂「反訓」了。然而，勞糞二
> 字和上述的皮、髒、耳（刵）、芟（拔）、鬠等字的用法相同，
> 但是皮髒等字的兩種意義上，皮與剝皮、髒與去髒等，皆無
> 所謂正反，而只是部分語言的使用演變，是有途徑可以追究
> 的。在語言裡，往往是除去某事某物的語言，即緣某事某物
> 之名而產生，也就是說，某事某物謂之某，除去某事某物亦
> 論之某，只是，當它本身是形容詞的時候，（如勞如糞），兩
> 者的意義便顯得相反，於是便容易被誤認為是「反訓」了。
> 因此，如果了解亂與治的對立，只是亂與去亂的轉變，便不
> 致有所誤解了。㉘

胡氏以爲「亂」「治」僅爲「亂」與「去亂」之轉變，非反訓。更
指出此例「則是由於同一事物，詞性的轉變活用而造成」㉙，易言
之，胡氏以爲「以亂爲治」，係由於詞性變異。

　　蔣紹愚氏《古漢語詞匯綱要》以爲此例非反訓，在其七類「反
訓」例中之第二類爲「有的是一字兼相反兩義，而不是一詞兼相反
兩義」。蔣氏論云：

> 古人是不分字和詞的。所以有一些所謂「反訓」，實際上是同
> 一個漢字記錄了兩個意義相反的詞。這就沒有什麼可奇怪的
> 了。但它性質上是和同一個詞兼具相反的兩義有本質的區別
> 的。我們討論「反訓」，也應該把它排除在外。㉚

蔣氏批評古人字詞不分，以爲「一個字記錄兩個意義相反詞」與「同
一個詞兼具相反的兩義」本質上有區別。

　　蔣氏介紹孫德宣氏訓「治」之「亂」與訓「混亂」之「亂」爲

二詞，又引林義光《文源》金文番生餒「𤔔」，爲「治」之本字，秦以後形訛爲「𤔔」，與亂形合，音亦訛爲呂員切，故「亂」兼「治」與「𤔔」二義。蔣氏云：

> 根據這種說法，則楷書中的「亂」字實際上也代表著兩個不同的詞，所以也不是反訓。
> 不過這只是一種說法。也有認爲「亂」是同一詞而兼具正反二義。⑧⑦

蔣氏雖言亦有以爲「亂」同一詞兼具正反二義者，惟其結論明確指出此例非反訓。

　　郭錫良氏〈反訓不可信〉一文以爲亂之字義因歷史演變而發生變化，郭璞未區分「亂」字之古今義，而提出反訓說法。郭氏以爲「亂」本義爲「治理亂絲」，引申爲「治理」，屬早期之引申義。《論語》「亂臣」應理解爲「治理亂世之臣」，後來又引申爲「紛亂」。郭氏云：

> 漢代以後，本義和早期的引申義逐漸衰亡，只保存後起的引申義，專用爲形容詞「紛亂」的意思，與「治」相對。⑧⑧

應裕康教授《訓詁學》以爲此例爲「詞性的變異」，非反訓，立論與胡楚生教授同。其云：

> 實際上這是牽涉到漢字詞性的問題，漢字是方塊字，沒有屈折變化。因此不同詞性的詞，往往以同一個字形來代表。「混亂」這個名詞和形容詞的字形是「亂」；「治理混亂」這個動詞的字形也是「亂」。假如我們把它們當作兩個詞來看，就不會發生反訓的誤解了。⑧⑨

王教授以「亂」字有名詞、形容詞之「混亂」與動詞之「治理混亂」，二者應視爲二詞，不得視爲同一詞。

　　毛遠明氏《訓詁學新論》，將「不是反訓而誤認爲反訓的」歸納爲三種情況，其一爲「沒有分清字和詞」，毛氏云：

> 亂訓治，又訓亂，一般認爲是反訓。有人認爲治絲爲亂，所治的亂絲也爲亂，不是反訓。「亂」兼記錄兩個詞。而不是「亂」這個詞有「治理」和「混亂」義。而且在字形上也曾有過區別。混亂的「亂」作「亂」；治理的「亂」作「𤔔」，因形近而相混。**❾⓪**

丙、暫可存疑：

　　孫德宣氏〈美惡同辭例釋〉一文，以爲「美惡同辭是客觀存在的語言現象」**❾①**，惟將此例列作「美惡詞義轉變原因不明，有待探討之例」，孫氏指出「亂」有治與不治之義，宋人已懷疑。所謂宋人，即指賈昌朝。又稱解決「亂」之訓詁問題須從古文字著手。茲節錄其說如下：

> 林氏（指林義光《文源》）又謂番生段的嗣當即治的本字，秦以後嗣形訛爲亂（司徒司尊彝），與亂形合，音訛爲𤔔，亂始兼治亂兩義。……
>
> 賈昌朝謂古文《尚書》治作𤔔，隸古定《尚書》雖不見，但字形極似《集韻》亂字下異體「亂」，從中可以參透𤔔（zhi）亂（luàn）兩字訛變的消息。依林氏的說法則亂𤔔字異，音義迥別，雖然不是一個詞。然其訛變起於晚周，非自隸變始。此論可備一說，確否還有待於對亂𤔔等字形字義的嬗變作進一步的研究。**❾②**

是以孫氏對於「亂」字「治」與「不治」兩義是否爲美惡同辭？謂暫可存疑。

　　綜上觀之，贊成者、不贊成者、暫可存疑之意見爲：

一、贊成者：

㈠正反二義兼寓一形：此語爲董璠氏用語。

　　1.董璠氏歸爲「同字同聲反訓」之例。

　　2.張舜徽氏稱之爲「治與亂同辭」；張氏以爲係文字運用而產生。

　　3.林師景伊稱之爲「同一字而字義相反」。

　　4.邱德修教授稱之爲「一個字同時具備『正』『反』兩方面的意思」，並以爲係造字者所居立場之故。

㈡詞義變遷：

　　1.林師景伊稱爲字義之轉移。

　　2.徐朝華氏稱爲係詞義本身之特點與發展變化。（由基本義引申）。

　　3.羅正堅氏以爲係詞義反向引申所形成，兩個反義詞可以相互滲透。

㈢讀音之故：黃耀堃氏以爲從䜌得聲之字或同音假借所產生，二者均可使「亂」兼具正反二義。

二、不贊成者：

㈠本爲假借：

　　1.齊佩瑢氏以爲是同音假借。

　　2.何宗周氏以爲後世「亂」「輯亂義」，即「敵」之假借。

㈡爲詞性變異：

　　龍宇純、胡楚生、應裕康三教授主之，胡楚生教授以爲「亂」「治」僅爲「亂」與「去亂」之轉變，「是由於同一事物，詞性的轉變活用而造成」；應裕康教授以爲「亂」有名詞、形容詞之「混亂」與動詞之「治理混亂」二詞。

㈢未區別字與詞：

　　蔣紹愚氏主之，以爲「亂」非一詞兼相反兩義。

㈣未區分古今義：

　　郭錫良、毛遠明二氏主之。郭氏以爲「亂」本義與早期之引申

義「治理」、後起之引申義「紛亂」應予以區分。毛氏以爲「混
亂」的「亂」與「治理」的「𤔔」，因形近而相混。

三暫可存疑：

孫德宣氏列作「美惡詞義轉變原因不明，有待探討之例」。

筆者案：

㈠郭璞「以亂爲治」爲「訓義之反覆用之」「詁訓義有反覆旁通」
之例，殆謂「亂」「治」二字可以往來旁通，與後世字義正反
之觀念不同。

㈡筆者居於字與詞宜區別，不採此例爲「正反二義兼寓一形」，亦
不將此例視爲假借，《論語‧泰伯篇》：「武王曰：予有亂臣十人。」
〈盤庚〉：「茲余有亂政。」〈顧命〉：「其能而亂四方。」等古
代經籍文獻，「亂」字確須訓作「治」，與一般常用義「混亂」，
形成反訓現象，爰以爲係詞義反向引申所形成之反訓。

【注釋】

❶見《燕京學報》第二十二期，頁一四六～頁一四七。

❷見《訓詁學概要》，頁一七五。

❸見《古漢語反訓集釋》，頁一七七。

❹見《方言箋疏》頁一四四～頁一四五。上海古籍出版社出版。

❺見《訓詁學概論》，頁一七八～頁一九一。

❻見《訓詁學概論》，頁一九四。

❼見《訓詁學概論》，頁九一。

❽見《華國》第四期，頁三四～頁三五。

❾案胡教授曾言龍宇純教授〈論反訓〉「最爲簡明扼要，本節所敘
述的，也多半是根據他那篇〈論反訓〉而著筆的。」（見《訓詁
學大綱》頁一一〇，亦即胡教授論此六例時，多半依據龍教授之
作。

❿見《訓詁學大綱》，頁一一〇。

⓫見《訓詁學大綱》，頁一一一。

⓬仝注⓫。

⓭見《訓詁學導論》，頁一四二。

⓮見《訓詁學導論》，頁一四二～頁一四三。

⓯見《古漢語詞匯綱要》，頁一四一。

⓰見《古漢語詞匯綱要》，頁一四三。

⓱見《語言文字學》，頁五二。（1987 年 3 期）

⓲仝注⓱，見頁五二～頁五三。

⓳見《學術之聲・(3)》，頁八七。

⓴見《訓詁學》，頁一七三。

㉑仝注⓴。

㉒見《林尹教授逝世十週年學術論文集》，頁二一九。

㉓見《中國訓詁學》，頁一〇六。

㉔見《國文學報》第二十六期，頁二五四。

㉕見《文字學・訓詁學》，頁五三四。

㉖見《訓詁學新編》，頁二〇五。

㉗見《訓詁學新編》，頁二〇六。

㉘見《燕京學報》第二十二期，頁一二一～頁一二二。

㉙見《燕京學報》第二十二期，頁一二二～頁一二三。

㉚見《中國語文》1983 年第二期，頁一一三。

㉛仝注㉚，見頁一一四。

㉜仝上。

㉝見《南開學報》，1981 年第 2 期，見頁四一。

㉞仝注㉝。

㉟仝注㉝。

㊱見《語言文字學》1983 年第 3 期，頁五一～頁五二。

㊲仝注㊱，見頁五二。

❸❽見《華國》第四期，頁三五～頁三六。

❸❾見《訓詁學導論》，頁一四二。

❹⓿見《古漢語詞匯綱要》，頁一四七。

❹❶仝注❹⓿，見頁一四八。

❹❷見《訓詁學大綱》，頁一一二。

❹❸仝注❹❷。

❹❹以上二引文，並見張凡〈反訓辨〉所引。張文見《語言文字學》，
　　1987 年第 2 期。

❹❺見《訓詁學》，頁一七〇。

❹❻仝注❹❺。

❹❼見《廣州師院學報》，1987 年第二期，頁四一。

❹❽仝注❹❼。

❹❾仝注❹❼，見頁四一～頁四三。

❺⓿仝注❹❼，見頁四三～頁四四。

❺❶仝注❹❼，見頁四四。

❺❷此文已錄入周教授《中國訓詁學》一書中，引文見該書頁九六。

❺❸見《訓詁學新編》，頁二〇六。

❺❹見《燕京學報》第二十二期，見頁一二七。

❺❺原文「亂」下脫一「臣」字，今補之。

❺❻仝注❺❹。

❺❼見《訓詁學概要》，頁一三。

❺❽見《訓詁學概要》，頁一六九。

❺❾見《古漢語反訓集釋》，頁九二、九三。

❻⓿見《南開學報》1981 年第 2 期，頁四一。

❻❶仝注❻⓿，見頁四五。

❻❷仝注❻❶。

❻❸見李國正〈反訓芻議〉一文所引。李文見《廈門大學學報》（哲

社版）1993 年第 2 期。

❻見《中國語文研究》1984 年第 6 期，頁四三。

❻全注❻。

❻全注❻，見頁四五。

❻見《西北大學學報》（哲學社會科學報），1984 年第 4 期，頁一七。

❻全注❻。

❻全注❻，見頁一八。

❼見《語言文字學》，1987 年第 3 期，頁五三。

❼見《廈門大學學報》（哲社版），1993 年第 2 期。見頁八七。

❼全注❼，見頁一二一。

❼全注❼。

❼見《漢語詞義引義導論》，頁七六。

❼全注❼。

❼見《新訓詁學》，頁二五三。

❼全注❼。

❼見《訓詁學概論》，頁一九一～頁一九二。

❼見《華國》第四期，頁三八。

❽全注❼，見頁四二。

❽見《訓詁學導論》，頁一三九。

❽見《訓詁學大綱》，頁一一六。

❽全注❽。

❽全注❽，見頁一一七～頁一一八。

❽全注❽，見頁一一八。

❽見《古漢語詞彙綱要》，頁一四四。

❽全注❽，見頁一四六。

❽見張凡〈反訓辨〉（《語言文字學》1987 年第 2 期，語見頁四八）。

❽見《訓詁學》頁一七四。

❾ 見《訓詁學新論》頁二〇六。
❾ 見《中國語文》1983 年第 2 期,頁一一八。
❾ 仝注❾。

四、「以徂為存」

　　此例郭璞列作「訓義之反覆用之」「詁訓義有反覆旁通」之例。郭氏殆謂「徂」「存」二字可往來旁通。後世有贊成為反訓者,有不贊成者,茲析論如下:

甲、贊成者:

　　董璠氏〈反訓纂例〉一文,將此例置於「從聲反訓」中。所謂「從聲反訓」,董氏云:

> 古人語言,於同一語根之詞,延展演繹,變而靡窮,支而益遠,猶之族姓蕃衍,百世之外,亦遂不辨孰為不祧,孰為別宗矣。唯《說文》於形聲之字,究其本訓,兼存其所從之聲,雖間有誤從誤分之愆,然失者一二,而得者八九。今於古人文字猶能考厥嬗變之迹,都賴此編之存也已。❶

其中有「徂」字例,董氏論云:

> 《說文·辵部》:「退,往也。齊語。退或从彳,作徂。」《詩·鄭風》:「匪我思且。」箋云:「猶非我思存也。」此謂且即徂之假借。《爾雅·釋詁》:「徂,在,存也。」郭云:「以徂為存,猶以亂為治,以囊為曏,以故為今,此皆詁訓義有反覆,旁通,美惡不嫌同名。」郝氏懿行曰:「徂往之徂,本應作退。徂存之徂,又應作且。郭蓋未明假借之義,誤據上文徂往為訓,而云『以徂為存,義取相反』,斯為失矣。」郝氏分析字義固為明白,然從且之字,既同一語根,則往存二義,殆原為一義之衍變。猶助勗從且聲,阻沮亦從且聲,兩義相反。

❷

案：段注本《說文・辵部》：「逘，往也。从辵，且聲。逘齊語。」
段氏云：「〈釋詁〉《方言》皆曰：徂，往也。按〈鄭風〉：匪我思且。
箋云：猶非我思存也。此謂且即徂之叚借。〈釋詁〉又云：徂，存也。
是也。」「逘」下出「徂」字，云：「逘或从彳。」因董氏所引段注
與原文不同，遂再徵引。董氏以爲从且之字，原爲一義之衍變而有
往存二義，是爲「從聲反訓」。

　　張舜徽氏〈字義反訓集證〉一文將反訓分爲造字時之反訓與用
字時之反訓。其用字之反訓，蓋指義訓相反相成之理，見之於文字
運用之際者。張氏綜合群書舊詁，拈出一字兼含正反二義之實例，
就通常易見之敵對義，概括爲四十類例，「徂」字見「類例廿一：存
與亡同辭」中，其原文爲：

　　　徂　《爾雅・釋詁》：「徂、存也。」《史記・伯夷列傳》：「吁
　　嗟徂兮，」《索隱》：「徂、死也。」❸

案張氏引《索隱》「徂、死也」，以「死」與「存」相反爲訓，與《說
文》「徂」字訓「往也」不同，此須明辨之者。

　　林師景伊《訓詁學概要》歸納眾說，列舉反訓起因有四說，其
第二說爲「假借關係」。林師先列《爾雅》：「徂、往也。」又云：「徂、
存也。」再引郝懿行《爾雅義疏》：「郭蓋未明假借之義，誤據上文
徂往爲訓，而云以徂爲存，義取爲反，斯爲失矣。殊不思徂往之徂，
本應作逘，徂存之徂，又應作且耳。」林師將此例爲「假借關係」
之反訓。❹

　　徐世榮氏《古漢語反訓集釋》將「徂」字置於「動作類」之反
訓，該書編號二八二，條目：

　　　〔徂〕去也。（又）存也。

徐氏雖引《爾雅・釋詁》《方言》「徂，往也」之訓，惟條目作「去
也」，蓋據《楚辭・抽思》：「實沛徂兮。」王注：「徂，去也。」「往」
與「去」作動詞，其意可通。

乙、不贊成者：

齊佩瑢氏《訓詁學概論》雖反對反訓，又依事情性質之不同，
將反訓之類別分爲五種，將此例置於第二類「古今同辭之例」中。
齊氏云：

> ……至徂又訓存者，乃係聲轉，非關義變，從且聲之字如阻
> （險難）、岨砠、沮（止難）、疽、罝、柤（木閑。《廣雅》訓
> 距訓閱）……等都有止存之義。郝疏云：「郭蓋未明假借之義，
> 誤據上文之徂從爲訓，而云以徂爲存，義取相反，斯爲失矣。
> 殊不思徂往之徂，本應作退，徂存之徂又應作且耳。」按謂
> 爲假音，其見甚是；然必以存爲存問慰藉，《說文》且薦也，
> 薦亦承藉之意，則誤，是亦過信本字本義之蔽也。❺

齊氏以爲「且」爲「徂」之假借，遂謂此例非反訓。

何宗周氏《訓詁學導論》論述習見之所謂反訓字，將「徂，存
也。」列於「苦、快也」之下討論，以爲此二條「是竝以語言有分
化，文義隨之衍變，而終古未制其字者也」❻，二條均爲假借，非
反訓也。何氏云：

> 而徂《說文》作退；籀文作遣。《說文》：「退，往也。」訓存
> 者，蓋且之叚借。《說文》：「且，薦也。」薦則有存義。故《詩・
> 出其東門》：「匪我思且。」鄭箋：「匪我思且，猶匪我思存也。」
> 是叚借，亦非反訓。❼

何氏亦以此例爲假借，非反訓。

龍宇純教授〈論反訓〉將鄭箋「匪我思且，猶匪我思存也」中

「匪我思存」解釋爲「是非我思念之所在」,而將下章「匪我思徂」,解釋爲「是非我思念之所往」,二語並非完全相等,主張此例非反訓。其云:

> 《說文》徂字云往,而《雅·釋詁》云「徂,存也。」;存可以說是不往,所以郭氏以爲反訓。古書裏徂作存解者沒有見到,《爾雅》邢疏以爲即《詩·鄭風·出其東門》「匪我思且」之且。案鄭箋云:「匪我思且」猶「匪我思存」也,《經典釋文》云「且音徂,《爾雅》云存也」,顯然《爾雅》的徂字即是毛詩的且字;大概本之三家,別無其他來源。不過在《詩經》來講,徂字並非得作存字解不可,往義仍然可通。依我來講,上章的「匪我思存」是非我思念之所在,下章的「匪我思徂」是非我思念之所往。拿現在話說,往便是嚮往。兩句話實在並非完全相等的。但是話雖不相等,意思卻可通。鄭箋既於上章解釋說「此如雲者皆非我所思存也」,故於此章爲之彷彿之辭,說「匪我思且」猶「匪我思存」,既簡單,又明瞭。❽

胡楚生教授《訓詁學大綱》以爲此例與「反訓」無關,茲歸納、摘要其所持理由。原文不分項次,項次爲本人所加。

> ㈠古書中「徂」作「存」解的未曾見到。《爾雅》邢疏以爲即《詩經·出其東門》「匪我思且」的「且」字。
>
> ㈡《經典釋文》對於《詩經》這個且字也說:「且音徂,《爾雅》云,存也。」《爾雅》是一本客觀的訓詁書,它只是從古籍中搜集了許多詁訓,歸納而成書,但它卻不曾自行創造訓詁。……至於《爾雅》中的「徂,存也」,可能是本之於三家詩的解釋,別無其他來源。
>
> ㈢鄭康成在箋詩時,雖然說了句「匪我思且猶匪我思存」但

是，一則，他這句話是承蒙上句「此如雲者，皆非我所思存也」而言的，上一句話，解釋了「匪我思存」，下一句話承上而言，接著說明，「匪我思且」就如同上句「匪我思存」的意思一般。既簡單，又明瞭，不必再行重複。二則，漢人作注言「猶」的，往往是「義隔而通之」，鄭箋在兩句之間加上「猶」字，分明並不以為這兩句詩的字義完全相等，也並非以為「徂」（且）就是存，只是說明「匪我思存」和「匪我思且」這兩句詩，在此有相當共同的意指而已。

㈣鄭箋的「匪我思且猶匪我思存」，相信也是本之三家遺說，只因《爾雅》全書沒有用「猶」字的體例，當它從《詩經》三家注中搜取詁訓時，只好刪去了「徂猶存也」的猶字，才變成了今本《爾雅》的「徂、存也」之訓。

㈤《詩經》上的「且」字，並不一定非解為「存也」不可，我們如果把「匪我思存」解釋為非我思念之所在，把「匪我思且」解釋為非我思念之所往（嚮往）。依據《說文》的意思來解釋，不是更恰當嗎？❾

胡教授遂謂此例與「反訓」無關。

應裕康教授《訓詁學》對於此例之看法，與胡楚生教授相似。其大意為：仍就《詩‧鄭風‧出其東門》中「匪我思存」「匪我思且」之「存」「且」二字立論，解詩者未將「徂（且）一字解釋成「存」字。鄭箋：「匪我思且猶匪我思存。」「猶」這一術語，往往為義隔而通之，僅是說明詩境在此有相通之意指而已。應教授云：

> 以今語來說，把「思存」釋為「思念之所在」，把「思且」釋為「思念之所嚮往」，則就此詩而言，詩人「思念之所在」猶「思念之所嚮往」，都是所指同一事物了。❿

王氏以為《爾雅》之作者，忽略「猶」字在注解中之作用，而有「徂，

存也」之訓詁，致與《說文》所釋有相反之意義。爰謂《爾雅‧釋詁》：「徂，存也」為誤。

　　綜上觀之，贊成者、不贊成者之意見為：

一贊成者：

　　㈠原為一義之衍變，而有往存二義：董璠氏以為从且之字同一語根，而演繹成往存二義，所謂「從聲反訓」。

　　㈡一字兼含正反二義：張舜徽氏主之。

　　㈢假借關係：林師景伊主之。

　　另：徐世榮氏亦屬贊成派，將此字列為「動作類」之反訓。

二不贊成者：

　　㈠為假借，非反訓：齊佩瑢、何宗周二氏主之。齊氏列此例為「古今同辭之例」，惟視為假借。

　　㈡由訓詁術語「猶」反駁：即由鄭康成箋訓詁術語「猶」字及「徂」字訓解立論，龍宇純、胡楚生二教授主之，謂古書中「徂」作「存」解，未曾見及。《爾雅》「徂，存也」只是客觀歸納。鄭康成箋「匪我思且猶匪我思存」，「猶」字並不以為上下句詩之字義相同；「匪我思存」解釋為「非我思念之所在」，「匪我思且」解釋為「非我思念之所往（嚮往）」，並非反訓。

筆者案：

　　㈠郭璞「以徂為存」為「訓義之反覆用之」「詁訓義有反覆旁通」之例，殆謂「徂」「存」二字可以往來旁通，與後世字義正反之觀念不同。

　　㈡如據齊佩瑢氏所論，此例為假借，並非反訓。尤以胡楚生、應裕康二教授以「猶」字之寓含與「徂」字之訓解立論，頗具說服力，可以據從，因之筆者不將此例列為反訓。

五、「以曩為曏」

此例郭璞列作「詁訓義有反覆旁通」之例，郭氏殆謂「曩」「曏」二字可往來旁通。後世有贊成為反訓者，亦有不贊成者，茲析論如下：

甲、贊成者：

董璠氏〈反訓纂例〉將此例列為「同音同聲反訓」，所謂「同字同聲反訓」，見本節「三、以亂為治」「甲、贊成者」首位董璠氏之析論所引，此不再贅引。董氏論此例云：

> 《廣雅・釋詁》：「曩，久也」。《爾雅・釋言》：「曩，曏也。」《說文・日部》：「曏，不久也。」郝氏懿行曰：「對遠日言，則曏為不久。對今日言，則曏又為久。故《廣雅》云：『曩，久也。』」❶

董氏蓋以為一「曩」字有「久也」與「不久也」（「曏」為不久）相反之義，故為反訓。圖示如下：

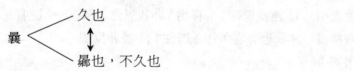

曩 ⟨ 久也 ↕ 曏也，不久也

徐世榮氏《古漢語反訓集釋》將「曩」字歸為「虛助類」之反訓，該書編號四八一，條目為：

> 〔曩〕久也。（又）不久也。

徐氏釋云：

> 《爾雅・釋詁》：「曩，久也。」又《釋言》：「曩，曏也。」《說文》：「曩，曏也。」「曏，不久也。」久與不久，一正一反。桂馥《說文義證》云：「『不久也』當作『久也』。」王筠《說

文句讀》為許慎解釋云：「《釋詁》『久也』，此云『不久者』，《士相見禮》：『鄉者，吾子辱使某見。』《論語》：『鄉也，吾見於夫子而問知。』《左・莊・三十二年・傳》：『鄉者，牙曰：「慶父材」。』皆一二日間事。如下所引『鄉役之三月』（《說文》引《僖公二十八年》文，今作鄉。）乃言鄉之最久者矣。《爾雅》謂之『久』者，但是淹留，即可言久。如《樂記》『遲之又久。』〈信陵君傳〉『睥睨故久立』，乃一日間事，亦謂之久也。」❶❷

徐氏蓋以「曩」有「久」與「不久」，一正一反之義，遂以為反訓字。

徐朝華氏〈反訓成因初探〉以為「由於詞義本身的特點及其發展變化」❶❸為反訓產生首要原因，包括五種情況，其第三情況為：

一個詞所表示的概念本身具有時間或程度等方面的相對性，由基本義可以引申出長短、久暫、多少等不同的意義，因而產生了反訓。「曩」和「頗」可作為這種情況的代表。❶❹

徐氏論此例云：

曩　是表示過去時間的詞，常常表示過去較長的時間，如在《爾雅・釋詁》和《廣雅・釋詁》中都有「曩・久也」條。有時「曩」又可解釋為「鄉」，表示過去不久的時間（《說文・日部》：「鄉，不久也。」）……

「曩」和「鄉」一個表示過去較久遠的時間，一個表示過去不久的時間，具有相對意義上的相反性質，因而可以認為它們意義相反。但是久和不久是相對而言的，當「曩」不是和「鄉」相比，而是和「今」相對來說的時候，它既可以表示過去較久的時間，有時也可以表示過去不久的時間。因此，「曩」便有了久和不久兩種相反的意義。❶❺

徐氏謂「曩，久」也，有時又可解釋爲「曏」，表示過去不久，故「曩」一字兼「久」與「不久」正反二義，爲反訓；或「曩，久也」與「曩」又可解釋爲「曏」，「曏，不久也」，亦爲反訓。前者可釋爲一字兼正反二義；後者可釋爲「以曩爲曏」。此外，徐氏又有一說法，當「曩」與「今」相對而言時，「既可以表示過去較久的時間」，「也可以表示過去不久的時間」，則「曩」亦兼相反二義。

乙、不贊成者：

齊佩瑢氏《訓詁學概論》以爲反訓僅是語義變遷現象，卻又依事情性質之不同，分反訓爲五類，此例在第二類「古今同辭之例」中。齊氏論云：

> 《爾雅》：「曩，久也。」又云：「曩，曏也。」
> 邵疏：「〈釋詁〉云：曩，久也。《說文》云：曏，不久也。郭氏云：以曩爲曏，義有反覆旁通，蓋曩本訓久，反覆旁通又爲不久也。」（按郭注無此語）《集解》謂曩即曏之重文，今作晌。蓋久與不久，因言者之情略有異耳。非反訓。郝疏云：「對遠日言，則曏爲不久；對今日言，則曏又爲久。」字又作向嚮鄉。詞義生活於句中，故因文而義別。**⓰**

齊氏稱「古今同辭」，「古今」者，謂所指之時間不同，一表過去，一表現在，齊氏以爲分辨過去與現在，不在本身，而在上下文義（語境）爲妥。**⓱**「同辭」者，謂同一辭（字）。「曩」有「久」與「不久」之義，乃言者之情略有異，因文而義別，故以爲此例非反訓。

龍宇純教授〈論反訓〉，以爲此例相反訓，其論云：

> 案《爾雅・釋詁》：「曩、塵、佇、淹、留，久也。」〈釋言〉：「曩，曏也。」一云久，一云曏。而《說文》：「曏，不久也。」所以郭氏援以證成反訓之說。然而這也是誤會。邢疏：「在今而既言往，或曰曩，或曰曏。」這是字的真正意義，等於今

人說以前或過去一樣。反正是過去,時間的久暫只是相對的。這問題當如郝氏義疏的看法:「對遠日言,則曩為不久,對今日言,則曩又為久。」並無所謂正反。不知郭氏何以有此隔膜。桂馥的《說文義證》居然要據《爾雅》的「久」改《說文》的「不久」,真是一樣的迂哉夫子了。**⓲**

何宗周氏《訓詁學導論》以為此例非反訓,其云:

> 《說文》:「曩,䚄也。」《國語·晉語》:「曩而言戲乎?《左氏·襄二十四年傳》:「曩者,志入而已。」《禮記·檀弓》:「曩者,爾心或開予。」《說文》:「䚄,不久也。」《儀禮·士相見禮》:「䚄者,吾子辱使某見。」注云:「䚄,曩也。」經傳曩䚄互訓,其義必同,惟《爾雅·釋詁》:「曩,久也。」時始有久暫之分。反訓之說,於茲生矣。而時之久暫,固無定則。故郝懿行《爾雅義疏》曰:「對遠日言,則曩為不久,對近日言,則曩為久。」依郝氏之說,亦為相校之辭,非反訓也。**⓳**

何氏謂「經傳曩䚄互訓,其義必同」,惟《爾雅》將「曩」訓作「久也」,始有久暫之分,而滋生反訓,而時之久暫,固無定則,引郝懿行之說以釋「曩」字久、不久之義,係相較之辭,非反訓也。

胡楚生教授《訓詁學大綱》亦以為此例非反訓,其論云:

> 《爾雅·釋詁》上說:「曩,久也。」〈釋言〉上說:「曩,䚄也。」《說文》上說:「䚄,不久也。」因此曩字又是久,又是不久了,所以郭璞以為又是「反訓」。
>
> 其實,時間的久暫,只是相對的,久與不久,在各人心目中的觀念,也都不同。郝懿行《爾雅義疏》:「對遠日言,則曩為不久,對今日言,則曩又為久。」這是最通達的說法了,

曩字的意義，等於今人說以前或過去一樣，以前或過去，可
以說是久，也可以說是不久，卻並不是什麼「反訓」。所以，
邢昺的《爾雅疏》要說：「在今而言既往，或曰曩，或曰曏」
了。⑳

胡教授仍據郝氏之說，而其所云「曩字的意義，等於今人說以前或
過去一樣，以前或過去，可以說是久，也可以說是不久」，說明此例
非反訓。

應裕康教授《訓詁學》對於此例，仍繫於「久」與「不久」立
論，其引《爾雅‧釋詁》〈釋言〉與《說文》訓解後，云：

又是「久」，又是「不久」，因此郭璞便以為是「反訓」。實際
上「曩」字的意義，就是今白話的「過去」或「以前」，若以
時間久暫釋「過去」「以前」則可以久，可以不久，實際上
無久暫之可言。試觀邢昺《爾雅疏》就說：「在今而言既往，
或曰曩；或曰曏。」而郝懿行《爾雅義疏》說：「對遠日言則
曩為不久，對今日言，則曩又為久。」較之郭璞用反訓來講，
通達多了。就像我們現在可以「很久以前」，或者「不久以前」，
不是都可以嗎？㉑

應教授立論與胡教授同，其以「很久以前」「不久以前」為釋，可
知「久」與「不久」，無久暫之別，故不以為反訓。

綜上觀之，贊成者、不贊成者之意見為：

一贊成者：

一字兼正反二義：有董璠、徐世榮、徐朝華等三氏。董璠氏稱之
為「同字同聲反訓」；徐世榮氏歸為虛助類反訓；徐朝華氏以為係
「由於詞義本身的特點及發展變化」產生，亦即由基本義引申而
產生之反訓。惟徐朝華氏除以「久」「不久」相反義立論外，尚
提出「曩」與「今」相對，可表示過去較久與過去不久之時間，

則亦可形成反訓。

二不贊成者：

有齊佩瑢、龍宇純、何宗周、胡楚生、應裕康等人主之，均據郝懿行疏：「對遠日言，則曩為不久；對今日言，則曩又為久。」齊氏提出分辨過去與現在，應在上下文義（語義）為妥，蓋言者之略有異，詞義生活於句中，故因文而義行；何氏亦提出時之久暫，因無定則，胡、應二教授更以今人用語為喻，「以前或過去」「很久以前」「不久以前」諸詞，實無差異。

筆者案：

㈠郭璞「以曩為曩」為「詁訓義有反覆旁通」之例，殆謂「曩」「曩」二字可以往來旁通，與後世字義正反之觀念不同。

㈡「曩」有「久」與「不久」之義，或「曩，久也」與「曩，曩也，不久也」，似可為反訓。惟郝懿行《爾雅義疏》：「對遠日言，則曩為不久，對今日言，則曩又為久。」言之中肯，久與不久如何區別？尤其胡楚生、應裕康二教授以今人用語為喻，確有道理，可以據從，因之筆者不以此例為反訓。

六、「以故為今」

此例郭璞列為「此義相反而兼通者」「詁訓義有反覆旁通」之例。郭氏殆謂「故」「今」二字可往來旁通。後世有贊成為反訓者，有不贊成者，茲析論如下：為方便析論，先徵引郭氏注語與《詩經》傳、箋等資料。

此例見於《爾雅》有二條：

㈠見《爾雅・釋詁下》：「治、肆、古，故也。」

㈡見《爾雅・釋詁下》：「肆、故，今也。」

郭氏於後條下注云：

　　肆既為故，又為今。今亦為故，故亦為今，此義相反而兼通

者，事例在下，而皆見《詩》。

郭注所謂「事例在下」指次條「徂、在，存也」下之注：「以徂爲存，猶以亂爲治，以曩爲曏，以故爲今，此皆詁訓義有反覆旁通，美惡不嫌同名。」所謂「而皆見《詩》」者，乃謂《爾雅》「肆」字訓「故」訓「今」，取自《詩經》。案《詩經》所見者有：

> 《詩經・大雅・緜》：「肆不殄厥慍。」毛亨傳：「肆，故今也。」
>
> 《詩經・大雅・思齊》：「肆戎疾不殄。」毛亨傳：「肆，故今也。」
>
> 《詩經・大雅・大明》：「肆伐大商。」鄭玄箋：「肆，故今也。」
>
> 《詩經・大雅・抑》：「肆皇天弗尚。」鄭玄箋：「肆，故今也。」

甲、贊成者：

林師景伊據章太炎先生《小學答問》所論，將此例列爲「音轉關係」之反訓。

章太炎先生《小學答問》云：

> 問曰：古有以相反爲誼，獨亂訓爲治，《說文》：𤔔亂本與𤔣分，其它若苦爲快，徂爲存、故爲今，今雖習爲故常，都無本字，豈古人語言簡短，諸言不、言非者，皆簡略去之邪？答曰：語言之始，誼相同者，多從一聲而變，誼相近者，多從一聲而變，誼相對相反者，亦多從一聲而變。……相對相反者，亦以一音轉變，故先天言，從聲以變則爲地。……此以雙聲相轉者也。先言起，從聲以變則爲止。……此以疊韻相迆者也。亦有位部皆同，訓詁相反者：始爲基，……其它亦有制字者而相承多用通藉，若特爲牛父，引申訓獨……，苦徂故之爲快存，今亦同斯例，特終古未制本字耳。若從雙聲相轉之例，雖謂苦糲爲快、徂糲爲存、故糲爲今，可也。

　　　　㉒

章氏所舉雙聲相轉之例有「故耤爲今」，爲林師所據以論說者。

乙、不贊成者：

　　齊佩瑢氏《訓詁學概論》既反對反訓，又依事情性質之不同，
分反訓爲五類，而此例列「古今同辭之例」。齊氏云：

> 郭氏字別爲義，與毛鄭不合。王觀國《學林》云〈釋故〉〈釋
> 言〉皆用一字爲訓，若以故今二字訓肆字，則非《爾雅》句
> 法。王引之《經義述聞》又云《爾雅》字各爲義，不當以故
> 今二字連讀，肆伐大商之肆當依《毛傳》訓爲疾，餘三肆字
> 皆當訓爲故，不當訓爲故今也。並列舉《書》《禮記》之肆
> 字故字固字今字諸句，證明肆故之訓爲今，今亦訓爲故，皆
> 承上之詞。又云「治肆古故也」條，治讀爲始，始古爲久故
> 之故，肆爲語詞之故；「肆故今也」條則全爲語詞；郭氏謂今
> 與故義相反而兼通，非也。（馬瑞辰《傳箋通釋》略同）。陳
> 奐《傳疏》：「《毛傳》雖本雅訓，而意不同，雅謂肆一句，故
> 一句，總之爲今也；傳謂《詩》之肆，既爲故，又爲今，立
> 意自異。故者承上古公也，今者承下文王也。」以《爾雅》
> 之成書由來言之，故今連讀爲正，蓋《毛傳》先成而後人據
> 以增入於故也條之下。嚴元照匡名、潘衍桐正郭並斥郭氏爲
> 非，是也。肆訓故訓故今，皆承上起下之詞，義同，是此非
> 反訓明矣。㉓

齊氏就「肆故今也」一語之句讀詞義論之，謂郭氏字別爲義，與《爾
雅》句法不合，斥郭氏爲非。又謂肆訓故訓故今，皆承上起下之詞。
　　歸納齊氏反對之意見：㈠郭璞字別爲義，與毛、鄭不合。㈡《爾
雅》句法皆用一字爲訓，以「故」「今」二字訓「肆」字，非其句
法。㈢「肆」爲語詞，訓故訓今，皆承上起下之詞。

　　龍宇純教授〈論反訓〉以爲《爾雅・釋詁》「肆故今也」，應據毛傳解爲「肆，故今也」，爲因上起下之語，無所謂正反，主張此例非反訓，其論云：

　　《爾雅・釋詁》有相連之二條：一云「治、肆、古，故也。」一云「肆故今也」。郭注後一條云：「肆既爲故，又爲今。今亦爲故，故亦爲今，此義相反而兼通者，事例在下，而皆見《詩》。」這也是郭氏明顯提出反訓說之一處。所謂事例在下，指下文「徂、在，存也」而言，前面已作討論。現在討論所謂肆作今解的問題。《詩・大雅・緜篇》「肆不殄厥慍」，毛傳云：「肆，故今也。」所以郭氏說此條亦見於《詩》。然而毛傳的意思，故今二字連讀，與故即之義相同。《爾雅》邢疏云：「以肆之一字爲故今，因上起下之語。」方是正解。《書・召誥》云「其丕能諴於小民，今休」，《經傳釋詞》云「今猶即也」，正可以說明「故今」的今是甚麼意思。所以肆字並沒有甚麼正反之義；故與今意義相同，也只在於作「因上起下」之語助時如此，亦無所謂正反。郭氏此說顯然又錯了。❷

　　何宗周氏《訓詁學導論》以爲此例非反訓，是字別爲義之誤也。何氏引《詩・緜》《詩・思齊》《詩・大明》《詩・抑》詩句（見前所引，此不贅）後，論云：

　　箋並云：「肆，故今也。」皆故今連文。是以《爾雅》邢疏云：「以肆之一字爲故今，因上起下之語。」是也。或謂〈釋詁〉〈釋言〉，字別爲義，而故今連文，有違體例。是不察之甚也。〈釋詁〉：「權輿，始也。」「覭髳，茀離也。」並二字連文。且郭氏謂：「茀離即彌離；彌離猶蒙蘢耳。孫叔然字別爲義。失之。」其注「肆，故今也。」字別爲義，得於彼，而失於此，益見讀古籍之不易也。王氏《經傳釋詞》：「今猶即也。」

是故今猶故即也。與邢氏因上起下之說合。是知故今二字連
文，非反訓也。❷❺

何氏以爲「故今」二字連文，「故今」猶「故即」。「肆」爲因上起下
之語。惟亦指出〈釋詁〉有二字連文之例，如「覭蒙，莕離也。」
並非皆一字爲訓。胡楚生教授《訓詁學大綱》以爲此例與「反訓」
無關，論云：

> 《毛傳》和《鄭箋》的釋詩，都是用「故今」二字連讀來解
> 「肆」字，和郭氏的字別爲義，完全不同，依《爾雅》的體
> 例來說，在〈釋詁〉〈釋言〉中，皆用一字爲訓，直到〈釋
> 訓〉篇中，才出現了複字爲訓的例子，如果有「故今」二字
> 訓釋「肆」字，是不合乎《爾雅》的體例的。
> 《爾雅》是一部客觀搜集而成的書，它的詁訓，多有來源，
> 以《爾雅》的原因來說，《毛傳》的「肆，故今也。」理應先
> 成，後人才取「肆、故今也。」以增入《爾雅》之中，又取
> 「肆」字入於「故也」一條，到郭璞，又點斷故今二字爲「肆，
> 故，今也」一條，方始以爲是「義相反而兼通者」。
> 其實，肆訓故今，是承上起下之詞，《爾雅》邢昺疏說：「以
> 肆之一字爲故今，因上起下之語」，這才是正確的解釋。《尚
> 書・召誥》上說：「其丕能誡於小民，今休。」《經傳釋詞》
> 說：「今猶即也。」所以，毛傳中的「故今」，相當於「故即」
> 的意思，所以，肆字並沒有什麼正反之義。❷❻

胡教授立說，除「故今」相當於「故即」外，其餘與齊佩瑢氏所論
同。而引《經傳釋詞》：「今猶即也。」謂「故今」相當於「故即」
者，與何宗周氏同。

應裕康教授《訓詁學》將此例列在「其他」原因所形成所謂「反
訓」。王教授引《詩・大雅・緜》〈思齊〉〈大明〉〈抑〉詩句（見

前所引，此不贅）後，論云：

> 根據毛亨，鄭玄的解釋，都是把「故今」去解釋「肆」字，
> 並非「肆」字可以釋「故」又釋「今」的。《爾雅》作者，將
> 之點斷，收入〈釋詁〉，才會造成郭璞反訓的看法。
> 至於「故今」究竟是什麼意思呢？《爾雅・邢昺疏》：「以肆
> 之一字為故今，因上起下之語。」王引之《經傳釋詞》：「今
> 猶即也。」所以「故今」就是「故即」，是一個承上起下之詞。
> ❷

應教授持論，大抵與胡教授同。

　　蔣紹愚氏《古漢語詞匯綱要》將歷來反訓例歸納成七類，其第
一類為「有的實際上並非一個詞具有兩種意義，把它們看作『反訓』，
是沒有區分字和詞而產生的一種錯覺」❷，以為此例非反訓。蔣氏
先引王引之《經義述聞》卷二十六所云：

> 「治、肆、古，故也。」「治」讀若「始」，「始」、「古」為
> 久故之「故」，「肆」為語詞之「故」。「肆、故，今也」，則皆
> 為語詞。郭謂「今」與「故」義相反而兼通，非也。

蔣氏認為王引之所言為是，又論云：

> 從古代的語言事實看，「肆」「今」都可以是連詞，相當於現
> 代漢語的「所以」，或古代漢語的連詞「故」。（引《詩經・縣》
> 〈思齊〉《尚書・甘誓》〈湯誓〉句，略）所以《爾雅・釋
> 詁》：「肆、故，今也。」這三個詞都是連詞。《爾雅・釋詁》：
> 「治、肆、故，故也。」是王引之所說的「二義不嫌同條」，
> 即「治（始）」和「古」是「久故」之「故」，而「肆」是連
> 詞之「故」，二義都用一個「故也」來解釋。這樣，《爾雅》
> 根本沒有說「肆」和「故」有「如今」的「今」之義，也沒

有說「肆」有「久故」的「故」義，因此也就說不上它們兼
有「古」（過去）和「今」（如今）這樣相反的二義了。❷

蔣氏謂郭璞之所以理解錯誤，乃將連詞「故」、「今」與表時間之詞
「故」「今」混爲一談。蔣氏以「故1」「今1」表示時間，「故2」
「今2」表示連詞。將《爾雅・釋詁》二條寫作：

　　「肆、故2，今2也。」
　　「治（始）、古，故1也。」
　　「肆、今2，故2也。」❸

其關係爲：

$$\text{故}\begin{cases}\text{故}_1\text{（久故）}\longleftrightarrow\text{（如今）今}_1\\\text{故}_2\text{（所以）}\underline{\quad}\text{肆（所以）}\underline{\quad}\text{（所以）今}_2\end{cases}\Big\}\text{今}$$

（→← 表示反義，—— 表示同義。）

蔣氏云：

> 「故1」和「今1」是反義，而「故2」、「肆」、「今2」是同
> 義。把「肆」和「故」看作「反訓」，是混淆字詞而產生的一
> 種錯覺。❸

蔣氏以爲「字」與「詞」應予以區分，「肆」「今」皆爲連詞，相當
於現代漢語「所以」或古代漢語連詞「故」，以爲此例非反訓。

　　李國正氏〈反訓芻議〉一文分「反訓的定義」「反訓的實質」
「反訓探賾」三部分探討反訓問題，其於第二部分「反訓的實質」
中論及此例。李氏先肯定王引之《經義述聞》卷二十六所云（見前
文蔣紹愚一節所引，此不贅），並以爲「久故」之「故」不能與連接
詞「今」作爲反訓，其云：

> 《爾雅》「治」、「肆」、「古」、「故」皆是久故之「故」，而「肆、

古，今也」皆是連接詞，相當於現代漢語的「所以」。「久故」
的「故」不能與連接詞的「今」捆綁在一起作為反訓的例子。
古書中找不到把「久故」的「故」解釋為「如今」的「今」，
或把「如今」的「今」解釋為「久故」的「故」的例子。而
《尚書》、《詩經》把「肆」、「今」用作連接詞「故」的卻不
只一例。㉜

李氏於此段末以括號注云：「限於篇幅省去例句。」案《詩經》例句
可見本單元前文所引。於此引《尚書》例二條，以為補充。

　　《尚書・甘誓》：「天用剿絕其命，今予惟恭行天之罰。」

　　《尚書・湯誓》：「夏德若茲，今朕必往。」

　　李氏謂「肆」「今」用作連接詞；「久故」之「故」不能與連接
詞「今」作為反訓。其立論與蔣氏同。

　　趙克勤氏《古代漢語詞匯學》雖主張古籍中，存在反訓詞，惟
舉此例說明「有些『相反為訓』的例證，完全是屬於理解的錯誤」
㉝其云：

　　　　《爾雅》先以「故」釋「治、肆、古」，這裡的「故」兼有虛
　　　　實二義，虛詞為連詞，是解釋「肆」的；實詞是久故義，是
　　　　解釋「古」的……至於《爾雅》的「肆、故，今也」，這裡的
　　　　「今」也是連詞，古漢語中「今」常常用作連詞。這裡還有
　　　　一個斷句的問題。《詩經・大雅・緜》：「肆不殄厥慍。」毛傳：
　　　　「肆，故今也。」朱熹注：「肆，故今也，猶言遂也。承上起
　　　　下之辭。」因此，「故」「今」是同義詞連用，都是連詞。可
　　　　以推斷，《爾雅》「肆、故，今也」當為「肆，故今也」。郭
　　　　璞把連詞「故」「今」誤認為實詞「故」「今」，才得出了「今
　　　　亦為故，故亦為今，此義相反而兼通者」的錯誤結論。「今亦
　　　　為故，故亦為今」是對的（因為「故」「今」都是連詞，相

當於「遂」，只不過它們不是「義相反而兼通」)，而是「義相同而兼通。」❸❹

趙氏之說，大抵同於蔣紹愚、李國正二氏所論。所異者，提出「肆，故今也」斷句與「故」「今」相當於「遂」之說法。趙氏推斷《爾雅》「肆、故，今也」當爲「肆、故今也」，蓋據《毛傳》《鄭箋》。

毛遠明氏《訓詁學新編》，將「不是反訓而誤認爲反訓的」，分爲三種情況，其一爲「沒有分清字和詞」。毛氏首例即此例，其論云：

> 《爾雅·釋詁》：「治、肆、古，故也。」又，「肆、故，今也。」郭璞注認爲「肆」有故、今二義；故也有古、今二義，爲反訓。但是王引之不同意，他認爲「治、肆、古，故也」，「治」讀若始，「始」、「古」是久故之「故」；而「故」、「肆」爲語詞之「故」。「肆、古，今也」則均爲語詞。謂今與故義相反而兼通，非是。(詳《經義述聞》卷二十六) 王引之的認識是對的，「肆、古、今」是語詞，即現在所說的連詞，相當於「所以」；「治、古、故」是久故的「故」，義爲古代、過去，爲名詞。❸❺

毛氏以爲字與和詞分清，故不以此例爲反訓。

至於董璠氏〈反訓纂例〉與徐世榮氏《古漢語反訓集釋》雖似論及此例，然細審之，實與此例無關。董璠氏於所分反訓十類中首類爲「同字同聲反訓」，似有涉此例，其云：

> 《爾雅·釋詁》云：「治，肆，古，故也。」又云：「肆故，今也。」郭注曰：「肆既爲故，又爲今；今亦爲故，故亦爲今，此義相反而兼通者。」郝氏懿行曰：「今，不古也。已故爲古，及時爲今，从會及時之意，故云是時也。《文選·南都賦注》引《倉頡篇》曰：「今，時辭也。」《詩》：「迨其今兮，」《傳》：

「今，急辭也。」然則今為急辭，即知故為緩解矣。肆訓故，又訓今者，肆，遂也。遂有緩義，亦有急義，緩義為故，急義為今也。肆亦有緩急二義。《書》:「眚災肆赦。」肆訓緩也。《詩》:「是伐是肆。」肆，訓疾也。由斯以談，凡言是故者，舒緩之詞也。凡言即今者，急疾之詞也。字有二義，因有二訓。然則肆為故又為今，無足怪矣。㊱

董氏旨在說明「肆」有「故」與「今」二義，一字兼正反二義，故列於「同字同聲反訓」之中，與「以故爲今」相反爲訓者不同。

徐世榮氏《古漢語反訓集釋》將「肆」字列於「虛助類」反訓，編號：四八五，條目爲：

〔肆〕故也。(又）今也。㊲

由條曰即可知徐氏乃論「肆」一字兼有「故也」「今也」二義，與此例「以故爲今」者含意不同。

綜上觀之，贊成者、不贊成者之意見爲：

一贊成者：

林師景伊據章太炎先生「誼相對相反者，亦多從一聲而變」,「故耤爲今」雙聲相轉，將此例列爲「音轉關係」之反訓。

二不贊成者：

齊佩瑢、龍宇純、何宗周、胡楚生、應裕康、蔣紹愚、李國正、趙克勤等人主之。大抵以「肆」字爲承上起下之詞，「故今」二字連文，「故今」猶「故即」。蔣氏更指出，郭璞將連詞「故」、「今」與表時間之詞「故」「今」混爲一談，而產生理解錯誤。至於《爾雅》〈釋詁〉〈釋言〉用一字爲訓，何氏已指出〈釋詁〉亦有二字連文者。

三董璠、徐世榮二氏以「肆」字兼「故」「今」二義，則此例「以故爲今」含意不同。

筆者案：本書據齊佩瑢、胡楚生等諸家所論，主張「肆」爲承上起
　　　　下之詞，「故今」連讀，爲「故即」之義，「肆」自無正反
　　　　之義。《爾雅》作者，將「故今」點斷，收入〈釋詁〉，始
　　　　造成郭璞「以故爲今」之看法，爲郭氏理解之錯誤。筆者
　　　　不以此例爲雙聲反訓或音轉關係反訓。

【注釋】

❶見《燕京學報》第二十二期，見頁一三五。

❷仝注❶，見頁一三七～頁一三八。

❸見《舊學輯存・中》，頁一〇八七。

❹見《訓詁學概要》，頁一七二。

❺見《訓詁學概論》，頁一八一。

❻見《訓詁學導論》，頁一四二。

❼見《訓詁學導論》，頁一四三。

❽見《華國》第四期，頁三六。

❾見《訓詁學大綱》，頁一一三～頁一一四。

❿見《訓詁學》，頁一七七。

⓫見《燕京學報》第二十二期，頁一二九～頁一三〇。

⓬見《古漢語反訓集釋》，頁一九四。

⓭見《南開學報》1981 年第 2 期，頁四一。

⓮仝注⓭，見頁四二。

⓯仝注⓮。

⓰見《訓詁學概論》，頁一八三～頁一八四。

⓱見《訓詁學概論》，頁一八〇。

⓲見《華國》第四期，頁三七。

⓳見《訓詁學導論》，頁一三九～頁一四〇。

⓴見《訓詁學大綱》，頁一一四。

㉑見《訓詁學》，頁一七八。

㉒見《章氏叢書》。

㉓見《訓詁學概論》，頁一八三。

㉔見《華國》第四期，頁三七。

㉕見《訓詁學導論》，頁一四一。

㉖見《訓詁學大綱》，頁一一五。

㉗見《訓詁學》，頁一七八～頁一七九。

㉘見《古漢語詞匯綱要》，頁一四一。

㉙見《古漢語詞匯綱要》，頁一四二。

㉚見《古漢語詞匯綱要》，頁一四三。

㉛表及引文，並見《古漢語詞匯綱要》，頁一四三。

㉜見《廈門學報》（哲社版），1993 年第 2 期，頁一一八。

㉝見《古代漢語詞匯學》，頁一七〇。

㉞見《古代漢語詞匯學》，頁一七一。

㉟見《訓詁學新編》，頁二〇五～頁二〇六。

㊱見《燕京學報》第二十二期，頁一三〇。

㊲見《古漢語反訓集釋》，頁一九五。

第三節　小結

　　齊佩瑢氏《訓詁學概論》曾謂反訓「作俑始於郭氏」❶，蓋因郭璞有「詁訓義有反覆旁通」、「義相反而兼通」與「訓義之反覆用之」等用語，又有「苦而爲快」、「以臭爲香」、「以亂爲治」、「以徂爲存」、「以曩爲曏」、「以故爲今」之例，後人理解成訓詁之方法或原則，衍成反訓爭議議題。

　　筆者以爲要理解反訓，必須從源頭搜尋，是以本章由郭氏用語與所提六例作深入探討，所得結論如下：

一、在用語方面：

郭璞所謂「詁訓義有反覆旁通」、「義相反而兼通」、「訓義之反覆用之」者，指兩字字義可往來相通之意，郭璞之觀念僅此而已，與後人反訓觀念迥異。「美惡不嫌同辭」與「貴賤不嫌同號」者，乃郭璞誤解《公羊傳》，且二字字義並無往來相通之意，後世卻意會成一字兼正反二義，應是郭氏所始料未及者。

若不論郭璞引據、理解是否錯誤，其以「苦而爲快」等六例說明字義往來相通，吾人姑且稱之爲「郭璞反覆旁通之反訓」可也。

二、在郭璞所提六例方面：

若以後世反訓觀念檢視郭氏所提六例，除「以臭爲香」及「以亂爲治」在某種解釋之下始得稱之爲反訓，其他皆不得視爲反訓。

㈠「以苦爲快」：僅是記音而已，非反訓。

㈡「以臭爲香」：若以上位義、下位義關係論反，非反訓；若以「臭」由氣味之總名，後兼香氣、惡臭二正反之義，則視爲「美惡同辭」。

㈢「以亂爲治」：係由詞義反向引申所形成之反訓。

㈣「以徂爲存」：古書中「徂」作「存」，未曾見及。鄭康成箋「匪我思且猶匪我思存」中「猶」字並非指上下句詩義可以相同。本書據龍宇純、胡楚生、應裕康三教授所論，以爲非爲反訓。

㈤「以曩爲曏」：據郝懿行《爾雅義疏》：「對遠曰言，則曩爲不久，對今日言，則曩又爲久。」及齊佩瑢、龍宇純、何宗周、胡楚生、應裕康等人之論，以爲非反訓。

㈥「以故爲今」：「肆」爲承上起下之詞，「故今」連讀，即「故

即」之義，郭璞將「故今」點斷成「故、今」遂產生錯誤，筆者不從，而視此例非反訓。

【注釋】

❶見《訓詁學概論》頁一七八。

第三章　反訓之界義

第一節　辭典所見「反訓」條之界義

　　在訓詁學專論或有關反訓單篇論文中，常可見及諸家對反訓所下之界義，語言學辭典或一般辭典或有收錄「反訓」條，其界義又如何？應有參考價值，本節就所見錄之。

一、語言學、漢語教學辭典：

　　純粹語言學辭典既不多，且亦有不收錄「反訓」條者，今只就所見列之：

㈠《**語言學辭典**》，陳新雄等，三民書局，民國七十八年。見頁五三。

　反訓（FAN³ HSÜN⁴）指有些詞在古代含有相反的兩義，如「亂」字有「治理」、「擾亂」兩義，後世只用「擾亂」義，如《尚書‧皋陶謨》「亂而敬」的「亂」是「治」的意思，以治訓亂，訓詁學上稱反訓，其他如「乖」本指「違逆」，後來變成「馴順」，「讓」本指「責備」，後來變成「謙讓」，都是反訓。

㈡《**世界漢語教學百科辭典**》，漢語大詞典出版社，民國七十九年（一九九〇）。有二條：

　－反訓　即「反義為訓」。（見頁一七〇）

　－反義為訓　訓詁學術語。簡稱「反訓」。義訓方法之一，即用反義詞來解釋詞義。在古代，有些詞兼具甲、乙兩種相反的意義，到後世只通用甲義，便把用乙義（與甲義相反）來訓釋稱為「反訓」。（見頁一六九）

㈢《**語言文字詞典**》，駢宇騫、王鐵柱主編，北京學苑出版社，民國

八十八年（一九九九）。

〔反訓〕訓詁學術語。一般有兩種情況：①以反義詞相訓釋。如《爾雅・釋詁》：「肆，故也。」「肆，故，今也。」郭璞注：「肆既爲故，又爲今；今亦爲故，故亦爲今，此義相反而兼通者。」又《爾雅・釋詁》：「徂，存也。」郭璞注：「以徂爲存，猶以亂爲治，以曩爲曏，以故爲今，此皆詁訓義有反覆旁通，美惡不嫌同名。」②同一個詞用一對反義詞分別解釋。如《墨子・經上》：「已，成、亡。」《墨子・經說上》：「已，爲衣，成也。治病，亡也。」注：「張云爲衣以成爲已，治病以亡爲已。」孫詒讓按：「亡，猶言無病也。」《漢書・郊祀志》云：「病良已。」注：「孟康云：已謂病愈也。」值得注意的是，訓詁學者對「反訓」的研究目前尚未有定論，須進一步研究。

二、一般辭典：

一般辭典或因版別、發行者、出版時間，常有二種以上內容相同者，今只就所見，略以時間先後列之。

㈠《**東方百科全書**》，（上中下三冊）臺灣東方書店，民國四十二年。見頁二九一八。

相反爲訓詞　以相反爲訓：①如「亂」之訓「治」。②「徂」之訓「存」。俗語亦有此例。③《說文》「扔」，因也，如乘切。朱駿聲曰：「按以手摟之也。《老子》則攘臂而扔之。」《釋文》引也、因也。按今北平謂「棄」爲「扔掉」；「扔」讀若因。「乃」，引之對訓也。④《爾雅・釋言》「肇」，敏也。《中庸》「人道敏政」。鄭注或爲「謀」。按「謀」、「敏」同聲。湖北謂愚人曰「韶傢伙」，讀若「肇」之平聲。「肇」爲「敏」、爲「謀」，愚蒙之人，何有「謀慮」，故反言之曰「肇」。

㈡《**中文大辭典**》，華岡出版社，民國五十二年。見第一冊，頁三八

八。

《辭源》，臺灣商務印書館，民國七十八年。見頁三四四。

反訓　文字之解釋，有與其本義相反者，謂之反訓。〔爾雅・釋詁・徂在存也注〕以徂爲存，猶以亂爲治，以曩爲曏，以故爲今，此皆詁訓義，有反覆旁通，美惡不嫌同名。

㈢《辭海》（上），中華書局，民國六十九年。見頁八〇七、八〇八。

反訓　文字訓詁方式之特例。凡一字無法按常理解釋之時，從其反面之意義以爲訓釋者，謂之反訓。爾雅釋詁：「徂，在，存也。」郭注：「以徂爲存，猶以亂爲治，以曩爲曏，以故爲今，此皆詁訓義有反覆旁通，美惡不嫌同名。」方言卷二「逞、苦、了，快也。自山而東，或曰逞，楚曰苦，秦曰了。」郭注：「苦爲快者，猶以臭爲香、亂爲治、徂爲存，此訓義之反覆用之也。」說文：「亂，治也。」廣雅釋詁：「亂，理也。」皆反訓之例。

㈣《辭海》，上海辭書出版社，民國六十九年（一九八〇）。見頁二六四。

反訓　訓詁學名詞。用反義詞來解釋詞義。有些詞在古代含有相反的兩義，如亂字有「治理」、「紊亂」兩義，後世只通行「紊亂」一義。而《尙書・皋陶謨》「亂而敬」，《史記・夏本紀》作「治而敬」，以治訓亂，訓詁學上稱爲反訓。

㈤《文史辭源》，藍燈文化事業股份有限公司，民國七十二年，見頁四九九。

《辭源》（大陸版）單卷合訂本，遠流出版社，民國七十七年（一九八八），見頁二四三。

反訓　用反義詞解釋詞義。有些詞古代含有相反兩義，如亂字有擾亂和治理兩義。以「治」解釋「亂」就是反訓。《爾雅》中即有這種訓詁方法。

㈥名揚《百科大辭典》，名揚出版社，民國七十三年。見頁八〇七。

　　　反訓　訓詁學名詞。以反義詞解釋語義。有些詞在古代含有相反二義，如亂字有「治理」、「紊亂」二義，後世只通行「紊亂」一義，而《尙書‧皋陶謨》「亂而敬」、《史記‧夏本紀》作「治而敬」，以治訓亂，訓詁學上稱爲反訓。

㈦《**大辭典**》，三民書局，民國七十四年。見六二五。

　　　反訓　訓詁學名詞。用反義詞來解釋詞義。例如：亂字有治理紛亂，及擾亂兩種意義，後因一般通用擾亂之義，故用作治亂解時就稱爲反訓。如：《尙書‧皋陶謨》：「亂而敬」（《史記‧夏本紀》作「治而敬」），亂解釋爲治。

㈧《**漢語大詞典**》，上海漢語大詞典出版社，民國七十七年，見第二冊頁八六三。

　　《**漢語大辭典**》，臺灣東華書局，民國七十八年，見頁八六六。

　　　反訓　訓詁學術語。用反義詞解釋詞義。有些詞古代含有相反兩義。如「亂」字有擾亂和治理兩義。以「治」解釋「亂」，就是反訓。錢鍾書《管錐編‧周易正義‧論易之三名》：「一字多意，粗別爲二。一曰並行分訓……二曰背出或歧出分訓，如『亂』兼訓『治』，『廢』兼訓『置』，《墨子‧經上》早曰：『已：成，亡』；古人所謂『反訓』，兩義相違而亦相仇。」

㈨《**中國大百科辭典**》，華嚴出版社，民國八十一年。見第四冊，頁一一六六。

　　　反訓　即用反義詞來解釋詞義。如《爾雅‧釋詁》：「亂，治也」。有些詞在古代兼有正反兩種意，後世只通行一種。如《廣雅‧釋詁》：「貸」訓「借」又訓「與」。《廣雅‧釋言》：「陶」訓「喜」又訓「憂」。反訓是古代語言中客觀存在的現象。

㈩《**重編國語辭典**》，教育部國語推行委員會，民國八十七年，光碟版。

　　　反訓　訓詁學上指用反義詞來解釋詞義，如「亂」可訓「治」。

　　以上所列十種中，㈡、㈤、㈧三種，二本辭典並列，表示此二本辭典內容完全相同。

　　歸納辭典所見「反訓」條之界義，可知「反訓」為訓詁學術語，其界義約略有：

　　反訓即反義為訓，用反義詞來解釋詞義。有些詞古代含有相反兩義，如「亂」字有擾亂和治理兩義，後世只用「擾亂」義，以「治理」解釋「擾亂」，稱為反訓。

　　再者，語言學辭典、漢語教學辭典與一般辭典所下「反訓」界義無明顯差異。

第二節　　諸家所論反訓界義

一、董璠〈反訓纂例〉❶

　　董氏未明言反訓界義，今就其文摘錄相關詞語：

　　△意義相反以對待為訓。

　　△一字多義，俱分生起之跡，思想上本含有矛盾拒中律。

　　△反訓之字，或元無本字，或各具本字，倉卒施用，讀音不異，
　　　而字義相違。

二、張舜徽〈字義反訓集證〉❷

　　張氏亦未明言反訓界義，今就其文摘錄相關詞語：

　　△字義反訓。

　　△字之同從一聲而義相反。

　　△所從之聲相同而義訓適相反。

　　△一字兼含正反二義。

三、林尹《訓詁學概要》

　　相反為訓，是說一字兼具正反兩面的意義。❸

四、趙振鐸《訓詁學綱要》

　　　反訓是訓釋語義的一種手段，就是反義相訓。❹

五、徐世榮〈反訓探源〉

　　　所謂「反訓」，其實是義兼正反。❺

六、周何《中國訓詁學》

　　　周教授未明言反訓界義，今就其文摘錄相關詞語：

　　　△一字而訓義相反。

　　　△一字具有相反意義的現象。

　　　△義有正反。

　　　△相反為訓。❻

七、張永言《訓詁學簡論》

　　　反訓，即用反義詞來作訓釋。❼

八、楊端志《訓詁學》上

　　　一般認為，反訓是指用反義詞來解釋詞義的訓詁。❽

九、周大璞主編《訓詁學初稿》

　　　△反義相訓，即以反義詞互相解釋。

　　　△反義相訓，訓詁學習慣稱為反訓。❾

十、蔣紹愚《古漢語詞匯綱要》

　　　△所謂「反訓」，簡單地說，就是一個詞具有兩種相反的意義。

　　　△「反訓」的界域必須嚴格劃定：即：一個詞同時兼具相反二

　　　　義。如果不是同一個詞，或者不是共時的語言現象，或者並

　　　　非真正是相反二義，就不能叫做「反訓」。❿

十一、吳孟復《訓詁通論》

　　　再如《墨子・經上》：「已，成；亡。」《說文》舉例說：「為

　　　衣，成也；治病，亡也。」可見當時已看到一字之中，包含

　　　有相反的兩義，即所謂「相反同根」，為後世「反訓」之始。

　　　⓫

十二、曹先擢〈反訓研究的可貴收穫－讀徐世榮《古漢語反訓集釋》〉

反訓是指一個字（詞）有正反兩種意義。❷

十三、趙克勤《古代漢語詞匯學》

反訓詞則指一個詞具有兩個相反的意義。❸

十四、陳煥良《訓詁學概要》

反訓，即用反義詞來作訓釋。❹

十五、徐朝華〈反訓成因初探〉

在古代漢語中，有些詞含有相反的兩種意義，因而有用反義詞解釋詞義的情況。這種一個詞含有相反兩義的現象和用反義詞來解釋詞義的方法，訓詁學上稱為反訓。❺

十六、郗政民〈反訓淺說〉

△「義有反覆旁通，美惡不嫌同名」，概括了反訓的基本含義：一、一個字或詞，含有相反的兩個意思，而且相反相通，即既相對立，又相聯繫；二、相反相對的兩個意念，處於同字同詞之中。❻

△亂與治，擾攘與安順；始生與終死，意義完全對立、相反，然而包含在一字之中，這種現象，前人稱作「反訓」或「相反為訓」。❼

△如果某個詞，在特定的語言場所，指的是一種與另一個意義相反的含義，而且辭書中也確立了兩個對立的相反的義項，那麼應看作是反訓。❽

十七、李國正〈反訓芻議〉

△反訓應當定義為：在古代漢語書面語中，從與一個詞義相對或相反的角度，去揭示或說明另一個詞義的方法。

△古代注釋家從與某個常用詞義相對或相反的角度，揭示或說明語詞的另一歷史詞義，這就是反訓。❾

十八、郭在貽《訓詁學》

△用反義詞來解釋詞義，叫做反訓。❿

十九、余心樂〈反訓例釋〉

　　△古代漢語中有的字具有相反或相對的兩個意義，這是漢語
　　　語義辯證發展的結果。

　　△五經中這種一字兼具正反二義的屢見不鮮。㉑

二十、朱曉農〈反訓正解－對現實語言例子的考察〉

　　我們不贊成郭璞以來對古書上「臭」、「亂」一類例子所作的
　　「美惡同辭」、「正反同辭」、「主客同辭」諸如此類的「反訓」
　　解釋。我們把這些現象統稱「反訓」只是考慮方便和習慣。
　　㉒

廿一、齊沖天《訓詁學教程》

　　一個詞同時有正反兩方面的意義，或一個詞的引申義和它的
　　本義相反，這是反訓的另一方面的涵義。這種反訓是語義的
　　演變現象，意義向相反的方面引申，所以這種反訓實際也是
　　同義詞相訓，也是真正的反訓。㉓

廿二、陳新雄《訓詁學》上

　　△一個字的常用詞義，用了一個相反的常用詞義去解釋，就
　　　稱它為反訓。

　　△反訓是指用反義詞解釋詞義之訓詁。㉔

廿三、張凡〈反訓辨〉

　　所謂「反訓」，就是反義為訓。這是我國傳統訓詁學訓釋詞義
　　　的一種方法。兼有正反兩個意義的詞就叫反訓詞。㉕

廿四、姚榮松〈反訓界說及其類型之商榷－兼談傳統訓詁術語所隱
　　　含的多層次意義〉

　　由於古漢語部分詞義的內在對立關係、反向引申關係，以及
　　同源詞反義孳乳形成一種「反義共詞」的詞彙訓詁現象。這
　　些現象還可以包括一些由於文字假借所形成的「同形異義詞」
　　在內，也以「假借反訓」的形式作為反訓的一分子，它和以

　　　上三種關係是絕然不相隸屬的。❷⑥

廿五、張聯榮《漢語詞匯的流變》

　　　△由於一個詞兼有兩個相反的意義，人們就把這種現象稱作

　　　　「反訓」（訓是訓釋詞義）。

　　　△我們覺得反訓實際上是一種詞匯（主要是詞義）現象，它

　　　　是指同一個詞同時具有相反或相對的兩個意義。❷⑦

廿六、徐興海《廣雅疏證》研究

　　　反訓是謂一個字具有兩個義項，這兩個義項的意義相反，王

　　　念孫稱之爲「一字兩訓而其義相反」。❷⑧

　　諸家所論反訓界義，則呈多樣化，堪稱眾說紛紜，莫衷一是。

概括諸家所下界義。可籠統析爲四類：

　　㈠說明反訓之實質與現象，如：「字義反訓」。

　　㈡說明反訓之手段，如：「用反義詞來作訓釋」。

　　㈢說明反訓之型態，如：「一字兼含正反二義」。

　　㈣說明反訓之特徵，如：「兩義相違而亦相仇」。

【注釋】

❶見《燕京學報》第二十二期。

❷見《舊學輯存・中》，頁一〇六五～頁一一〇〇。

❸見《訓詁學概要》，頁一六八。

❹見《訓詁學綱要》，頁一七六。

❺見《古漢語反訓集釋》〈反訓探源（代序）〉頁一。

❻見《中國訓詁學》，頁九三～頁九八。

❼見《訓詁學簡論》，頁一三七。

❽見《訓詁學》上，頁一四三。

❾前則見《訓詁學初稿》，頁一五四，後則見該書頁一五五。

❿前則見《古漢語詞匯綱要》，頁一四〇，後則見該書頁一五六。

⑪見《訓詁通論》，頁三〇。

⑫見《語文研究》，1992 年第 3 期，頁三九。

⑬見《古代漢語詞匯學》，頁一六八。

⑭見《訓詁學概要》，頁一四四。

⑮見《南開學報》，1981 年 2 期，頁四一。

⑯見《西北大學學報》（哲學社會科學版），1984 年第 4 期，頁一六。

⑰全注⑯，見頁一八。

⑱全注⑯，見頁二一～頁二二。

⑲前則見《廈門大學學報》（哲社版）1993 年，第 2 期，頁一一-八。
　　後則見該書頁八七。

⑳見《訓詁學》，頁七八。

㉑二則並見《古漢語論集》第二輯，頁四六。

㉒見《漢語學習》，1988 年 5 期，見頁三五。

㉓見《訓詁學教程》，頁六〇。

㉔前則見《訓詁學》上，頁一九五。後則見該書頁二九一。

㉕見《語言文字學》，1987 年 2 期，頁四五。

㉖見《國文學報》第二十六期，頁二六三。

㉗前則見《漢語詞匯的流變》，頁九六，後則見該書頁九七。

㉘見「《廣雅疏證》研究」，頁一〇五。

第三節　小結

一、由歸納辭典所見「反訓」條之界義，可知「反訓」為訓詁學術
　　語，且語言學辭典、漢語教學辭典與一般辭典所下「反訓」界
　　義無明顯差異，約略有：
　　反訓即反義為訓，用反義詞來解釋詞義。有些詞古代含有相反
　　兩義，如「亂」字有擾亂和治理兩義，後世只用「擾亂」義，

以「治理」解釋「擾亂」，稱爲反訓。

二、諸家所論反訓界義，或說明反訓之實質與現象、或說明反訓之手段、或說明反訓之型態、或說明反訓之特徵，堪稱衆說紛紜，莫衷一是。

三、由《語言文字詞典》、《漢語大辭典》界義中所舉《墨子‧經上》：「已，成、亡。」、《中國大百科辭典》所舉「貸」訓「借」又訓「與」；「陶」訓「喜」又訓「憂」，知古代早已有一詞兼正反二義之例。後世學者，如林師景伊、蔣紹愚、曹先擢、趙克勤、徐朝華、余心樂、齊沖天、張凡、張聯榮、徐興海等人，亦指出反訓有一詞兼正反二義者。

四、筆者以爲反訓爲古漢語訓詁現象，非訓詁之方法或手段，故不同意趙振鐸「反訓是訓釋語義的一種手段」、徐朝華「……用反義詞來解釋詞義的方法，訓詁學上稱爲反訓」、李國正「反訓應當定義爲：……去揭示或說明另一個詞義的方法」、張凡「所謂反訓，就是反義爲訓。這是我國傳統訓詁學訓釋詞義的一種方法」等將反訓視爲訓釋詞義之「手段」或「方法」。

五、筆者反訓之界說爲：

古漢語因詞義反向引申形成反義共詞，或因詞義內在對立關係形成一詞兼正反二義之詞彙訓詁現象，皆稱之爲反訓。

第四章　郭璞以後字義反訓觀念之演進

第一節　唐代至清代

　　王寧教授於〈「反訓」析疑〉❶一文中，表列宋代－洪邁；元代－李治；明代－楊慎、焦竑；清代－段玉裁、劉廷楨、朱駿聲、王念孫、錢大昕、俞樾、陳玉澍等十一家論「反」「倒」「美惡」「極致」……之例，今再增唐代－孔穎達；宋代－邢昺、賈昌朝；元代－李治；清代－陳奐、桂馥、孔廣森、郝懿行、劉淇等九家，並增列其例，製表如下：

一、唐代

作者	經籍文獻	論證
孔穎達	《尚書·盤庚中》：「若乘舟，汝弗濟，臭厥載」疏	臭是氣之別名，古者香氣穢氣皆名爲臭。《易》云：其臭如蘭，謂香氣爲臭也。《晉語》云：惠公改葬申生，臭徹於外，謂穢氣爲臭也。下文覆述此意云：無起穢以自臭，則此臭爲穢氣也。
	《詩經·衛風、伯兮》：「願言思伯，甘心首疾。」毛傳：「甘，厭也。」疏	凡人飲食，口甘遂至於厭足，故云：甘，厭也。

　　案：由孔疏，知「香氣」、「穢氣」皆名「臭」，即「臭」有「香氣」、「穢氣」之義；「甘」，「厭」也。《史記·貨殖·子贛傳》：「原憲不厭糟糠。」《索隱》：「厭，飽也。」《國語·周語》：「厭

縱其耳目心腹。」注：厭，足也。」後「厭」有「厭惡」之意，
與「甘」義遂相反。

二、宋代

作者	著作	論證用語	舉例
洪　邁	《容齋隨筆》卷十一	（五經）字義相反	治之與亂，順之與擾，定之與荒，香之與臭，遂之與潰，皆美惡相對之字，然五經用字或相反。
邢　昺	《爾雅疏》	美惡不嫌同名	美惡不嫌同名者，若此篇往也，死也亦稱徂，是惡也，存也亦稱徂，是美也，各有其義，故稱美惡不嫌同名。
賈昌朝	《群經音辨》	善惡相反	經典大體以亂爲不理，亦或爲理。理、亂之義，美惡相反，而以理訓亂，可惑焉。
	《群經音辨》卷六		取於人曰假，與之曰假；取於人曰借，與之曰借，取於人曰乞，與之曰乞；取於人曰貸，與之曰貸，毀之曰壞，自毀曰壞；毀他曰敗，自毀曰敗，壞他曰毀，自壞曰毀。

案：

㈠洪氏云「美惡相對之字，（然五經）用字或相反」，賈氏云「善惡
　相反」，並無「反訓」用語。邢昺則已有「美惡不嫌同名」之用語，
　並對郭璞注略加闡釋。

㈡洪氏已增至五例。

㈢賈氏於「亂」訓「理」，或爲「不理」，以「理」訓「亂」，以爲可
　惑。又列舉諸多同類訓詁例證，以示語言現象之存在，卻又持「闕
　而不論」之態度。

㈣洪、賈二氏並未作理論辨析。

三、元代：

作者	著作	論證用語	舉例
李　治	《敬齋古今黈》卷二	（辭）無美無惡	爽既爲明又爲昏，介既爲大又爲小，亂既爲治又爲危，克既爲良又爲狠，擾既爲安又爲煩，忍既爲怒又爲暴，媚既爲忠又爲佞，昆既爲長又爲後，極既爲大又爲貧病夭惡之稱。
		（古人文字有）極致之詞	以不敢爲敢，以敢爲不敢，以不顯爲顯，以無念爲念，以無寧爲寧，皆極致之詞。世俗以可愛爲可憎，以無賴爲賴，以病差爲愈，亦極致之詞。

案：

㈠李氏所舉「（辭）無美無惡」諸例，似皆以一字有相反二義，惟其相反字義非屬於絕對相反，如「明」相反應爲「不明」，應對「暗」，李氏以「昏」對之；「亂」爲治，「治」之反爲「不治」，應對「混亂」，李氏以「危」對之。

㈡李氏無「反訓」之稱，僅謂「極致之詞」。

㈢舉例雖多，惟未作理論辨析。

㈣「介既大又爲小」例，又見錢繹《方言箋疏》，惟趙克勤氏《古代漢語詞匯學》舉《周易・繫辭上》：「憂悔吝者存乎介。」韓康伯注：「介，纖介也。」後，謂「介」之小義由於假借爲「芥」而產生，「介」字非反訓。❷

㈤「以不敢爲敢」例，俞樾《古書疑義舉例》以爲古人語急之故，劉師培《小學發微補》稱作「正名詞同於反名詞」，以爲是由於方言緩讀急讀之變化所造成。董璠氏〈反訓纂例〉列爲「增字反訓」類，其云：「添加語助，鼓宕聲氣，本借字以足節拍，而竟成相反之義者。」❸林師景伊《訓詁學概要》列作「語變關係」反訓❹。「不顯爲顯」例，見《詩經》毛傳。《詩經・大雅・文王》：「有周不顯。」毛傳：「不顯，顯也。」趙克勤氏以爲「不」爲「丕」之

通假字，「丕」有大義，「不顯」即「丕顯」，主張此例非反訓。❺
林師景伊則列爲「語變關係」反訓❻。「無寧，寧也」例，陳大齊
氏〈「無寧，寧也」質疑〉，由語法討論，以爲順訓爲無寧。筆者
之看法，「不顯爲顯」同意趙氏之說，「無寧寧也」同意陳氏之說，
至於「不敢爲敢」，僅視作語急，不視作反訓。

㈥「以可愛爲可憎」例，「可愛」與「可憎」意相反，固似反訓，惟
其與一詞義兼正反或反覆旁通者不同，後人不以爲反訓。筆者亦
不視爲反訓。

四、明代

作者	著作	論證用語	舉例
楊　慎	《丹鉛總錄》卷十一	（古文多）倒語	亂之爲治，擾之爲順，荒之爲定，臭之爲香，潰之爲遂，釁之爲祥，結之爲解。
焦　竑	《筆乘》卷六	（古文多）倒語　美惡相對之字而反其義用之	息之爲長，亂之爲治，擾之爲順，荒之爲定，臭之爲香，潰之爲遂，釁之爲祥，結之爲解，坐之爲跪，浮之爲沉，面之爲背，冀之爲除，皆美惡相對之字而反其義而用之。

案：

㈠楊、焦二氏用語並作「倒語」，指字義相反之二字也。

㈡二氏並無「反訓」之稱。

㈢焦氏十二例中，含括楊氏七例，並未作理論辨析。

五、清代

作者	著作	論證用語	舉例
陳　奐	《詩·四牡》：「王事靡盬。」毛傳：「盬，不堅固也。」疏		盬固皆古聲，故以不堅固詁盬，固亦堅也。

段玉裁	《說文解字注·示部》：「祥，福也」注	正反兩義	凡統言，則災亦謂之祥，析言之，則善者謂之祥。
	《說文解字·示部》：「祀，祭無已也。」注		析言之則祭無已曰祀，从已；而釋爲無已，此如治曰亂，徂曰存，終則有始之義也。
	《說文解字注，中部》：「毒，厚也。」注	兼善惡之辭	…毒兼善惡之辭，猶祥兼吉凶，臭兼香臭也。
	《說文解字注·刀部》：「副，判也。」注		…副之，則一物成二，因仍謂之副，因之凡分而合者皆謂之副。訓詁中如此者致多。
	《說文解字注·刀部》：「刪，剟也。」注		凡言刪剟者，有所去即有所取。如《史記·司馬相如傳》曰：故刪取其要，歸正道而論之。刪取猶節取之。
	《說文解字注·皀部》：「既，小食也。」注		…引伸之義爲盡也，已也，如《春秋》曰：有食之既，《周本紀》：東西周皆入於秦，周既不祀。正與小食相反，此如亂訓治、徂訓存。既者終也，終則有始。小食則必盡，盡則復生。
	《說文解字注·亼部》：「舍，市居曰舍」注	義異而同也	…〈釋詁〉曰：廢稅赦舍也。凡止於是曰舍，止而不爲亦曰舍，其義異而同也。猶置之而不用曰廢，置而用之亦曰廢也。
	《說文解字注·有部》：「有，不宜有。」注		謂本是不當有而有之偁，引申遂爲凡有之偁。凡《春秋》書有者，皆有字之本義也。
	《說文解字注·网部》：「置，赦也。」注	變則通	攴部曰：赦，置也。二字互訓。置之本義爲貰遣，轉之爲建立，所謂變則通也。

段玉裁	《說文解字注・人部》：「偭，鄉也。」注	窮則變，變則通之理也	鄉，今人所用之向字也，漢人無作向者。〈少儀〉：尊壺者面其鼻。注云：鼻在面中，言鄉人也。按許所據作偭，說與鄭同。偭訓鄉，亦訓背，此窮則變，變則通之理，如：廢置、徂存、苦快之例。
	《說文解字注・面部》：「面，顏前也。」注	窮則變，變則通	顏者兩眉之中間也。顏前者謂自此而前則爲目、爲鼻、爲目下、爲頰之間，乃正鄉人者，故與背爲反對之偁。引伸之爲相鄉之偁，又引伸之爲相背之偁。《易》：窮則變，變則通也。凡言面縛者，謂反背而縛之。
	《說文解字注・广部》：「廢，屋頓也。」注		…古謂存之爲置，棄之爲廢，亦謂存之爲廢，棄之爲置，《公羊傳》曰：去其有聲者，廢其無聲者。鄭曰：廢，置也。于去聲者爲廢，謂廢留不去也。《左傳》：廢六關。王肅家語作置六關。…廢之爲置，如徂之爲存，苦之爲快，亂之爲治，去之爲藏。
	《說文解字注・竹部》：「簆，窮治辠人也。」注		按鞫者俗簆字…鞫與窮一語之轉，故以窮治罪人…究、盈亦窮之意。〈蓼莪〉傳曰：養也。養與窮相反而成，如亂可訓治，徂可訓存，苦可訓快。
	《說文解字注・手部》：「擾，煩也。」注	窮則變，變則通	煩者，熱頭痛也，引申爲煩亂之偁，訓馴之字，依許作擾，而古書多作擾，葢擾得訓馴，猶亂得訓治、徂得訓存、苦得訓快，皆窮則變，變則通之理也。
	《說文解字注・乙部》：「亂，不治也，從乙𤔔，乙治之也。」注		…亂本訓不治，不治則欲其治，故其字從乙，乙以治之，謂詘者達之也，轉注之法，乃訓亂爲治。
鄧廷楨	《雙硯齋筆記》卷四	古人用字往以相反爲義	古人用字往往以相反爲義，如毒可以爲安、爲厚，《周易》：以此毒天下而民從之。《廣雅》：毒，安也。《說文》：毒，厚也是也。亂可爲治，《周書・泰誓》：予有亂臣十人是也。擾可爲馴，《左傳》：乃擾畜龍，以服事帝舜是也。仇可爲好，《詩・兔罝》：公侯好仇是也，仇與逑同，匡衡引《關雎》亦作好仇也。

		一字兼兩義	臭兼香、殠，祥兼祥祲，錫兼上予下、下予上。
桂　馥	《說文義證》「亂」注		（引古書亂訓治之例，又引郭氏以徂爲存，猶以亂爲治，此皆詁訓義有反覆旁通，美惡不嫌同名，評云）此皆不知有敊、亂之別。
朱駿聲	《小學識餘》卷五	兩誼相反之字	徵爲虛，亂爲治，苦爲快，廢爲置，汙爲浣，偭爲背，徂爲存，落爲始，完爲去，特爲匹，薰爲蕕，窅爲出，好爲仇，室爲空，賜爲充，爽爲差，壓爲補，縮爲直，去爲藏，熄爲蓄，更爲繼，濫爲清，靠爲倚，汪爲池，擾爲馴，顚爲仆，飲爲尿，醒爲醒，槁爲飫，達爲通，斥爲充，躋爲降，離爲別，息爲止，以爲止。
	《說文通訓定聲》「祥」下注	（非本字有）兩義相反	（引古書訓「祥」爲災異或怪異，評云）按祲祥字猶禍福善惡，豈宜通稱，必是假借。如經傳亂借爲敊，完借爲髡，仇借爲逑，非本字有兩義相反也。
孔廣森	《經學巵言》		（落）言營治之終，而居處之始也。
王念孫	《廣雅疏證》	凡一字兩訓而反覆旁通者	凡一字兩訓而反覆旁通者，若亂之爲治，故之爲今，擾之爲安，臭之爲香，不可悉數。
		義有相反而實相因者	斂爲欲而又爲與，乞、匄爲求而又爲與，貸爲借而又爲與，稟爲受而又爲與，義有相反而實相因者，皆此類也。
	《讀書雜志》卷三	義相反	（來古即往古也）來與往義相反，而謂往爲來者，亦猶亂之爲治，故之爲今，擾之爲安也。
郝懿行	「愉，樂也。」「愉，勞也。」《爾雅義疏》	二義相反	愉者媮之假音。二義相反，凡借聲之字，不必借義。
	「徂，往也。」「徂，存也。」《爾雅義疏》	義取相反	郭蓋未明假借之義，誤據上文徂往爲訓，而云以徂爲存，義取相反，斯爲失矣。殊不思徂往之徂，本應作退，徂存之徂，又應作且耳。
	《爾雅義疏》	美惡不嫌同辭	允任壬，本訓爲信爲大，而又爲佞，美惡不嫌同辭。

	「暨，不及也」《爾雅義疏》		蓋暨之一字包及與不及二義也。
郝懿行	《爾雅義疏》「初哉…落，始也」下注		落，本殞墜之義，故云殂落。此訓始者，始終代嬗，榮落互根，《易》之消長，《書》之治亂，其道胥然。
錢大昕	《潛研堂答問》	反訓	窒本塞，反訓爲空，猶亂之訓治，徂之訓存也。
劉　淇	《助字辨略》自序	其訓釋之條例凡六；曰正訓，曰反訓…。	反訓如故訓今，方訓向是也。
俞　樾	《古書疑義舉例》卷三	（古文）美惡不嫌同辭	委蛇可以爲美亦可以爲不美，豈弟可謂美亦可謂不美，畔援爲不美而伴奐爲美之之辭，嗜欲或以善言或以不善言。
陳玉澍	《爾雅釋例》	相反爲訓	徂爲存，亂爲治等。

筆者案：

㈠字義反訓之說於清代，頗有進展之象，此處所列達十二家之多，例證數量亦增多。齊佩瑢曾謂相反爲訓「流弊所及，漫無涯涘，作俑始於郭氏，推衍啓自清人」❼，所謂「推衍自清人」，殆是也。

㈡在名稱方面：有「義相反」、「美惡不嫌同辭」、「正反兩義」、「窮則變，變則通」、「（古人用字往往以）相反爲義」、「一字兼兩義」、「兩誼相反之字」、「兩義相反」、「反訓」、「一字兩訓而反覆旁通」、「義有相反而實相因」、「相反爲訓」等。如加以分類則爲：

1.「義相反」、「正反兩義」、「（古文用字往往）相反爲義」、「兩誼相反之字」、「兩義相反」──說明字義相反。

2.「美惡不嫌同辭」──仍似郭璞「美惡不嫌同名」用語。

3.「窮則變，變則通」──此爲段玉裁用語，與字義反訓無直接關係，卻爲段氏作爲一字有兩相反義之因。

4.「一字兩訓而反覆旁通」──「反覆旁通」，仍本郭璞精神。

5.「義有相反而實相因」──爲王念孫用語，說明「義相反」「實相因」之關係。

6.「相反爲訓」──爲陳玉澍用語，說明訓詁方法。

7.「反訓」──爲錢大昕、劉淇二人用語，乃「反訓」名稱之首
　見者。

王念孫已提出「一字兩訓」、「義有相反而實相因」，更說明義相反
之另一層關係，並稱此類字「不可悉數」。陳玉澍「相反爲訓」則
爲近世學者所常用。至於錢大昕、劉淇二氏「反訓」究爲何？見
本編第一章第一節所論，錢氏所用「反訓」，只是敘例，仍本郭璞
之精神；劉淇所云「反訓」，亦郭璞「詁訓義有反覆旁通」之內涵。
是錢、劉二氏所云「反訓」與後世言反訓者不同。又由劉氏將「正
訓」列爲第一，「反訓」列爲第二，足見其以爲「反訓」之重要與
普遍矣。

㈢在論證方面：郝懿行既以爲如「徂，往也」、「徂，存也」爲假借，
卻又有「美惡不嫌同辭」之稱。段玉裁用「正反兩義」、「兼善惡
之辭」、「義異而同」、「窮則變，變則通」說明一字有正反兩義，
惟「善惡之辭」及「祀」、「佌」、「廢」、「籌」、「擾」、「亂」諸字
下之注，有類似郭璞有提六例者，可證段氏仍本諸郭璞反覆旁通
之觀念。由桂馥、王念孫、錢大昕，陳玉澍等人之例亦知仍本郭
璞者也。俞樾所舉皆二字之詞，如「委蛇」、「豈弟」、「畔援」、「嗜
欲」等，皆有相反二義，而以「美惡不嫌同辭」稱之。綜觀諸家
論說，仍未見有系統之辨析。

㈣清代學者中贊成郭璞者，有陳奐、段玉裁、鄧廷楨、孔廣森、王
念孫、錢大昕、劉淇、俞樾、陳玉澍等人，對於反訓未進行系統、
理論之研究；不贊成者，有桂馥、朱駿聲二人，桂氏以爲「敲」
「亂」有別，朱氏以爲「祥」訓災異或怪異，乃借字之故，無相
反之義；至於郝懿行，批評郭璞未明假借之義，卻又舉「允任壬」
爲「美惡不嫌同辭」之例。

【注釋】

❶見《學術之聲‧(3)》，頁七八～頁九三。

❷見《古代漢語詞匯學》，頁一七〇。

❸引自徐世榮《古漢語反訓集釋》〈反訓探源（代序）〉，頁三，蓋徐氏就其師之言歸納者。

❹見《訓詁學概要》，頁一七五。

❺仝注❷。

❻仝注❹。

❼見《訓詁學概論》，頁一七八。

第二節 民國以後

一、董璠以前之學者主張：

作者	著作	論證用語	舉例
章太炎	《小學答問》〈轉注假借說〉	誼相對相反	語言之始，誼相同者，多從一聲而變，誼相近者，多從一聲而變，誼相對相反者，亦多從一聲而變。故先言天，從聲以變而爲地…，此以雙聲相轉也。先言起，從聲以變則爲止…；此以疊韻相迤也。
		訓詁相反	…亦有位部皆同，訓詁相反者，始爲基…苦爲故之爲快存，今亦同斯例，特終古未制本字耳。
黃季剛	《文字聲韻訓詁筆記》	相反爲義	凡人之心理循環不一，而語義亦流轉不居，故當造字之時，已多有相反爲義者。余前撰〈說文形聲字有相反爲義說〉，歷舉祀訓祭無已而從已聲，徒訓迻而從止聲，譆訓痛而從喜聲，胸訓脯挺而從句聲諸字爲證。若屯，《說文》訓未定；而疑，《詩》訓定。婼，《說文》訓不順；而若，《書》訓順也。賊從則聲，取毀則爲賊之義。埤從卑聲，取高以下基之義。若斯之流，不可枚舉。至於一字兩訓，而反覆旁通者，尤難悉數。如《爾雅·釋詁》「徂，存也。」郭注云：以徂爲存，猶以亂爲治，以曩爲曩，以故爲今，此皆訓詁義有反覆旁通，美惡不嫌同名。又如《廣雅·釋詁》斂訓欲而又爲與，乞匄爲求而又爲與，貸爲借而又爲與，稟爲受而又爲與。《釋言》毓訓長又訓稚，曩訓久又訓鄉。鄉與曩通，《說文》曩，不久也。陶訓喜又訓憂，瀞訓清又訓泥，皆一字兩訓，義相反而實相因者。
		「一字兩訓，而反覆旁通」	
		「一字兩訓，義相反而實相因」	

			中國文字凡相類者多同音。…相反，相對之字亦往往同一音根，有時且同一字。…其同一子者，則如落（有）始、死二義，息（有）休息、生息二義等字是也。
劉師培	《古書疑義舉例補》卷二	二義相反而一字之中兼具其義	《方言》云：鬱、悠思也。郭注：猶鬱陶也。孟子云：鬱陶思君爾。是鬱陶為憂思之義，鬱陶即鬱悠，悠轉為繇，又轉為邑。王逸《楚詞注》云：鬱邑、憂也。故《爾雅》訓繇為憂。《廣雅》亦訓陶為憂。是鬱陶繇三字俱有憂字之義。而《爾雅》又云：鬱陶繇喜也。《禮記·檀弓》下云：人喜則斯陶。鄭《注》云：陶、鬱陶也。《樂緯稽耀嘉》云：（《唐類函》引酌酒鬱搖，《注》云：喜悅也。鬱搖即鬱陶繇三系，又俱有喜字之義，蓋憂喜皆生於思，故鬱陶繇三字均兼憂喜二義也。
	《小學發補微補》	同一字而字義相反	亂訓治，故訓今，苦訓甘，臭訓香，徂訓存。
		正名詞同於反名詞	（「不如為如」「見伐為伐」「不取為取」等例）古代之時，言文合一，故方言俗語，有急讀緩讀之不同，咸著於文詞，傳於書冊。
陳獨秀	《字義類例反訓第四》	義相反	物不申直者謂之縮，…《孟子》：自反而縮。則皆用縮為直也。
			去，相離棄也；去，藏也，去與離棄義相反者也。

筆者案：

㈠在用語方面：有「誼相對相反」、「訓詁相反」、「相反為義」、「一字兩訓而反覆旁通」、「一字兩訓義相反而實相因」、「二義相反而一字之兼具其義」、「同一字而義相反」、「正名詞用於反名詞」、「義相反」等。「訓詁相反」與前時期「相反為訓」含義相同，乃說明訓詁方法。「正名詞同於反名詞」實際亦指一字之正反二義，故此時用語大抵不出於前時期用語之含義。

㈡在論說方面：章太炎先生已指出：誼相對相反多從一聲而變。黃季剛先生除提出「一字兩訓而反覆旁通」，與郭璞觀念同。又有「一字兩訓義相反而實相因」用語，則本諸王念孫。至於其所云「相反爲義」，乃指形聲字有相反爲義，如「祀訓祭無巳而從巳聲」，與所謂一字兩訓者不同。黃先生又有「相反，相對之字往往同一音根，有時且同一字根」之說，羅少卿〈「同根反訓」現象淺析〉一文，稱之爲「同根反訓」。其云：「相同或相近的意思，用相同或相近的語音表達，有利於語言交際作用的發揮；但將相反或相對的意思也包容在語根相同的語音形式之中，則是一種較爲奇特的語言現象（我們姑且稱之爲「同根反訓」現象），很值得我們探討。」❶劉師培先生「鬱、陶、憂」三字均兼憂、喜二義，蓋謂一字兼具二相反之義；「亂訓治」等例，稱之爲「同一字而字義相反」；「不如爲如」等例，稱之爲「正名詞同於反名詞」，亦皆指「同一字而字義相反」之現象。陳獨秀以「縮」「去」並有正反二義，稱「義相反」。

㈢此時期僅章太炎先生有「多從一聲而變」之解釋外，餘則皆就字義反訓之現象敘述，未作有系統之理論辨析。

二、董璠及以後之學者主張

　　姚榮松教授於〈反訓界說及其類型之商榷〉乙文，謂五十年代以前對反訓訓詁現象下過功夫者僅董璠、齊佩瑢二人。前者對反訓持肯定態度，後者則持否定態度，正反兩家，旗幟鮮明，影響所及，使後之學者明顯分爲兩派。下文略以時間先後爲序，分別予以介紹：

甲、贊成派

㈠董璠：

　　第一次全面整理「反訓」材料者，爲董璠氏，其長篇巨幅之〈反訓纂例〉，以「以蘊義相反，對待爲訓」作爲「反訓」界說。董氏云：

古人訓解文字之例，以形義為訓，以聲讀為訓，以聲義相近譬況為訓，以蘊義相反對待為訓，其例咸自《爾雅》《說文》發之。❷

董氏通過百餘反訓字之分析，謂：「案反訓，惟以轉注假借迤變演生，綜其大別，約得兩類：曰字同義反；曰聲同義反二者而已。」❸復將其反訓分為十大類別，闡述反訓之產生與發展，即：「一曰同字同聲反訓；二曰同字異讀反訓；三曰從聲反訓；四曰變形反訓；五曰表德反訓；六曰彰用反訓；七曰省語反訓；八曰增字反訓；九曰謔諱反訓；十曰疊詞反訓。」❹

董氏整比反訓之字，歸納其例，有二：

一以見中文一字多義，俱分生起之迹，思想上本含有矛盾拒中律者。一以見文字偏旁相從，音近義反之詞，先民聲讀，或曾偶有複輔音焉。❺

董氏蓋以文字形、音、義之關係，亦即從文字之意義引申、音變假借說明反訓現象。董氏雖贊成反訓之存在，惟其又以為反訓生於語文之病態，其歸結該文論旨有：

一、反訓是生於語文之病態也。（因意蘊多歧，產生比義轉注；因形聲寄用，產生同聲假借。）

一、反訓是肇於思想之矛盾也。（意蘊之內含本不嚴切，語序之外延又不縝密，以致望文生訓、增字解經。）

一、反訓是保存語言之複輔音也。（古語一詞之前後有剎那間之複輔音，用一字記錄，不能表示正反，正反之意共存一字之中，為本義反訓差舛互諉之由來。）

一、反訓是用如「前加」「後附」之音標也。（以破音為訓，表示時間、性別，如音標文字之前加、後附）。❻

㈡張舜徽：

張氏有〈字義反訓集證〉❼一文，以爲郭注所言字義反訓之例「確不可易」，因博稽群書，以擴充其義證。張氏謂字義反訓之說，發於晉之郭璞，推崇「郭氏發凡之辭，雖甚簡約，不啻爲訓詁學揭櫫一大例矣」，又謂其撰此文之動機，「惜其說未能充類至盡，詳道其所以然。其所言者，僅限於文字運用之跡，又不及推溯皇古造字之初。補苴演繹，有待後人」❽，其將反訓分爲「造字時之反訓」與「用字時之反訓」二種，茲述其意：

1.造字時之反訓：於字之同从一聲而義相反者見之也。如：

> 丕之本義爲大，因之凡从丕聲之字多有大義，反之，則凡从不聲之字，又有小義，如婦孕一月爲胚，丘一成爲坯，小缶爲䍃。❾

2.用字時之反訓：義訓相反相成之理，見之於文字運用之際，尤爲廣泛。❿

> 張氏綜合群書舊詁，就通常易見之敵對義，概括爲四十類例，如：善與惡同辭、治與亂同辭、分與合同辭、大與小同辭、取與與同辭、偶與敵同辭、勝與敗同辭、問與答同辭……，計四十類例。

㈤林師景伊：

林師於《訓詁學概要》一書中論及「訓詁的用途」，有「明瞭語意的變遷」一項，其中包括「轉移式」。林師謂字義之轉移，係由於反訓之關係，舉《論語・泰伯篇》：「武王曰：予有亂臣十人。」爲例，馬注：「亂，治也。」《說文》：「亂，不治也。」「亂」有「治」與「不治」相反之義，亂由不治而轉爲治，乃字義之轉移。⓫林師復於「訓詁的條例」「義訓條例」「詮釋一詞之義」中列有「相反

為訓例」一項，先介郭璞《方言注》《爾雅注》及劉師培《古書疑
義舉例補》《小學發微補》所舉之例，再歸納眾說，列舉反訓起因
有四說，即：(1)義本相因，引申之始相反者；(2)假借關係；(3)音轉
關係；(4)語變關係。**❷**林先生以為此四種反訓可以同時存在。

㈣徐世榮：

徐氏於一九八○年撰有〈反訓探源〉**❸**一文，揭櫫反訓界義與
來源，簡介其師董璠〈反訓纂例〉反訓十類，並鑒於其師「少貢實
例」，而作廣闊探索，搜集五百餘反訓字，重新歸納為十三類，即：
㈠內含反訓。㈡破讀反訓。㈢互換反訓。㈣引申反訓。㈤適應反訓。
㈥省語反訓。㈦隱諱反訓。㈧混同反訓。㈨否定反訓。㈩殊方反訓。
㈪異俗反訓。㈫假借反訓。㈬訛誤反訓。徐氏以為此十三類即反訓
之各種成因。徐氏云：「正反為訓的現象，在古漢語中確實存在，而
且絕不止就是「亂治」、「徂存」、「置廢」等少數幾個字。」**❹**一九
八九年徐氏有《古漢語反訓集釋》一書出版，將〈反訓探源〉置於
書首作為代序。徐氏將反訓字分為名物、動作、性狀、虛助四類，
全書五○五條，引經籍文獻或學者考證以為集釋。

㈤孫德宣：

孫氏於〈美惡同辭例釋〉**❺**一文，闡釋「美惡同辭」之義，探
討詞義之美惡褒貶有關反訓詞，並舉例說明其為客觀存在之語言現
象。孫氏將涉及美惡同辭材料分為三類，即：

　㈠原為中性辭兼指美惡，分化向一方發展。

　　（如：「祥」原為善惡之徵，有善有惡，吉凶徵兆均謂之祥。
　　今只有吉祥美義。如「臭」古時為氣味之總名，兼芳香、
　　惡臭而言，後來專指惡臭。）

　㈡美惡詞義轉變，原因可明之例。

　　（如：「爪牙」本用來比喻武臣或得力助手，含褒義，後因
　　爪士之士常助紂為虐，故轉用以比喻壞人之幫凶。《漢語大

辭典》「爪牙」兼收今古今兩義，即是「美惡同辭」。）

　㈢美惡詞義轉變原因不明，有待探討之例。

　　（如：亂有治與不治之義，暫可存疑。）⓰

孫氏謂第一、二類爲美惡同辭，第三類凡經傳美惡同辭形音訛變之迹，字屬通假及古訓轉化之故，未可質言，姑從闕疑，以俟達者。孫氏以爲：「美惡同辭是客觀存在的語言現象，不但古漢語裏有，近代和現代漢語裏也有不少例子。」⓱

㈥郗政民：

　郗氏〈反訓淺說〉⓲云：

> 反訓現象是客觀存在。《尚書・虞典・皋陶謨》：「寬而栗，柔而立，愿而恭，亂而敬，擾而毅…」這裡的「亂」是「治」，「擾」是「安順」之意。所以司馬遷在《史記・夏本紀》中引述皋陶的話時，直截了當，把「亂而敬」改爲「治而敬。」⓳

又云：

> 我覺得，反訓既是訓詁的基本原理之一，又是訓詁的一種方法。⓴

郗氏對於董璠分類中之「變形反訓」、「省語反訓」提出反駁，以爲「變形反訓」屬反義詞，非反訓。「省語反訓」，林景伊先生稱之爲「語變關係」反訓，郗氏以爲既是「語急而省」，何言反訓？亦即「不如，如也」、「不寧，寧也」等不能視爲反訓。郗氏對於徐世榮所謂「假借反訓」，亦提出反駁，以爲既辨明屬於假借，不必視爲反訓。他如「禁忌反訓」、「嘲謔反訓」、「破讀反訓」、「互換反訓」，亦表示「未安之處」，即其不贊成爲反訓。

㈦郭良夫：

　　郭氏於《詞匯》一書，有「反義詞」單元。曾敘及「美惡同辭」，其云：

> 古人所謂『美惡同辭』，說的是同一個詞包含正反對的兩種意義。例如東漢王充（27～約97）《論衡・異虛篇》：『善惡同實，善祥出，國必興；惡祥見，朝必亡。』這說明『祥』有善也有惡，吉兆是祥，凶兆也是祥。㉑

郭氏舉此例說明反義詞，而此例正亦「美惡美辭」之例，郭氏之論僅此而已。

㈦蔣紹愚：

　　蔣氏於《古漢語詞匯綱要》一書，運用現代語言學之觀點，對歷來提出關於反訓之例證深入分析，其所分七類為：

> ㈠有的實際上並非一個詞具有兩種意義，把它們看作「反訓」，是沒有區分字和詞而產生的一種錯覺。（如以「故」為「今」）
>
> ㈡有的是一字兼相反兩義，而不是一詞兼相反兩義。（如「去」之為「藏」）
>
> ㈢有的是一個詞在不同時期中褒貶意義的變化。（如「爪牙」，在先秦為「勇力之士」，在現代漢語則為「幫兇」之義。）
>
> ㈣有的是一個詞具有兩個相對立的下位義，在不同的語境中分別顯示出來。（如以「臭」為「香」）
>
> ㈤有的是修辭上的反用。（如「冤家」，原指「仇人」，但也可以指「自己的情人」。）
>
> ㈥有的是同一個詞有兩種「反向」的意義。（如「乞」，求也，與也。）
>
> ㈦有的是詞義的引申而形成反義。（如「置」有「棄去」與「設置」二義。）㉒

蔣氏以爲此七類中，㈠㈡㈣三類非反訓，㈢類應是褒貶意義之歷史變化。㈤㈥㈦三類則確是反訓，亦即修辭、反向、引申皆可以爲反訓。

1.修辭之反用：

　　蔣氏舉「冤家」「可憎」二詞爲例，「冤家」原指仇人，亦可指自己之情人；「可憎」原指可恨，亦可以表示可愛。蔣氏云：

> 這種反用在語言中無疑是存在的。作爲一種修辭手段，可以反用的詞還有很多。如：「你真是一個好人！」「你真聰明啊！」如果是諷刺意味的話，那麼，「好人」就是「壞人」，「聰明」就是「奸詐」。所不同的是：這都是臨時的反用，而「冤家」指「情人」，「可憎」指「可愛」，已經成爲一種固定詞義了。
>
> 如果把這些詞具有相反的兩個意義叫做「反訓」，倒也無不可。但是應當注意；這些新產生的「反義」，畢竟帶有很濃厚的修辭色彩。❷❸

2.一詞有兩個反向意義：

　　蔣氏所舉之例，有：

乞：①求也。②與也。

丐：①求也。②與也。

貸：①借出。②借入。

稟：①與也。②受也。

受：①接受。②授予。

沽：①買。②賣。

售：①賣。②買。

假：①借入。②借出。

　　蔣氏謂此類反訓，可視作「詞義向對立面轉化」，其範圍僅限於

表示施受關係之詞。

3.詞義引申形成反義：

蔣氏舉例有：

置：①棄丟。②設置。

廢：①棄去。②放置。

舍：①放置。②棄去。

釋：①棄去。②設置。

擾：①亂。②馴。

蔣氏謂此類反訓，「只是詞義向不同方向引申而產生的一種特殊的結果」。

蔣氏以為非反訓之前四類，㈠㈡類原因為未區別字與詞；㈢類為褒貶義之歷史變化；㈣類，則以下位義之義項觀之，不同語境之上下位義，不能視為反訓。

㈨劉慶諤：

劉氏於〈反訓辨疑〉㉔云：

> 古代漢語裡的反訓詞，由於有大量的古籍為證，說明它是客觀事實，不必否認，也無法否認。

㈩伍鐵平

伍氏於〈論反義詞同源和一詞兼有相反二義〉㉕一文，云：

> 早在一六〇〇多年前，我國晉朝的郭璞（276～324）就能發現反義同詞這種現象，這應該是我國語言學的驕傲，我們萬萬不可輕易拋棄這一珍貴的文化遺產。至於郭璞在解釋反訓中的個別例子是否恰當，那是另一個問題，我們不可因此否定反訓本身的存在。㉖

(十一)張凡：

張氏〈反訓辨〉❷一文，旨在反駁郭錫良〈反訓不可信〉之主張，張氏先將郭文主要觀點列舉如下：

(一)對於反訓，歷史上「也有很多注疏家、訓詁學家是抱懷疑、持反對態度的。早在宋朝賈昌朝就在《群經音辨》中提出了疑問。他說：『夫理亂之義，善惡相反，而以理訓亂，可惑焉。』清代著名的訓詁家段玉裁、桂馥、朱駿聲也都對反訓採取了批評的態度。」由此，作者認為現在贊成反訓的同志「是把傳統訓詁學中早有爭論，需要揚棄的見解，當作了真知灼見，這是大可商榷的。」

(二)「人們在交際、交流思想時，說話需要明確，如果對立的概念用同一個詞來表示，就容易產生歧義，影響交際。一般來說，在共時的語言詞彙系統中，具有正反兩個對立的意義的詞是不可能存在。」

(三)「反義為訓、美惡同辭的說法實際上是傳統訓詁學在沒有弄清某些詞的詞義演變的情況下而做出的一種今義釋古義的現象，它在注釋古字時，雖然起過一定的歷史作用，但是它本身是不確切、不科學的，不足為信。語言學發展到今天，我們對古代的詞義必須作出更科學，更合乎實際的訓釋，不應再沿用反訓的說法。」❷

針對上列三點，張氏逐一反駁，原文冗長，僅摘錄其重點如下：

(一)對反訓持所謂「懷疑、反對」態度的段玉裁等人在注釋中不少地方仍沿用了反訓，不過，比起郭璞的注釋來，要詳細多了。……懷疑往往是出於不理解，而不理解恐怕不能拿來充作反對的足夠根據吧？由於歷史及科學發展水平的局限，古人對一些問題不理解也是自然的。看來，段玉裁、朱駿聲確實不愧為訓詁大家，他們還是尊重語言事實的。

所以像古代這樣訓詁大師們對個別反訓詞的不理解，以致提出批評，我們並不能就此以偏概全地說他們本上否定反訓。

㈡關於第二點：作者舉出二點理由，一是上位概念與下位概念的關係，以臭、賈為例。作者認為臭在先秦是氣味的意思，「本是同聲、色、味等並列的概念，包括腥臊羶香等各種氣味；後來詞義縮小，只指難聞的氣味，才與香對立，它的古義和今義是上位概念與下位概念的關係。用今義去理解古義，於是產生了正反兩個意思同用一個詞的反訓說法。」「人們在閱讀古書時，沒有考察臭字詞義的消長，才產生了反訓的說法。」

……以上例句都出自先秦著作，可見做為氣味的臭字，確實既可指香又可指臭，……恐怕不能算是隨文靈活變化引申出來的。……用具體的香或臭去解釋一般的臭，有什麼不可以呢？

作者舉出的第二個理由是，詞義由於歷史的演變而產生變化，以亂字為例，認為「郭璞沒有區分『亂』字的古今義，於是提出了反訓的說法。」……作者認為亂字本義是「治理亂絲」的意思，引申為一般的「治理」，是早期的引申義，……作者說：「漢代以後，本義和早期的引申義逐漸衰亡，只保存後起的引申義，專用為形容詞『紛亂』的意思，與治相對。」那麼漢代以前呢？是治理與紛亂的意思並存呢？還是只有本義和初期的引申義——治理？如果說是後者，那麼僅就作者引用之「亂臣」句所出的《論語・泰伯》篇中其他幾個亂字該如何理解呢？如：「危邦不入，亂邦不居」，「好勇疾貧，亂也；人而不仁，疾之已甚，亂也」「勇而無禮則亂」，這幾個亂字顯然是與治相對立的亂。同一篇

　　文章中的亂字有兩個相反的意思，這是不是義兼正反的反
　　訓詞呢？指責郭璞沒有區分亂字的古今義恐怕不一定妥
　　當。

㈢作者認為古代訓詁學家們對一些反訓詞的注釋是不確切、
　　不科學的。……如果作者說的「更科學、更合乎實際的訓
　　釋」是指在注釋古著中的反訓詞時，不僅指明其義相反，
　　而且簡要說明它的形成，以免造成各種誤解；乃至進一步
　　辨明、查清至今尚有疑問的反訓詞，我們完全贊同。如果
　　作者的意思是指將「責畢收，以何市而反」中的市注成「買
　　賣」……等等，則實難令人苟同。㉙

關於第一、二點，郭錫良與張凡二人似以感性態度立論。關於第二
點，郭氏以上位概念、下位概念，從字之古今義立論；張氏則以先
秦著作有義兼正反之反訓詞，如「亂」訓作「治」，乃訓釋之必然。
郭氏以為「亂」本義與早期之引申義「治理」，應與後起之引申義「紛
亂」區分。「以亂為治」，齊佩瑢氏《訓詁學概論》以為是同音假借。
胡楚生教授《訓詁學大綱》、應裕康教授《訓詁學》並以為「是由於
同一事物，詞性的轉變活用而造成」。
　　筆者以為「以亂為治」係詞義反向引申所造成之反訓，詳見前
文所論。張凡氏主張有反訓，惟持論理由與筆者不同。
㈡李萬福：
　　李氏〈反訓即反義同詞嗎？〉㉚一文，旨在說明反訓與反義同
詞之區別，其謂「反訓」為訓詁學術語，「是對字義的相反訓釋」。
㉛又云：「『反義同詞』是基於現代語言學的新提法。」二者不存在
必然關係。如「苦訓快」「息訓勞」非反義同詞；「亂訓治」「適訓
歸」為反義同詞。李氏以為古漢語確有「不可悉數」之反訓。
㈡羅少卿：
　　羅氏〈試論反訓中的辯證法〉㉜，以為反訓客觀存在，文首「摘

要」云：

> 本文認為反訓客觀存在，這種特殊的語言現象是在詞義發展
> 的過程中形成的。有人懷疑反訓，主要因為對郭璞的原意和
> 反訓的含義存有誤解。反訓是事物對立統一規律在詞義中的
> 一種反映。㉝

羅氏針對當代學者不相信反訓三理由，逐一反駁，其所舉當代學者
不相信反訓之三理由為：

㈠一個詞同時同地不可能具有正反兩個意思，有些詞的詞義
　出現反的情況，是詞義發展的結果；
㈡詞的假借義與本義或引申義相反，不應視為反訓；
㈢郭璞的舉例有誤。㉞

針對以上三點，羅氏反駁：

㈠郭璞是在給詞典作注釋時提出詞有反訓這一觀點的。《爾
雅》是以「雅言」釋方語、釋古語的詞典。《方言》是方言
詞典，這兩部語典所匯集的詞義，當然不是同時同地，而
是異時異地產生的。郭璞的觀點建立在這些材料的基礎
上，他所說的相反的詞義，自然是指那些並非同時同地產
生的並被詞典收集起來的詞義，他在說明自己的觀點時沒
有明確論述詞義的發展是形成反訓的主要原因，這是他的
疏漏，但他絕對沒說反訓現象是「同時同地」產生的，更
沒有說這種現象「同時同地」出現於語言之中。懷疑反訓
的人指出反訓是詞義的歷時現象是正確的，說郭璞以為反
訓即是一個詞同時同地具有兩個相反的意思，從而否定反
訓，則是無的放矢的做法。
有些詞，本有一個兼具反正的詞義，但在具體的語言環境

中，這些詞卻只能是一個意思，（無論是正還是反）詞典之中，也常把它們分立義項。對此，我們也應該把它們作反訓對待。

㈡假借義也是詞義，……表明兩個詞在語言上有聯繫，以相同或相近的語言表達相反或相對的語意，這也是反訓的形式之一，把它排斥在反訓之外，是不應該的。

㈢郭璞在《爾雅》、《方言》中共舉了六個例子來說明反訓，有的例子是正確的，有的例子值得商榷。但即使論據有誤，也不一定說明論點不成立。現在既已承認郭璞的觀點大體不錯，就不必在舉例上苛求古人了。㉟

郭璞「反訓」觀念與後世看法不同，其六例，多數不是反訓，見前文所論，此不贅。詞義假借，有人以為視為假借即可，有人則以為係假借反訓。反正引申而形成反訓或一詞具相反兩義，經籍文獻確不乏其例。

羅氏又有〈《同根反訓》現象淺析－讀《文字聲韻訓詁筆記》之一得〉㊱一文，就黃季剛先生「相反，相對之字亦往往同一音根，有時且同一字」之說，稱之為「同根反訓」，可見羅氏有同根反訓之主張。羅以為「漢語中以相同或相近的語音形式表達相反或相對語義的現象確實存在」㊲。其中有「同形同音（或音近）而意義相反或相對」一類，羅氏云：

自從東晉郭璞在《爾雅》注和《方言》注中指出：「訓詁義有反覆旁通，美惡不嫌同名」、訓義可「反覆用之」之後，訓詁學上便有了「反訓」的說法。所謂反訓，指同一詞語有時包含著兩個相反或相對的意項，換句話說，即意思相反或相對詞語，有時不僅有共同的語根，而且有共同的字形。這是尤為特殊的一種語言現象。㊳

羅氏既稱「同根反訓」，可知其贊成反訓之存在。

㈤蘇新春：

蘇氏於《漢語詞義學》一書討論「引申義」，以為詞義引申結果有擴大引申、縮小引申，順義引申、反義引申。在討論反義引申時，蘇氏云：

> 反義引申，是一種很有理論價值的詞義變化現象。在中國傳統的訓詁學中，反訓是一個古老的話題，「亂，治也」，「落，始也」就是典型的例證。其實，一個詞內反義並存的現象並不是個別例子，也並不是漢語獨有的現象。❸❾

蘇氏又舉英語、日語中一詞兼正反二義之例。其贊成反訓，顯然可知。

㈥李國正：

李氏〈反訓芻議〉❹⓪一文探討反訓定義、實質。李氏對於反訓之看法為：

> 反訓實質上是古代注釋家清理語義系統的一種方式。用這種方式歸納出來的語義，往往相對或相反，它們在歷史或字源上往往有或多或少的聯繫，這同一般的在歷史或字源上毫不相干的反義詞不一樣。反訓是揭示或說明相對或相反兩個意義的歷史聯繫的一種方式。❹❶

文末云：

> ……古代漢語中確實存在一個語詞具有兩種相反意義的情況。……反訓既是一種特殊的歸納古漢語語義系統的方式，又是揭示或說明語義的歷史聯繫的一種方法，在訓詁學上自應有它的地位，不能輕易否定。❹❷

㈦周何：

周教授於〈論相反爲訓〉❹一文，敘述其肯定反訓之條件與理由。周先生以爲欲討論反訓問題，先釐清「義有正反」與「相反爲訓」，二者之間不容混淆之界劃，謂文字在一字之本義外，漸漸會因人之使用，而產生變遷或轉移，亦即所謂引申義、假借義。另一種爲語義概念分化之現象，亦可造成「義有正反」；至於「相反爲訓」，應考慮「有條件的存在」，即「一體兩面」「同時存在」「相反相成」等三條件，則「相反爲訓」可以成立。

周教授舉《論語・子罕》：「求善賈而沽諸。」馬融注曰：「沽，賣也。」《論語・鄉黨》：「沽酒市脯不食。」邢昺疏：「沽，買也。」爲例，論云：

> 同出於《論語》，同一「沽」字，一解爲買，一解爲賣，而且都很正確，從來沒有疑義，然而其意義卻正好相反。這應該是「相反爲訓」可以成立的一個實例。在這個實例中，買與賣是相反的兩個立場，而交易卻是一件事實，可見這原是一件行爲的兩面。而且有賣才有買，有買才能賣，可見其間還有必須是同時存在，相反卻又相成的性質。❹

此爲有條件的贊成。

(七)陳師伯元：

陳師《訓詁學》，特將「反訓」移至「訓詁之方式」「互訓」單元中討論。陳師引林師景伊反訓起因四說，並引徐世榮氏《古漢語反訓集釋》所重新歸納之十三類，各列一字爲例。並云：

> 我認爲現在要理解反訓，最好的方法，就是一個字的常用詞義，用了一個相反的常用詞義去解釋，就稱它爲反訓。❹

此即伯元師之反訓界說，屬贊成派。

(八)趙克勤：

趙氏《古代漢語詞彙學》以為反訓詞存在，其云：

> 我們認為，古漢語中是存在著反訓詞的，這不僅被古代訓詁
> 學家所提供的許多例證所證實，而且還被古代典籍所提供的
> 大量材料所證實。古籍中就有「正反同詞」的例字。❹

茲錄其所舉例及文獻二則，原文為流水帳，為明晰計，今以排列方
式呈現：

落　有死亡之義；又有開始義。
　　死亡義　《尚書・舜典》「帝乃殂落」
　　開始義　《詩經・周頌・訪落》「訪予落止」（毛傳：落，
　　　　　　始也。）

廢　有放棄；又有設置義。
　　放棄義　《論語・衛靈公》「君子不以言舉人，不以人廢
　　　　　　言」

　　設置義　《莊子・徐无鬼》「於是調瑟，廢一於堂，廢一
　　　　　　於室」（成玄英疏：廢，置也。置一瑟於堂中，
　　　　　　置一瑟於室內。）

趙氏又謂古籍亦有「施受同例」之例，亦列舉二則：

乞　有求、討義；又有給予義。
　　求、討義　《左傳・僖公十三年》「晉薦饑，使乞糴於秦」
　　　　　　　《論語・公冶長》「乞諸其鄰而予之」

納　有進獻義；又有接受義。
　　進獻義　《春秋・莊公二十二年》「冬，公如齊納幣」
　　接受義　《左傳・文公十六年》「諸侯誰納我」

趙氏謂「古籍中雖然存在反訓詞，但數量並不很多」，摘錄其所舉出
反訓存在之條件有：

㈠必須限制在「詞」的範圍內，不能無限擴大。

㈡某些因字義通假而產生的正反意義，不應包括在內。

㈢（須共時性），某些詞先後產生而未能同時存在下來的正反意義，不應包括在內。❹

㈨**葉鍵得：**

筆者有〈論郭璞的反訓觀念及其舉例－兼論反訓是否存在〉及〈徐世榮《古漢語反訓集釋》述評〉二文❸，前文乃探討郭璞反訓之觀念，檢視其所舉六例，並討論反訓是否存在，結論為：

㈠郭璞並沒說過「反訓」這個詞語。

㈡郭璞所說「訓義之反覆用之」、「詁訓義有反覆旁通」，有意兼正反的意思，從他的舉例可知。因此，造成了反訓的事實。

㈢《公羊傳》的「貴賤不嫌同號，美惡不嫌同辭」並非郭璞的義有正反的觀念，可能是郭璞誤解了《公羊傳》的文辭，或者是他以為這樣說了，就是正反義通的意思，但畢竟傳文不是我們所了解的反訓意思。

㈣郭璞提出了訓義反覆旁通的觀念，又舉了六個例子，給其後的學者莫大的影響，歲月展轉，遞相使用，已深植人們心中，於是造成反訓的存在。

㈤學者有正反兩派不同的看法，甚至有絕大多數的人既不承認亦不否認的觀望者，但就文求義，一字有訓義相反的事實，在經籍文獻中確實不乏其例，為何我們不相信它的存在。❹

後文則就徐氏之書，予以介紹、評騭，列舉此書之優點與缺失，並比較筆者與徐氏界義之異同。筆者以為「反訓」存在，惟指訓詁之現象，非訓詁之方法與原則。

㈩**馬固鋼：**

馬氏於〈反訓釋詞例〉❺一文謂：「反訓，不失爲訓詁的一種方法。」❺馬氏舉「淘」「倦」「拭」「綴」四字爲主例予以闡釋。

㈡姚師榮松：

姚師〈反訓界說及其類型之商榷－兼談傳統訓詁術語所隱含的多層次意義〉❺一文，分「反訓研究的里程與訓詁學」「反訓界說之商榷」「由反訓材料類型看反訓的多層次意義」「論傳統訓詁術語所隱含的多層次意義」四單元。姚師通考民國以來有關反訓之界說，分「現代學者對反訓的承襲與修正」與「反訓的否定派及其成因解」，討論正反兩派界說異同，訓例之歸類，並觀察各家對反訓之認知存在層次區別，折衷成四種廣義之反訓原因類型。即：㈠引申反訓。㈡正反同詞。㈢同源反訓。㈣假借反訓。

姚師於文首「提要」云：

> 本文旨在檢討前人對反訓界說的紛歧，通過對正反兩派意見的商榷，提出反訓一名成立的基本命題。同時，也針對反訓材料的類型，檢討反訓的成因及其範疇，從三種類型論探討「反訓」一詞所蘊含的多層次界說，並藉此一典型的訓詁術語所反映的前科學、不夠精密、不合共時的語言現象，總結出吾人如何正確對待傳統語言學的術語。❺

案姚師此文乃九〇年代反訓研究之總結集，論說至詳。

㈢張聯榮：

張氏《漢語詞匯的流變》一書，曾論及「詞的反義關係與反訓」，張氏云：

> 我們覺得反訓實際上是一種詞匯（主要是詞義）現象，它是指同一個詞同時具有相反或相對的兩個意義。❺

㈢王松木：

王氏〈經籍訓解上的悖論－論「反訓」的類型成因〉❺一文，係在前人研究基礎上，探求「反訓」形成之過程，並改採符號學觀點，分別從句法、語義、語用三方面來論述「反訓」之類型與成因。反訓是否存在？王氏云：

> 若就經籍詮釋者言，以詞義相反的詞來訓解詞語應當是不存在的；但若就文字符號的所指而論，同一字形兼有相反二義卻是確實存有的現象。❺

㈢徐興海：

徐氏在「《廣雅疏證》研究」一書中論及反訓，其云：

> 反訓是訓釋字義的方法，屬訓詁學的範圍。但在哲學家看來，反訓表現了睿智幽默與哲理，是一個民族的語言是否發達的反映。❺

徐氏謂哲學家對反訓態度「表現了睿智幽默與哲理」，言語有趣，惟吾人探討反訓則須以較務實之態度從事。徐氏就《廣雅疏證》一書所論證，歸納反訓詞形成之原因，其贊成反訓存在，顯然可知。

㈣毛遠明：

毛氏於《訓詁學新編》一書，探討傳統義訓方法，其中有反義為訓一式。毛氏云：

> 以反義相訓為反訓。古漢語詞彙中，一個字（詞），兼具正反兩種意義，也稱相反為訓。它是同一個詞形式表示相反、相對的兩個概念。……最早發現這種反訓現象，並加以解釋的學者是晉·郭璞。❺

毛氏並探討反訓形成之原因，足見其贊成反訓存在。

乙、否定派：

㈠齊佩瑢：

　　齊氏《訓詁學概論》在「訓詁的施用方術」「義訓」中敘宛述
與翻譯後，就「相反爲訓」問題提出說明。齊氏謂曾作〈相反爲訓
辨〉一文，旨在「闡明反訓只是語義的變遷現象而非訓詁之法則，
對舊說之謬誤者加以辨正。」❺❾並將要點引錄於所著《訓詁學概論》
中。

　　齊氏謂反訓之類別，依其事情性質之不同，約可分爲五種：㈠
授受同詞之例。㈡古今同詞之例。㈢廢置同詞之例。㈣美惡同詞之
例。㈤虛實同詞之例。❻❶

　　各例均予以考證，以證明五例皆語義變遷現象，而非訓詁之法
則。至於本非義變而誤認爲反訓，齊氏亦附帶舉正：

　　㈠不曉同音假借而誤以為反訓者。
　　㈡不達反訓原理而強以為反訓者。
　　㈢不識古字而誤以為反訓者。
　　㈣不知句調為表意方法之一而誤以為反訓者。
　　㈤不明詞類活用現象而誤以為反訓者。❻❶

齊氏反對章太炎〈轉注假借說〉論相反爲義所云「語言之始，義相
同者多從一聲而變，義相近者多從一聲而變，義相對相反者亦多從
一聲而變」之說，謂章氏此語「似是而實非，於語言緣起多所未了」，
又謂「蓋語義本爲流動變化而漸形成多面，因其語境之不同，自可
含有相反兩義，正不必都一一分別爲之造字，或旁求其通借。」❻❷

　　齊氏雖依事情性質之不同，將反訓之類別分爲五種，惟又一一
加以考證，以爲此五種反訓皆屬語義變遷現象，非訓詁之法則。至
於本非義遷而誤認爲反訓者，亦有五種。由此可知，齊氏不贊成有
反訓。

㈡郭沫若：

　　郭氏《屈原研究》，根本否認「反訓」之存在，其云：

　　古書上也每每有訓亂為治的，其實，這已經就是一件怪事體，
　　治亂音即不同，義又正反，哪裡會有相反的東西來相訓呢？
　　假使亂可以訓治訓理，那麼理和治不也可以訓亂嗎？⑥

㈢龍宇純：

　　龍教授〈論反訓〉⑭一文，首先就郭璞所提出諸例予以檢討，
以為「苦而為快」、「以臭為香」、「以徂為存」、「以曩為曏」、「以故
為今」皆非反訓，至於「以亂為治」，「亂」字具有正反二義，是否
為反訓？龍教授舉皮、髕、耳與聏、與茇、釁、勞、糞等字為例，
以為皆與「亂」字之具有正反二義相當，龍教授遂云：

　　　　即是說在語言裡，往往除去某事某物的語言即緣某事某物之
　　　　名而產生。也即是說，某事某物謂之某，除去某事某物亦謂
　　　　之某；不過當它本身是形容詞的時候，兩者意義便顯得相反，
　　　　於是便誤解為毫無道理可言的反訓了。其實，如果了解亂與
　　　　治的對立本是亂與去亂的轉變，便不會有此誤解。⑥

龍教授認為「以亂為治」亦非反訓。此外，讎、仇、敵、對、措、
置……之類，龍教授以為仍是義之引申；受、貸、假、市、沽之類
本是一事之二面，龍教授仍以為非反訓。

㈣張清常：

　　張氏於〈《爾雅》研究的回顧與展望〉一文云：

　　　　從現代語言理論來說，「反訓」是不能成立的……人類賦予語
　　　　詞一定的意義，要求概念明確，不能模稜兩可。語言交際，
　　　　約定俗成，絕不能使語詞的涵義既是甲又非甲，造成混亂。
　　　　不論在任何時期，這（一）個詞不能夠同時被理解為既是甲
　　　　而又非甲。當與原義相反的新義形成並占優勢時，原義就早
　　　　已被廢棄忘掉。⑥

張氏以爲語詞涵義，不能既是甲又非甲，又以爲一詞不能同時被理解爲既是甲而又非甲，故謂「反訓」不能成立。

㈤郭錫良：

郭氏有〈反訓不可信〉一文，內容見「本章第一節㈦張凡」所引，此不贅。

㈥呂慶業：

呂氏〈論反訓〉❻一文反對反訓，其云：

> 訓詁學上所說的反訓是指一個詞含有相反的兩種意義，而用反義詞解釋詞義的方法。……有些訓詁學家就把這種正反義共存一詞中的現象稱作反訓。
> 承認這樣的說法存在，將會擾亂語言的明確性。事實上，任何語言中都不會存在這種現象，一個詞在同時同地不可能同時具有正反兩個意思，不會用一個詞的相反概念去解釋它。……如果正反兩個對立的概念使用同一個詞來表示，誤解歧義就難以避免，交際效果必受影響。
> 反訓說出現一千多年來爲什麼久盛不衰呢？那是因爲有些人只從詞彙的總體來考察，而忽視了使用中的詞義的單一性；只從異時語言中考察到「美惡不嫌同名」而忽視了音近義通的假借；……一言以蔽之，只考察了文字的現象，而沒有分析實質。只考察了事物的結果；而沒有探其源頭。❻

㈦王寧：

王氏〈「反訓」析疑〉❻云：

> 兩個意義絕然相反的詞，究其值，沒有重合部分；論其用，不可能發生置換關係，怎麼能夠互相訓釋？就訓釋的實值來說，反義，則不能成訓；成訓者，必不取其反值。因此「反訓」這個名稱本身就不科學，把「相反爲訓」說成是訓釋方

法或訓釋原則就更不恰當。**⓱**

王氏反對將反訓作爲訓釋之方法或原則，僅贊成作爲「正反兩義共詞」之代稱。而反義同存條件爲：1.反向相因。2.反向引申。3.共詞之二反向意義，在使用上必定有較明顯之差別。4.反義共詞之內容具有民族性。

㈧**胡楚生：**

　　胡教授《訓詁學大綱》，在「訓詁的方法」章末，附論所謂「反訓」，所敘述多半據龍宇純教授〈論反訓〉之說。胡教授分『「反訓」觀念的提出』、『「反訓」現象的解析』二單元敘述。前者，就郭璞注文用詞作探源工作；後者就郭璞所提出六種「反訓」例，予以剖析，以爲皆非真正之「反訓」。其歸納造成似乎是相反爲訓之原因有以下數種：

　　第一、由於字義的引申演變。

　　第二、由於聲音的轉移。

　　第三、由於詞性的變異。

　　第四、由於同音的通假。

　　第五、由於句法的形式變化。

　　第六、由於古字的應用自然。**⓲**

因之，胡教授認爲「反訓」名稱根本不成立，亦不能視之爲訓詁之原則。

㈩**應裕康：**

　　應教授等著《訓詁學》，在「訓詁的方法」章「義訓－直接釋義的方法」乙節「反義訓釋」單元中論及反訓。應教授就郭璞所舉六例，再加上古書注解中常見七例，共十三例，加以分析，得出造成反訓這種現象之原因爲：

　　　1.詞義的變遷。

　　　2.方言的不同。

　　　3.詞性的變異。

　　　4.同音的通假。

　　　5.句式的變化。

　　　6.形近的誤寫。

　　　7.其他。⓻

應教授遂以爲無反訓。其立論，與胡楚生教授殆同。

㈩竺家寧：

　　竺教授在空大叢書《文字學》第三部分〈訓詁學〉中論及反訓，竺教授檢視郭璞六例，據胡楚生教授之說，以爲皆非反訓，並非真有「相反爲訓」之現象存在。⓺

　　以上爲自董璠氏以後，對反訓贊成、否定兩派學者之主張。

【注釋】

❶見《黃侃學術研究》，頁二一九。

❷見《燕京學報》第二十二期，頁一一九。

❸見《燕京學報》第二十二期，頁一二七。

❹仝注❸。

❺仝注❹，見頁一二〇。

❻仝注❹，見頁一六九～頁一七三。括弧內文字乃據董文歸納。

❼見《舊學輯存・中》，頁一〇六五～頁一一〇〇。

❽見《舊學輯存・中》，頁一〇六五。

❾見《舊學輯存・中》，頁一〇六六。

❿㉔見《舊學暫存・中》，頁一〇七〇。

⓫見《訓詁學概要》，頁一三。

⓬見《訓詁學概要》，頁一七〇～頁一七六。

❸見《中國語文》1980 年 4 月。後收入《古漢反訓集釋》一書，作爲代序。(1989 年)

❹見《古漢語反訓集釋》〈反訓探源（代序)〉，頁二二。

❺見《中國語文》1983 年 2 期，頁一一二～頁一一九。

❻仝注❺，見頁一一三～頁一一八。

❼仝注❺，見頁一一八。

❽見《西北大學學報》（哲學社會科學版)，1984 年 4 期。

❾仝注❽，見頁一七。

⓴仝注❽，見頁一八。

㉑見《詞匯》，頁五八。

㉒見《古漢語詞匯綱要》，頁一四一～頁一五六。

㉓仝注㉒，見頁一四九。

㉔見《語文研究》，1986 年 1 期。

㉕見《外語教學與研究》，1986 年 2 期。

㉖仝注㉕，見頁三二。

㉗見《北京師院學院》，1986 年 4 期。

㉘仝注㉗，見頁四五。

㉙仝注㉗，全文至爲兄長，此儘量予以節錄。

㉚見《四川師範大學學報》社科版，1987 年 1 期。

㉛仝注㉚，見頁五〇。

㉜見《武漢大學學報》社科版，1992 年 2 期。

㉝仝注㉜，見頁一〇五。

㉞仝注㉜。

㉟仝注㉜，見頁一〇五、頁一〇六。

㊱見《黃侃學術研究》，頁二一九～頁二二五。

㊲見《黃侃學術研究》，頁二一九。

㊳見《黃侃學術研究》，頁二二〇～頁二二一。

❸❾見《漢語詞義學》，頁四六。

❹⓪見《廈門大學學報》哲社版，1993 年 2 期。

❹①仝注❹⓪，見頁一二〇。

❹②仝注❹⓪，見頁八七。此頁上接頁一二一。

❹③見《紀念林景伊師逝世十週年學術論文集》。作者收錄於《中國訓
　詁學》中。

❹④見《中國訓詁學》，頁一〇六。

❹⑤見《訓詁學》上冊，頁一九五。

❹⑥見《古代漢語詞匯學》，頁一六九。

❹⑦仝注❹⑥，見頁一七〇。

❹⑧前文見《陳伯元先生六秩壽慶論文集》；後文見《北市師院語文學
　刊》第二期。

❹⑨見《陳伯元先生六秩壽慶論文集》，頁六六四。

⑤⓪見《黃侃學術研究》。

⑤①仝注⑤⓪，見頁三六三。

⑤②見《國文學報》，第二十六期。

⑤③仝注⑤②，見頁二三五。

⑤④見《漢語詞匯的流變》，頁九七。

⑤⑤見《漢學研究》第 16 卷第 1 期。

⑤⑥仝注⑤⑤，見頁二〇九。

⑤⑦見《廣雅疏證》研究，頁一〇五。

⑤⑧見《訓詁學新編》，頁二〇四。

⑤⑨見《訓詁學概論》，頁一七八。

⑥⓪見《訓詁學概論》，頁一七八～頁一九一。

⑥①見《訓詁學概論》，頁一九一～頁一九九。

⑥②見《訓詁學概論》，頁一九九。

⑥③見《屈原研究》，頁四九。

㉔見《華國》第四期。

㉕見《華國》第四期，頁四二。

㉖見《語言研究》1984 年 1 期，頁七〇。

㉗見《語言文字學》，1985 年 6 期，頁三五～頁四五。

㉘全注㉗。

㉙見《學術之聲(3)》。

㉚見《學術之聲(3)》，頁八〇。

㉛見《訓詁學大綱》，頁一二四。

㉜見《訓詁學》，頁一七〇～頁一七九。

㉝見《文字學》，頁五三五。

第三節　小結

　　郭璞以後對於字義反訓之論說，唐、宋、元、明諸代只有少數幾位學者，至清代則呈現蓬勃現象，不僅人數達十二家之多，使用名稱、援例亦明顯增多，惟未見有系統之理論辨析。

　　錢大昕、劉淇二氏已使用「反訓」名稱，惟仍本諸郭璞「義相反而兼通」、「詁訓義有反覆旁通」之精神。王念孫則提出「義有相反而實相因」之理論。

　　民國以後，在董璠氏以前，使用名稱大抵不出於前時期。除章太炎先生有「誼相對相反多從一聲而變」之說外，其他諸家皆就字義反訓之現象敘述，未作有系統之理論辨析。

　　董璠以後，則分為贊成與否定兩派，前者以董璠為代表，後者以齊佩瑢為首。

　　一、贊成者－以為反訓存在，但所持理由不僅個人呈現多種，即彼此亦看法不同。如：徐世榮氏將反訓分為十三類，即代表十三種原因；徐氏分類中有「假借反訓」一類，趙克勤氏卻以為字義通

假不應包括在反訓詞之內。蔣紹愚氏以爲修辭反用亦屬反訓。諸家看法紛歧，由此可見。

　　歸納學者所持理由，較有共識者爲：

㈠字義引申：董璠、林尹、徐世榮、蔣紹愚、蘇新春、陳新雄、姚榮松等人主之。

㈡美惡同辭：孫德宣、郭良夫等人主之。

㈢一詞兼正反二義：蔣紹愚、羅少卿、李國正、張聯榮、王松木、毛遠明等人主之。

㈣正反同詞：趙克勤、姚榮松等人主之。

㈤同根反訓：羅少卿主之。

㈥反義同詞：李萬福主之。

　　至於郗政民、馬固鋼二氏稱反訓爲「訓詁的一種方法」、徐興海氏稱「反訓是訓釋字義的方法」，將「反訓」視爲「方法」，筆者不表同意，筆者以爲「反訓」爲古籍訓釋之現象，非訓詁之方法或原則。

　　二、否定派－所持理由爲反訓爲語義變遷現象，可以胡楚生、應裕康二教授所列舉原因爲據。至於呂慶業則以爲一詞在同時同地不可能同時具有正反二義。

　　此外，下列幾點值得吾人注意者：

㈠齊佩瑢氏既反對反訓，卻又依事情性質之不同，對反訓分爲五種。又稱此五種皆屬語義變遷現象。其中「賈」字兼正反二義，齊氏亦持肯定態度。

㈡龍宇純教授以爲郭璞六例皆非反訓，而對於「讎、仇、敵、對、措、置……之類」，以爲屬義之引申；「受、貸、假、事、詁之類」，又稱「本是一事之二面」。

㈢王寧氏列舉反義共同條件有反向相因、反向引申。

㈣胡楚生教授列舉誤以爲反訓之原因有字義引申一項。

　　基於贊成派共識者有「字義引申」及「一詞兼正反二義」及否

定派亦有類似之看法，本書以爲反訓客觀存在。「反訓」一詞，自錢大昕、劉淇二氏提出後，已成爲傳統訓詁學所沿用，而爲訓詁學之術語，應無可異議。

第五章　反訓之成因與類型

第一節　學者論說

反訓之成因與類型，前文論述，或有涉及，然或嫌籠統，或未齊全，本章乃專就此二者予以討論。反訓之成因與類型有相因之關係，由成因可得分類，由分類可知成因，故本章合併討論之。又學者論說或有分類，或只論成因，未標明類型，或分類中止部分涉及反訓，亦一併討論之。

一、董璠〈反訓纂例〉❶：十類

董氏云：

> 夫意寄於聲，聲託於字；聲從義起，形依聲定。形具而音寄其中，而義寄其中。古人因聲音而製文字，藉文字而通訓詁，訓詁者，以今語譯通古語。時有古今，地判秦越，聲別弇侈，一名或且破為多音，一聲或亦孳乳數字。求之經籍，其例斯在。反訓之字，諒亦同科。義有本義，有引申之義，有假借之義；音有正讀，有轉讀，有假讀之音。錢氏大昕所云：「古人之立言也，聲成文而為音，有正音以定形聲之準，有轉音以通文字之窮。」又云：「文字偏旁相諧謂之正音，語言清濁相近謂之轉音。音之正有定，音之轉無方。」又云：「正音可以分別部居，轉音則祇就一字相近，假借互用，而不通於他字。」反訓之起，實亦原此。覈其大較或由意義引申，或由音變假借。❷

董氏以為反訓之起，乃由於「意義引申」與「音變假借」，二者各居其半。董氏又謂：

> 案反訓，惟以轉注假借遞變演生，綜其大別，約得兩類：曰字同義反；曰聲同義反二者而已。❸

董氏整比反訓之字，歸納其例，得十條目，即十種反訓類別：一曰同字同聲反訓；二曰同字異讀反訓；三曰從聲反訓；四曰易形反訓；五曰表德反訓；六曰彰用反訓；七曰省語反訓；八曰增字反訓；九曰譎諱反訓；十曰疊詞反訓。此十類，亦即反訓之成因，茲迻錄其十類之界義，並就其文舉例，擇數例以明之一：

　　一曰同字同聲反訓　凡字同聲同而義相反者，必係初文。包括兩端，渾而未劃；已而病其曖昧，故後起之字，乘時生焉。其終始用之，不別造者，正反二義兼兼寓一形，此其大較也。

　　　　如：亂　治、亂二義。
　　　　　　廢　舍、置二義。
　　　　　　曩　久、不久（曑）二義。
　　　　　　肆　故、今二義。
　　　　　　在　存也、終也二義。

　　二曰同字異讀反訓　凡一字兼具二義者，於本字讀為本音，於相反之訓破讀他音，及後世所謂破音字也。

　　　　如：伐　「伐者為客，伐者為主。」《春秋・公羊・二十八年》
　　　　　　　　（何注：「伐人者為客，長言之；伐者為主，短言之。」）
　　　　　　毒　厚民也（音篤）、害人（讀本音）二義相反。
　　　　　　養　供養、畜牲二義。（音讀小有清濁，即是破讀之法）。
　　　　　　叚　借也。取於人曰假（古雅切），與之亦曰假（古訝切）。

　　三曰從聲反訓　古人語言，於同一語根之詞，延展演繹，變而靡窮，支而益遠，猶之族姓蕃衍，百世之外，亦遂不辨孰為不祧，

熟爲別宗矣。唯《說文》於形聲之字，究其本訓，兼存其所從之聲，雖間有誤從誤分之愆，然失者一二，而得者八九。今於古人文字猶能考厥嬗變之跡，都賴此編之存也已。

　　如：載　始也（哉）、終也（在）。

　　　　徂　往也、存也。

　　　　偭　鄉也、背也。

　　四曰變形反訓　案古之製字，仰觀俯察，必藉目驗。體物之妙，時有出人意表者。茲就《說文解字》少舉數端，取便檢討，不必遠徵吉金栔文，亦足瞻先民之精思矣。

　　如：上部　⊥之與丅兩形相反。

　　　　正部　反正爲乏。

　　　　彳部　反彳爲亍。

　　五曰表德反訓　昔老子謂：「貴人必以賤爲號。」若公孤稱孤，侯伯稱寡人，荊王稱不穀，士曰不祿，孤者無助，寡者鮮德，不穀不祿，不祿無祿，皆所謂賤者之號也。

　　如：后　君也、天子之妃。

　　　　穆　誠信之義、不誠謂謂之繆（繆即穆也）。

　　　　介　大也、小也。

　　　　鯢　魚之大者、小魚。

　　六曰彰用反訓　凡一字兼具因果本末者，其呼名相同，其關係相反，而在當時，惟便脣脗，會意俄頃，無容獻疑。離時與地，遽成暌隔。案能舉之通於「爾」「彼」「我」三身；所舉之通於「過」「現」「未」三際者，古人語質，例不別造。非若具體實物有象可指，一實可衍多名。若「荷，芙蕖，其莖茄，其葉蕸，其本蔤，其華菡萏，其實蓮，其根藕，其中的，的中薏。」分別蓮華根、莖、葉、實之稱，如此其詳也。

　　如：苦　厭苦、痛快。

貢　賜也、獻功也。

顛　上也、下也。

七曰省語反訓　夫文字之用，所以摹肖聲貌，固有意實相待，而語多偏至；古人質僿，往往不別，則本義與引申之義，遂以相蒙，而義訓遂亦相反。……古經籍中，尤多因語急而意反，不能僅就文字解字，必會通上下句義，語始昭然者；若單詞孤證，就字訓釋，但依於文，不依於義，鮮有不生謬誤矣。此現代文法學者，所爲特重句法組織，而舍詞性論也。

如：以「如」爲「不如」。

以「敢」爲「不敢」。

以「不寧」爲「豈不寧」。

以「不康」爲「豈不康」。

八曰增字反訓　夫語別緩急，詞不同科，斯固然矣；亦有句首句中，添加語助，斯與「呼哉者也」之用爲殺句者，抑又不同。凡以鼓宕聲氣藉強「音色」，其詞非有意義，其聲惟取條達，故當搖唇動舌，繪態寫情，如風詩之加「伊唯」「何彼」，先王之名「不降」「不窋」，侯服之號「於越」「句吳」，正不異歌者之有「羊吾夷」「妃呼豨」「伊何那」之等，咸屬有聲無字，借字以足節拍焉耳。

如：不警，警也。（《詩・車攻篇》）

不盈，盈也。（《詩・車攻篇》）

不戢，戢也。（《詩・桑扈篇》）

不顯，顯也。（《詩・文王篇》）

九曰謔諱反訓　昔慧公詮文，有〈諧隱〉之篇，謂「怨怒之情不一，歡謔之言無方。」案凡意存諷刺，語藏鋒稜，宜遯辭以隱悟，或莊容而誦譬，若〈諧隱〉所說，固已贍矣。然而寄意一言之內，會心四座之間，談言微中，謔不爲虐者，更多反訓。夫域分星野，殊風異好；入國問俗，迴避忌諱，研讀舊籍，是亦所宜知也。攝歸

兩門：㈠嘲謔反訓，㈡禁忌反訓。

　　如：㈠嘲謔反訓

　　　　如：敏，《說文・攴部》：「敏，疾也。」世謂語言便給爲
　　　　　　敏；然有時於訥鈍者亦謂之敏，是反訓也。

　　　　　　辟，爲君，又爲法，亦爲皐；罵庸賤、商人之醜稱。

　　　㈡禁忌反訓

　　　　如：病，患苦也，而名之曰無恙。

　　　　　　溢逝而曰不諱，諱其事也。

　　　　　　曰不在，望彼歸也。

　　十曰疊詞反訓　案普通所謂疊詞，共爲二種：一者疊詞之用爲
形容附加語者，如《詩》之「關關」「采采」「赫赫明明」；《書》
之「安安」「湯湯」「蕩蕩」「浩浩」皆是。或又謂之連緜字者也。
一者駢列二名，疊指一意，屬於名動等詞者，如《書》之「便章」
「昭明」；《詩》之「展轉」「崔嵬」之類，斯爲同訓之疊詞也。至
於反訓之疊詞，則有：㈠同聲反訓疊詞。單詞爲一意，疊詞乃別爲
一意。如「折，斷也」，而《禮記・檀弓》曰：「吉事欲其折折爾。」
注云：「安舒貌。《詩》：好人提提。」是讀折爲提，則并其音義而異。
此一類也。㈡比義反訓疊詞。比合二詞，意有側重。如《詩》：「寤
寐思服。」傳云：「寤，覺；寐，寢也。」是散文則異，連文則同，
此又一類也。

　　如：㈠同聲反訓疊詞

　　　　囂，聲也，喧鬧；囂囂，恬然守靜嘿也。

　　　　夭，屈也；夭夭，和舒之貌。

　　　　藐，小也；藐藐，大也。

　　　㈡比義疊詞

　　　　如：天地盈虛，與時消息。

　　　　　　寬緩不迫。

得失，失也。

「盈虛」「消息（長）」「寬緩」「得失」皆為比義
反訓疊詞。❹

二、張舜徽〈字義反訓集證〉❺：二類

張氏將反訓分為「造字時之反訓」與「用字時之反訓」二類，
又謂「古人命物定名」，亦恆有取於相反相成之理，與「古人語法」
有以肯定之字為否定之意者等，此二類亦屬用字時之反訓。茲分述
如下：

(一)造字時之反訓：

1.字之同從一聲而義相反者：

張氏云：「造字時之反訓，於何見之？於字之同從一聲而義相反
者見之也。大氐同從一聲之字，義多相近，昔人言之備矣。顧亦有
所從之聲相同而義訓適相反者，但取證於《說文》，而其例已廣。」

如：丕之本義為大，因之凡從丕聲之字多有大義。故一稃二米
為秠，有力為伾，鱨之大者為魾。反之，則凡從不聲之字，（丕字從
不得聲，故凡從不聲之字，猶從丕聲也。）又有小義。故婦孕一月
為肧，丘一成坏，小缶為䍃。（錇從音聲，音從否聲，否從不聲。）

2.藉敵對字以孳乳相生者：

張氏云：「文字之由少而多，亦實有藉敵對字以孳乳相生者。」

張氏引章炳麟《小學答問》「語言之始誼相同者，多從一聲而
變；誼相近者，多從一聲而變；誼相對、相反者，亦多從一聲而變……」
之說。

(二)用字時之反訓：

張氏云：「至於義訓相反相成之理，見之於文字運用之際，尤為
廣泛。今綜合群書舊詁，拈出一字兼含正反二義之實例，以明其變
化。」

　　張氏就通常易見之敵對義，概括爲四十類例。茲列舉類例名稱，
又因其每類例舉例甚多，茲僅各擇一例以明之：

　　類例一：義與惡同辭　省，善也；過也。

　　類例二：治與亂同辭　營，治也；猶亂也。

　　類例三：分與合同辭　攜，提也；離也。

　　類例四：大與小同辭　龘，微也；大也。

　　類例五：取與與同辭　資，取也；送也。

　　類例六：偶與敵同辭　偶，合也；對視也。

　　類例七：勝與敗同辭　犯，勝也；敗也。

　　類例八：問與答同辭　問，訊也；告也。

　　類例九：棄與留同辭　去，除也；藏之也。

　　類例十：去與就同辭　拂，去也；輔也。

　　類例十一：受與授同辭　龕，受也；取也。

　　類例十二：吉與凶同辭　氛，祥氣也；惡氣也。

　　類例十三：獨與群同辭　介，獨也；助也。

　　類例十四：進與退同辭　晉，進也；猶抑也。

　　類例十五：喜與憂同辭　陶，喜也；憂也。

　　類例十六：盈與虛同辭　匡，滿也；虧也。

　　類例十七：剛與柔同辭　楛，中矢榦；不堅固也。

　　類例十八：買與賣同辭　沽，買也；賣也。

　　類例十九：敬與慢同辭　虔，敬也；謾也。

　　類例二十：向與背同辭　面，嚮也；背之不面向也。

　　類例二十一：存與亡同辭　徂，存也；死也。

　　類例二十二：高與卑同辭　陛，升高階也；卑也。

　　類例二十三：絕與續同辭　更，革也；續也。

　　類例二十四：誠與偽同辭　允，信也、誠也；佞也。

　　類例二十五：動與靜同辭　澹，安也、靜也；猶動也。

類例二十六：始與終同辭　朔，始也；盡也。

類例二十七：定與移同辭　定，修而不改；改治也。

類例二十八：上與下同辭　顛，頂也、上也；下也。

類例二十九：緩與急同辭　肆，疾也；緩也。

類例三十：俯與仰同辭　偃，伏也；仰也。

類例三十一：多與少同辭　腴，厚也；小國也。

類例三十二：依與違同辭　負，恃也；違也。

類例三十三：立與廢同辭　置，立也；猶廢也。

類例三十四：強與弱同辭　務，強也；侮也。

類例三十五：久與暫同辭　宿，久也；一宿。

類例三十六：明與暗同辭　昭，光也、顯也；小明也。

類例三十七：毀與譽同辭　頌，容也，敘說其成功之形容也；
　　　　　　　　　　　　箴諫之語也。

類例三十八：出與入同辭　使人於諸侯；諸侯之臣使來者也。

類例三十九：古與今同辭　故，古也；今也。

類例四十：老與少同辭　艾，老也；美好也。

此四十類例，張氏謂：「皆古代文字運用中每一字兼有正反二義之實證。後人不解其故，率以假借說之，失其恉矣。」❻

此外，張氏又舉古人命物定名，有取於相反相成之理與古人語法有以肯定之字為否定之意者等，茲述之如下：

1.古人命物定名

張氏云：「古人命物定名，亦恆有取於相反相成之理。不獨美惡可以同名，即物之大小，位之前後，氣之臭香，皆有共一稱號者。」❼茲各錄其中二例以明之：

物名：

鯢　鯨魚之別名；小魚也。

鯤　大魚之專號；魚子。

人名：

楚公子黑肱，字子晳。（晳、人色白也，以黑命名，而以白爲字。）

晉趙衰，字子餘。（衰，古與㱈通。㱈，減也，名取減削義，而字取饒多義）

2.就古人語法而言

張氏所舉，可歸納成三種，茲各錄其中二例以明之：

①有以肯定之字而否定之意者：

　敢，不敢也。

　如，不如也。

②有明爲否定語氣，而必以肯定之意釋之者：

　不盈，盈也。

　不顯，顯也。

③複詞中之含敵對二義者，每偏重在一義，而舍棄其一義：

　愛憎，憎也。

　得失，失也。

三、林師景伊《訓詁學概要》：四類

林師歸納反訓之起因，約有四說，此四者亦即反訓之類別也。茲節錄其說如下：

(一)義本相因，引申之始相反者：

如：《廣雅》：「祈、乞、匃，求也。」又「假、貸，借也。」又「斂、匃、貸；稟、乞，與也。」

王念孫曰：「斂爲欲而又爲與，乞匃爲求而又爲與，貸爲借而又爲與，稟爲欲而又爲與，義有相反而實相因者，皆此類也。」（《廣雅疏證》）

又如《廣雅》：「鬱悠，思也。」

王念孫曰：「凡一字兩訓而反覆旁通者，若亂之爲治，故之爲今，

擾之爲安，臭之爲香，不可悉數。《爾雅》云：鬱陶繇，喜也。又云：繇、憂也。則繇字即有憂喜二義，鬱陶亦猶是也，是故喜意未暢謂之鬱陶。《檀弓正義》引何氏《隱義》云：鬱陶，懷喜未暢意，是也。憂思憤盈亦謂之鬱陶，《孟子》《楚辭》《史記》所云是也。暑氣蘊隆亦謂之鬱陶，摯虞〈思遊賦〉云：「戚溽暑之陶鬱兮，余安能乎留斯？夏侯湛〈大暑賦〉云：何太陽之赫曦。乃鬱陶以興熱是也。事雖不同，而同爲鬱積之義，故命名亦同。」（《廣雅疏證》）

綜觀王氏所說，謂原初的本義，實相因；及後來的引申，始相反。

㈡假借關係：

如《爾雅》：「徂、往也。」又云：「徂、存也。」

郝懿行《爾雅義疏》曰：「郭蓋未明假借之義，誤據上文徂往爲訓，而云以徂爲存，義取相反，斯爲失矣。殊不思徂往之徂，本應做退，徂存之徂，又應做且耳。」

又如《爾雅》：「愉、樂也。」又云：「愉、勞也。」

郝懿行《爾雅義疏》曰：「愉者蓋瘉之假音。」並說：「二義相反，凡借聲之字，不必借義。」以爲愉所以訓勞，是因爲瘉愉同音，瘉借愉爲聲，不借愉爲義。《爾雅》：「瘉，病也。」

㈢音轉關係：

章太炎先生主此說，見於《小學答問》：

「問曰：古有以相反爲誼，獨亂訓爲治，《說文》：𤔔亂本與𤔩分，其它若苦爲快、徂爲存、故爲今，今雖習爲故常，都無本字，豈古人語言簡短，諸言不、言非者，皆簡略去之邪？答曰：語言之始，誼相同者，多從一聲而變，誼相近者，多從一聲而變，誼相對相反者，亦多從一聲而變。……此以雙聲相轉者也。先言起，從聲以變則爲止，……此以疊韻相迤者也……亦有位部皆同，訓詁相反者……」（《章氏叢書》）

章氏的意思是以爲凡字義相對相反的，多從一聲而變，或以雙

聲相轉，而造爲二字；或以疊韻相轉而造爲二字；位部相同而未曾造爲二字的，便形成一字兼具正反兩面的意義，通常便稱之爲反訓。

㈣語變關係：

如前所舉「不如爲如」、「見伐爲伐」、「不敢爲敢」等例。劉師培氏曾說：「古代之時，言文合一，故方言俗語，有急讀緩讀之不同，咸著於文詞，傳於書冊。」（見《小學發微補》）以爲是由於方言緩讀急讀的變化造成的。

俞樾《古書疑義舉例》即有「語急例」：「古人語急，故有以如爲不如者。隱元年《公羊傳》：「如勿與而已矣。」《注》曰：「如、即不如」是也。有以敢爲不敢者，莊二十二年《左傳》：「敢辱高位。」《注》曰：「敢、不敢也。」是也。並注曰：「詳見《日知錄》三十二」，（卷二）則以爲語變關係者，由來甚早。

林師綜論云：

> 綜觀右列四項，於反訓的起因，所說均各得一隅，由引申而義遂相反者，爲例固不少；但因音轉關係而成反訓者，爲例亦夥。然而在中國語言之中，動詞名詞每多不分，後以聲調表其名動之異，如耳刵聲韻全同，古昔可能只一字，而一爲耳、一爲截耳，名動既異，義亦相反。又如釁爲瑕隙（《左傳・桓八年》注）爲閒（宣公十二年《傳》服虔注），但《孟子・梁惠王篇》云：「將以釁鐘」，則以血塗坼隙亦謂之釁，同爲一字，而詞性不同，義遂相反。因此亂有治的意思，也可能是詞性的轉變，遂成亂與去亂的相反兩義，徐灝曾說：「自其體言則爲亂，以其用言則爲治，故亂亦訓治也。」（見《說文解字注箋》）這「體」「用」的區別，恆是詞性的轉變，有時也變更聲調，有時也造爲二字（如耳刵），當然，就其本義仍是相因的。至如「不多、多也」，近人考知不多即丕多，不丕古音相同，丕音近溥，得有大義，言「不多」即是狀其盛

大，所以為多，則「不多、多也」之例，亦為假借。但古人
語急省文之例，仍能成立，如「如即不如」，「敢即不敢」，「不
即豈不」，證諸今人常語，其例仍多。因此前述四說，可以同
時成立。❽

四、徐世榮《古漢語反訓集釋》：十三類

徐氏《古漢語反訓集釋》搜集五百餘反訓字，不按其師董氏所
分十類，而重新分為十三類，即：㈠內含，㈡破讀，㈢互換，㈣引
申，㈤適應，㈥省語，㈦隱諱，㈧混同，㈨否定，㈩殊方，㈡異俗，
㈢假借，㈢訛誤。據徐氏云：「這十三類也就是反訓的各種成因，是
我搜集的五百多條反訓中歸納出來的。」❾

此十三類見該書書首所附〈反訓探源（代序）〉，徐氏每類予以
說明，並各舉二例，結合古籍文句，提供資料：

㈠內含反訓　一個字在古時代的概念不太嚴格，本身就包括正
反兩義，到後世覺得不清楚，或另造新字義或另用別詞分擔它的任
務，正反兩義才分開。

率　遵循也。又：領導也。

等　齊同也。又：差異也。❿

㈡破讀反訓　本是一個字，但含義有正有反，為了區別，把原
字讀音稍稍變化。

見　目及物也（觀看）。又：物來遇目也。（顯示）

仰　下托上也。又：上委下也。

㈢互換反訓　本為兩字，字義一正一反。後世兩字交互為用，
或用一字兼代另一字，於是任何一字都有正反兩義了。

攘（讓）　推賢尚善也，禮敬謙遜也。又：誚責不善也，侵奪
　　　　　逐除也。

逆　迎受也。又：違拒也。

㈣引申反訓　正反兩訓，或所指事物是相對的兩方；或是因某一事物而發展到有關的另一現象。反義是由正義引申而形成。

暢　不生也。又：茂長也。

釁　填隙也。又：裂隙也。

㈤適應反訓　一字活用，用指某事即生某義。正義與反義，都與此字本身之義有關。

臺　貴官也。又：賤役也。

艾　老叟之稱。又：小婦之稱。

㈥省語反訓　所謂「語急而省」，省去的多爲否定謂詞，如「不x」，常省去「不」而爲x，這樣，x字自然產生反義。

遑　暇也。又：急也。

敢　勇於作爲也。又：怯於作爲也。

㈦隱諱反訓　對某一事物不願直說，有所忌諱，意至於用相反的字稱呼它，於是這個字增加了反面的訓解。

廁　溷也。又：清也。

考　延年也。又：終命也。

㈧混同反訓　本是形近的兩字，字義恰反，但兩字使用年久，混合爲一個字，於是這一個字就產生了反訓。或是某一字本有專指，但與相對的另一字混淆了，於是產生反訓。

苟　輕率貌。又：誠敬貌。

宄　內奸也。又：外奸也。

㈨否定反訓　反訓都是否定正訓的，大多數是另解爲相對的一義，如：內外、出入、憂喜、牝壯之類，並不用否定詞……王力先生《中國語法理論》第三章第十八節曾有論述，認爲現代漢語中沒有否定性的觀念單位，一切否定的觀念必須建築在肯定性的觀念之上。但由古漢反訓字例中卻可以看見有這種例證。正是由肯定性變爲否定性的。

堊　塗飾也。又：不塗飾也。

左　助也。又：不助也。

㈩殊方反訓　方言與一般含義恰恰相反。現代漢語中不乏其例，古時也不少。

郎　尊稱也。又：賤稱也。

互　差也。又：交也，和也。

㈢異俗反訓　習俗因時代而變化，對於事物的解說可能恰恰相反。

龜　神靈之物。又：丑詆之喻。

墓　葬而成丘者。又：葬而無坟者。

㈣假借反訓　正反兩訓，其實出於假借字，所借之字後世漸漸不用了，於是這個字產生了反訓。

乖　背戾也。又：和順也。

義　宜也，善也。又：邪也，不善也。

㈤訛誤反訓　正反兩訓由於引書錯誤。這本來沒有什麼研究價值。但是後人不能審辨，就相信了錯誤的訓解，影響閱讀古書。

既　食也。又：食盡也。

訏　信也。又詭也。 ⓫

此十三類，即徐氏所論反訓之成因。惟徐氏於其書，未以此十三類呈現，卻分爲名物類、動作類、性狀類、虛助類等四類。茲就各類舉前二例以明之：

甲、名物類（八十三字）

〔子〕男兒也。（又）女兒也。

〔姪〈侄〉〕兄弟之女也。（又）兄弟之子也。

乙、動作類（二百四十六字）

〔保〕佑護也。（又）依恃也。

〔靠〕相違也。（又）相倚也。

丙、性狀類（一百三十六字）

〔一〕少也，獨也，分也。（又）全也，皆也，不分也。

〔一〕以稱大。（又）以稱小

丁、虛助類（四十字）

〔乃〕汝也。（又）我也。

〔乃〕我也。（又）彼也。**⓬**

　　此四類蓋以詞性分之，與前所列十三類不一致，吾人論徐氏反訓之成因與類型，應以前者十三類者爲據。

五、徐朝華〈反訓成因初探〉**⓭**（只論成因，未標明類型）

　　徐氏云：

> 我認為反訓的產生，首先是由於詞義本身的特點及其發展變化；其次，同音假借也是重要原因。**⓮**

爲明晰計，徵引時在此二原因上加甲、乙標示：

甲、由於詞義本身的特點及其發展變化而產生的反訓。徐氏舉出下列五種情況：

㈠一個詞詞義是表示某一事物總體的，這個事物本身包含著好壞兩個方面的內容，這個詞便也包含著好壞兩種相反的意義，使用時可以用於好的方向，也可以用於壞的方面，產生了所謂「美惡同辭」的情況。如：

　臭　一般指難聞的惡臭的氣味，但有時也可以指芳香的氣味。

　仇　一般指敵對的雙方，怨偶，表示壞的方面的意義。……有時「仇」也可指同伴、嘉偶，表示好的方面的意義。

㈡一個詞詞義是表示一種動作行爲的，這種動作行爲的施事者和受事者是互相對立而又互相依存的矛盾雙方，整個動作行爲是由雙

方共同實現的，二者缺一不可。施事者和受事者都可以使用這個
詞，但由於雙方在實現動作行為的過程中所處的施受地位不同，
因而使用時，從施事者說是一種意義，從受事者說是另一種意義，
兩者意義相反，從而產生了所謂「施受同辭」的情況。如：

受　常用義是接受、承受，有時也有與此相反的授予、給予的意
　　義。

賈　在古代漢語中兼有買和賣兩種相反的意義。

㈢一個詞所表示的概念本身具有時間或程度等方面的相對性，由基
　本義可以引申出長短、久暫、多少等不同的意義，因而產生了反
　訓。如：

曩　是表示過去時間的詞，常常表示過去較長的時間。

頗　表示程度大小時，常見的是表示較多、很、相當地之類的意
　　義。有時也可以表示較少、稍微的意義。

㈣一個詞的詞義從不同的角度向外引申（或再引申）或向與之相關
　的對立面轉化，可以產生出相反的意義。如：

置　常用義是放，安放。安放從行為者的角度來說，意思是本來
　　在掌握之中的東西，不再在掌握之中了，引申有放下、放開、
　　釋放等義。由此再引申，又有廢棄，赦免等義。

廢　本義是房屋壞了。房屋壞了不能使用，引申有停止、廢棄、
　　敗壞等義。廢棄的結果，使被廢棄者處於一定的位置，不再
　　活動或被使用，由此引申又有安放、置立等義。

㈤一個詞的詞義由表示一種動作行為，發展為表示這種動作行為的
　對象，因而出現了相反的意義。如：

亂　在古代漢語中，除了有混亂、叛亂之類的意義之外，還有治
　　理的意義。

糞　《說文・　部》：「棄除也，從　，推　棄采也。」篆字字形
　　像雙手捧著畚箕，畚箕內盛著需要棄除的髒物。本義是棄除，

即掃除、清除髒物。**⑮**

　　此五類，徐氏分析云：「從上述前三種情況可以看到，有的詞之所以會具有相反的兩義，正是由於它們所反映的事物本身包含著特殊的矛盾。從上述後兩種情況可以看到，有的詞具有相反兩義，是詞義在一定條件下向不同方向發展或向對立面轉化的結果。」**⑯**

乙、同音假借是反訓產生的另一個重要原因。

　　由於同音假借而產生的反訓，大致有兩種情況：

㈠一個詞有兩種意義，一為本義或基本義，一為假借義，同時存在而意義相反，因而出現了反訓。如：

逆　　本義是迎、迎接，但又可表示違拒、抵觸、背叛等義，這兩　　　義正好相反。表示違拒意義的「逆」是「屰」的假借字。

愉　　《爾雅・釋詁》中有「愉，樂也」條，這是「愉」的基本義。　　　在《爾雅・釋詁》中又有「愉，勞也」條，樂和勞意義正好　　　相反。「愉」訓勞是「瘉」的假借字。

㈡一個詞有兩個意義相反的假借義，因而產生了反訓。有的詞兩種不同的假借義來自兩個不同的字。例如「繇」，在《爾雅・釋詁》中有「繇，喜也」條，又有「繇，憂也」條。喜和憂意義相反。根據《說文》「繇」的本義是隨從，喜和憂與「繇」的本義沒有關係，它們都是「繇」的假借字。表示喜義的「繇」是「愮」的假借字。……表示憂義的「繇」是「慅」的假借字。

　　此外，徐氏又舉出其他原因，其云：

> 像語法方面的原因（如「敗」在使動用法時可以表示「勝」的意義），說話時語急語緩的原因（如「如」可以表示「不如」的意義），修辭手段的運用（如「敏」表示「鈍」的意義），等等。**⑰**

徐氏以為此類反訓「皆是在一定的語言環境中詞義的靈活運用，而

不是該詞本有的意義」⓲，不能與由於詞義本身之特點及其發展變化而產生之反訓等量齊現。

綜觀徐氏所論，蓋可歸納反訓之類型有「正反同辭」（施受同辭）、「引申反訓」、「假借反訓」三種。

六、陸宗達、王寧《訓詁與訓詁學》歸納古漢語詞義引申三種類型，其中「施受的引申」與「反正的引申」與反訓有關。

茲錄其說如下：

施受的引申－古代書面漢語中存在著施受同詞的現象，即：發出動作與接受動作往往用同詞表示，動作的發出者與動作的接受者也往往互相關聯。例如，「乞」常訓「討」「求」，同時又訓「施」。⓳

反正的引申－在漢族早期的哲學思想裡，相反相成的理性認識很普遍。訓詁上也很早就發現了一種詞義互訓的規律，叫做相反為訓，也稱反訓。反訓表現為兩種情況：一種是反義詞互訓，如「亂，治也」、「落，始也」。另一種是同一個詞可以用一對反義詞來分別訓釋。如《廣雅·釋詁》既有「藐，廣也」的訓釋，又有「藐，小也」的訓釋。這兩種訓釋都表明，相反或相對立的兩個意義，可以在同一個詞形上互相引申出來。⓴

七、郭良夫《詞匯》提出「美惡同辭」。（未提及「反訓」）

郭氏云：

古人所謂「美惡同辭」，說的是同一個詞包含正相反對的兩種意義。例如東漢王允（27-約97）《論衡·異虛篇》：「善惡同

實，善祥出，國必興；惡祥見，朝必亡。」這說明「祥」有善也有惡，吉兆是祥，凶兆也是祥。㉑

「美惡同辭」殆可為反訓現象之一，因列為一說。

八、張凡〈反訓辨〉（只論成因，未標明類型）

張氏〈反訓辨〉㉒云：

> 為什麼在古漢語中會出現這種反訓詞呢？自然不是由於訓詁家用反訓法注釋的結果，而是詞義本身發展變化形成的。訓詁家的訓釋不過指明了它的存在，幫助人們能更正確地理解古籍而已。
>
> 我們同意這樣的觀點：反訓詞是古代人民對事物樸素的辯證認識在語言中的一種反映。我國古代大量的著作說明它們雖然遠沒有達到今天哲學思想的高度，但確實已閃爍出樸素的辯證光輝。像老子的「禍兮福之所倚，福兮禍之所伏」以及《周易》的「否極泰來」這一類的至理名言一直流傳至今。古代思想家們這些豐富而深刻的哲理自然不是從天上掉下來的，也不是他們頭腦中所固有的，而是人民生產、生活實踐的總結，它反映了當時人們對社會與自然的觀察、認識。反訓詞的形成，就是這種素樸的辯證觀反映到語言工具上的突出表現。㉓

又云：

> 反訓詞的形成，除上述由於古代人們樸素的辯證觀反映在對詞語的理解運用上以外，是否還有其它原因呢？這是個有待於進一步研究的問題，因為到目前為止，人們對反訓詞範圍的大小認識並不統一。有些同志只承認共時的，如受、賈之

類。有些同志則擴大些，包括了歷時形成的反訓詞，如由於詞義褒貶色彩的變化，爪牙本為褒義，現變為貶義。有些同志又更擴大一些，認為不管出於什麼原因，只要實際上一詞而兼有正反兩義，就可視為反訓詞。例如：由於修辭手段的運用，一些詞也有了相反的意義，冤家本指仇人，但有時又用來指親愛者；由於出語急切省去否定副詞而造成反訓詞，如「不敢」、「怎麼敢」說「敢」，「不如」說「如」，「敢煩旅里！」（《晏子春秋‧內篇雜下》）與「若愛重傷，則如勿傷」（《左傳‧僖公二十二年》）句中的敢與如即屬此例；也有由於假借而成的反訓詞，如攘本義是推，讓的本義是責備，後兩字通假，就都成為義兼正反的詞，另外也還有原因尚未查明或由訛誤而造成的反訓詞。❷

歸納張氏論反訓形成原因，有下列數項：

　　㈠樸素的辯證觀。

　　㈡一詞兼有正反兩義。

　　㈢語急省去否定副詞而造成。

　　㈣由於修辭手段。

　　㈤由於假借。

　　㈥其他原因尚未查明或由訛誤所造成。

九、李萬福〈反訓即反義同詞嗎？〉❷（只舉成因有三種情況，未標明類型）

　　李氏舉出造成詞義相反訓釋有三種情況，茲錄之如下：茲就其舉例擇一例以明之：

㈠訓詁家見解相反要造成反訓。如：

施施：《詩‧王丘》：「將其來施施。」毛傳：「施施，艱難進之意。」鄭玄箋：「施施，舒行伺閑獨來見己貌。」「艱難進」與「舒行」

對立。

(二)望文生訓會造成反訓。如：

走：《儀禮·士相見禮》：「某將見走。」鄭玄注：「走猶往也。」

《呂覽·蕩兵》：「民之呼號而走之。」高誘注：「走，歸也。」本來「走」在前句中指見面急切，後句中指歸順急切，都與本義「疾趨」有關，注疏者為了使文義更明，據語境的需要作了適當調整。並不意味「走」有往、歸兩個對立的意義。

(三)別名釋共名會造成反訓。

《荀子·正名》：「萬物雖眾，有時而欲徧舉之，故謂之『物』。『物』也者，大共名也。……有時而欲徧（當作偏）舉之，故謂之『鳥』、『獸』，『鳥』、『獸』也者，大別名也。偏舉時鳥獸有別，遍舉時可以稱為物，這正說明了別名與共名的相通關係。由於共名與別名之間存在相通關係，古人著書用共名，後人用別名去訓釋，那麼，共名在不同語境中就可能得到相反的訓釋。如：

化：《禮記·樂記》：「和，故百物皆化。」鄭玄注：「化猶生也。《淮南子·精神》：「故形有摩而神未嘗化者。」高誘注：「化猶死也。」兩處注釋都是用別名訓共名。《周禮·大宗伯》：「以禮樂合天地之化。」鄭玄注：「能生非類曰化。」《集韻》說得更詳：「天地陰陽運行，自有而無，自無而有，萬物生息則為化。」可見「化」是共名，「生」、「死」是低一級的別名。❷⁶

李氏只論造成詞義相反訓釋之情形，未歸納其類型。

十、蔣紹愚《古漢語詞彙綱要》（只舉三類反訓之成因）

蔣氏將歷來所舉「反訓」之例分為七類，見本書第一章第四節所引，此不贅。經其逐一進行討論，其中三類「確是反訓」，茲歸納其說如下：

(一)有的是修辭上的反用

　　例如：冤家，原指仇人，但也可以指自己的情人。又如：可憎，原指可恨，但也可以表示可愛。（引文略）蔣氏云：

> 這種反用在語言中無疑是存在的。作為一種修辭手段，可以反用的詞還很多。如：「你真是一個好人！」「你真聰明啊！」如果是諷刺意味的話，那麼，「好人」就是「壞人」，「聰明」就是「奸詐」。所不同的是：這都是臨時的反用，而「冤家」指「情人」，「可憎」指「可愛」，已經成為一種固定的詞義了。㉗

　　如果把這些詞具有相反的兩個意義叫做「反訓」，倒也無不可。但是應當注意：這些新產生的「反義」，畢竟帶來很濃的修辭色彩。

(二)有的是一個詞有兩種「反向」的意義

　　《廣雅‧釋詁》：「祈、乞、匄，求也。」「假、貸，借也。」「斂、匄、貸、稟、乞，與也。」王念孫疏證：「斂為欲而又為與，乞、匄為求而又為與，貸為借而又為與，稟為受而又為與。義有相反、實相因者，皆此類也。」

　　王念孫所說的「欲」－「與」、「求」－「與」、「借」－「與」、「受」－「與」，就是我們……所說的「反向」。

　　王念孫所舉的「義相反而實相因」的幾個詞中，「斂」的「與」義只見《廣雅》和《廣韻》，在古書中並無例證。「乞」、「匄（丐）」、「貸」「稟」確實都有「反向」的二義。

　　蔣氏舉乞、丐、貸、稟、受、沽、售、假等字為例，茲引其「乞」、「假」二字為例：

乞：①求也。《左傳‧隱公元年》：「宋公使來乞師。」
　　②與也。《漢書‧朱買臣傳》：「妻自經死，買臣乞其夫錢，令葬。」
假：①借入。《孟子‧盡心下》：「久假不歸。」

②借出。《左傳·成公二年》：「唯器與名不可以假人。」

㈢有的是詞義的引申而形成反義

詞義引申的結果，一般是產生一個和原有義位相近、相類或相關的新義位。但在一些特殊情況下，可以產生一個和原有義位相反的義位。

蔣氏舉置、廢、舍、釋、擾、淼（渺）諸字為例。茲引其「置」「廢」二字為例：

置：①棄去。《國語·周語》：「今以小忿棄之，是以小怒置大德
　　　也。」注：「置，廢也。」
　　②設置：《呂氏春秋·孝行》：「父母置之，子弗敢廢。」注：
　　　「置，立也。」
廢：①棄去。《左傳·襄公二十三年》：「天之所廢。」
　　②放置。《莊子·徐无鬼》：「於是乎為之調琴，廢一於堂。」
　　　釋文：「廢，置也。」❷❽

蔣氏以此三類為反訓，未標明反訓之類型。

十一、余大光〈「反訓」研究述評〉❷❾：三類

余氏就歷代學者關於反訓之論說予以討論，並結合大量實例進行考察，將反訓之成因，大體歸納為下列三種情況：

1.客觀事物對立統一的兩個側面，通過人的思維，反映在語言中，就出現正反同詞現象；從邏輯學的角度看，就是同一概念包括著正反兩面。為了記錄這個詞（概念），造字時就將它的正反二義寓於同一形體之中。如臭、受、景、奉、市、賈等，皆此類也。有人稱此類詞為「內含反訓」，筆者贊同。

2.另外一類詞，最初只表示單純的一個意義，隨著使用面的擴大，詞義不斷發展。而這種發展往往受到客觀事物對立統一規律的制約，因而詞義的引申既有順向的，又有逆向的。所謂逆向引申，

即詞義向著本義的對立面轉化，於是出現同一個詞，義兼正反的現象。如徂訓往，又訓存；落訓零落，又訓始，故訓古，又訓今，皆此類也。這類詞，仍是正反同源，但正反二義的產生有先有後，是由詞義引申而形成，故可稱為「引申反訓」。

　　3.還有一些詞，訓詁義兼正反，考其成因，乃由假借或通假所致。如：「義」，常用義是「宜也」，「善也」，都有美好、公正的意思。又訓為奸邪、不正。《尚書‧呂刑》：「鴟義奸宄。」馬融注：「義者，傾邪反側也。」「義」何以訓為「邪」呢？王引之《經義述聞》引家大人曰：「古者，俄與義同聲，故俄又通作義」。俞樾《群經平議》亦曰：「義與俄通；俄，邪也。」《說文》：「俄，行傾也。」《廣雅》：「俄，邪也。」由於「義」與「俄」古音相同（皆疑母歌韻），可以通假，故義得訓為邪。此類因假借或通假而形成的反訓，可稱為「假借反訓」。❸

　　此為余氏反訓成因之三種情況，亦為反訓三大類型。

十二、趙克勤：《古代漢語詞匯學》（只論成因，未標明反訓類型）

　　趙氏論反訓詞形成之原因有三，其云：

> 反訓詞形成的原因一直是學術界感興趣的問題。大家比較一致的看法是：反訓詞形成的主要原因是詞義的引申。陸宗達、王寧在《訓詁方法論》一書中論述了詞義的「反正引申」，認為這是詞義引申的一種重要形式。如「特」原為獨特義，即無偶、無雙義。《詩經‧秦風‧黃鳥》：「唯此奄息，百夫之特。」引申為配偶，即成雙之義。《詩經‧鄘風‧柏舟》：「髧彼兩髦，實維我特。」這表明，相反或相對立的兩個意義，可以在同一個詞形上互相引申出來。這就從詞義引申規律方面為反訓詞的產生找到了根據。

其次，詞義的分化也是反訓詞形成的一個原因。例如，「臭」是氣味的總稱。《詩經・大雅・文王》：「無聲無臭。」分化為香氣和臭氣二義：《史記・禮書》「載側臭苾」（《索隱》引劉氏云：「臭，香也」），這是香氣；曹植《與楊祖德書》「蘭茝蓀蕙之芳眾人之所好，而海外有逐臭之夫」，這是臭氣。「祥」本為徵兆的總稱。《呂氏春秋・應同》：「凡帝王者之將興也，天必先見祥乎下民。」注：「祥，徵應也。」分化為凶兆和吉兆二義：《左傳・昭公十八年》鄭之未災也，里析告子產曰：「將有大祥，民震動，國幾亡，吾身泯焉，弗食及也。」（杜預注：「祥，變異之氣」），這是凶兆；《周禮・春官・眡祲》「以觀妖祥，辨吉凶」（賈公彥疏「祥是善之徵，妖是惡之徵」），這是吉兆。

第三，有些詞本身就隱含著方向性。這種方向性單從字面上是看不出來的，必須通過具體的語言環境表現出來。也就是說，古漢語中有些詞天然就存在著反訓。例：「借」有借入、借出二義：《左傳・定公九年》「盡借邑人之車」，這是借入；《韓非子・內儲說下》「權勢不可以借人」，這是借出。「售」有買進、賣出二義：柳宗元《鈷鉧潭西小丘記》「丘之小不能一畝，可以籠而有之。問其主，曰：「唐氏之棄地，貨而不售。」問其價，曰：「止四百。」余憐而售之」，前一「售」為賣出，後一「售」為買進。㉛

歸納趙氏論反訓成因有三：

一、詞義的引申。

二、詞義的分化。

三、有些詞本身所隱含著方向性。（古漢語中有些詞天然存在著反訓）。

十三、孫永選《訓詁學綱要》（只論反訓成因，未標明類型）

　　孫氏論「反義詞相訓」，稱「這種義訓是用一個與被釋詞意義相反的詞來解釋被釋詞，古人也稱之爲『反訓』」❸，舉「亂，治也」「故，今也」爲例，孫氏云：

　　爲什麼會出現這種現象，原因十分複雜。有些詞是原本詞義較寬泛，內部包含著正、反兩義，如「臭」字，現代指難聞的氣味，但在早期語言中卻泛指一切氣味，當然也就包括氣味中兩大對立的香、臭二味了。《易經・繫辭上》：「其臭如蘭。」這裡的「臭」本是氣味的意思，即它的氣味像蘭花，但蘭花的氣味是清香，解釋爲其清香之氣如蘭也未嘗不可，後人看上去似乎是「臭」有「香」的意思了，於是視之爲反訓。有的詞是因爲用的使動用法，才產生了與原義相對的含義，如「售」字，其本義是賣出去，《廣韻》：「售，賣物出手。」如你想使別的貨物賣出去，你就得買下來，「售」就會產生「買」義。如柳宗元《鈷鉧潭小丘記》：『問其主，曰：「唐氏之棄地，貨而不售。」問其價，曰：「止四百。」余憐而售之。』這段話中的第一個「售」是賣出去的意思，「貨而不售」即賣卻沒有賣出去。第二個「售」字用爲使動，「余憐而售之」即我喜歡它而使它賣了出去，當然也就是自己喜歡並買了這個小山丘，如不考慮使動含義，這個「售」好像已有了「買」的意思，如釋爲「售，買也」，也就成了反訓。還有一些詞是因爲修辭上的原因，在特定的語言環境中一時具備了與原義相反的含義。修辭中的反語和委婉是形成這種現象的主要修辭格。如《左傳・僖公三十年》：「若從君惠而免之，三年將拜君賜。」這是秦晉兩國交戰，被晉軍俘虜的秦將孟明說的話，

實際上是反語。字面意思是如能免去一死，三年之後將來拜
謝不斬的恩惠，實際上是說三年之後一定回來報被俘之仇。
「賜」本是恩惠，但在這裡卻是仇恨的意思，如釋為「賜，
仇也」，也就成了反訓。另外還可能有其他一些語言環境或語
言現象，能促使詞語產生與原義相反的含義。❸

歸納孫氏之說，是反訓之成因有：
　一、有些詞是原本詞義較寬泛，內部包含正反兩義。
　二、有的詞是因為用的使動用法，才產生了與原義相對的含義。
　三、修辭上的原因。
　四、其他一些語言環境或語言現象，能促使詞語產生與原義相
　　　反的含義。

十四、陳師伯元《訓詁學（上）》：四類

　　陳師根據前人說法，歸納為四類，即：
㈠義本相因，引申之始相反者。
　《廣雅・釋詁》：「鬱、悠、慎、靖、暗、憛、憮、恁、侖、思也。」
　陳師引王念孫《廣雅疏證》以見「鬱」「鬱」有憂、喜二義。
㈡由於假借，以致義訓相反。
　《爾雅・釋詁》：「如、適、之、嫁、徂、逝、往也。」
　陳師引郝懿行《爾雅義疏》以明「徂」為「且」之假借。徂往之
　「徂」，本應作「退」，徂存之「徂」，又應作「且」。
㈢由於義之相對相反，多從聲以變。
　陳師引章太炎先生〈轉注假借說〉，文末設有問答，以為義相對相
　反者，亦多從一聲而變，故有義訓相反之例。
㈣語言變遷，因而正反相異。
　陳師引劉師培《小學發微補》所論「同字而義相反」「正名詞同
　於反名詞」論證。前者如：「廢訓為置」「亂訓為治」「故訓為今」

「苦訓爲甘」「臭訓爲香」「徂訓爲存」。後者如：「不如爲如」「以見伐爲伐」「以不敢爲敢」。**❸**

陳師所分四類爲林師景伊極爲相似，不同者，林師第二類稱「假借關係」；第三類稱「音轉關係」；第四類稱「語變關係」。

十五、姚師榮松〈反訓界說及其類型之商榷－兼談傳統訓詁術語所隱含的多層次意義〉**❸**：四類

姚師以爲各家界定反訓與不同標準，具有層次性，遂以三層次予以分類，第一層次爲「依反訓稱述法作爲分類依據」，第二層次爲「按相反兩義之間的關係爲分類的標準」，由第一層次推知「反訓應以一個常用義爲前提」；由第二層次，姚師稱「反訓之條件應具有可以類型化的反義關係而又屬同一詞。」**❸**第三層次「以反訓產生的原因或來源作依據」，姚師以爲董璠氏所分十類、徐世榮氏所分十三類皆過於蕪雜，重新分爲四類，其所分四類，亦即反訓產生之原因與類型，茲迻錄如下：

1.引申反訓：凡正反兩義可以引申說之者。包括同字異讀反訓、彰用反訓（以上董氏）、引申反訓、適應反訓（以上徐氏）等。

2.正反同詞：凡詞義本身包含相對待之人、事、物，在用字時隨語境而呈現正反兩義者。即徐氏之「內含反訓」。也有人用「施受同辭」來概括。

3.假借反訓：有些反訓雖是共字不共詞，然可以在共時平面上交錯出現，此類反訓是漢字和漢語的矛盾統一，仍爲傳統反訓的一部分，如郭璞的「以苦爲快」「以故爲今」都是此類，不宜排除在傳統反訓之外。

4.同源反訓：兩個同源詞具有語義相反而相通的關係，從後代看其形、音、義，已分化爲不同詞，如買賣、糴糶、授受、面偭、

反返、之止、罹離等，在未分化之前，求其原始詞根只有一個。這類相當於徐氏的破讀反訓，董氏的從聲、表德、彰用三類反訓中的一部分例證。由同源反義分化出來的同源詞，從原因上可以併入第四類。❸

十六、張聯榮《漢語詞匯的流變》:（未明確提出成因，提出反訓五種情況）

　　張氏以爲反訓「實際上是一種詞匯（主要是詞義）現象，它是指同一個詞同時具有相反或相對的兩個意義」❸，主張字與詞須劃清、區別。

　　張氏將常遇到之反訓歸納成下列五種情況，茲列舉其條目、並擇古代漢語二例以明之:

㈠去取關係　如:

　　貸　或指借出或租出；或指借入或租入。

　　貸　借也。或爲出；或爲入。

㈡相與關係　如:

　　仇　指仇敵；亦爲佳偶。

　　貳　引申爲背離；引申爲幫助。

㈢反向關係　如:

　　被　從上而言，是加被的意思；從下而言是蒙受的意思。

　　冒　從上而言，是覆蓋的意思；從下而言是頂著、迎受的意思。

㈣數量關係　如:

　　差　作副詞可表示稍微；比略地；又表示過甚、頗甚。

　　頗　作副詞可表示稍微；或表示過甚。

㈤存廢關係　如:

　　放　有安放存置義；如擱置不用，便是放棄。

　　措　有存置義；又有棄置義。

　　張氏未明確提出反訓成因，其所云蓋指一詞兼正反、相對二義，當係「美惡同辭」**❸**，而「去取」、「相與」、「反向」、「數量」、「存廢」為「美惡同辭」下之五種情況。

十七、王松木〈經籍訓解上的悖論－論「反訓」的類型與成因〉**❹**：十類

　　王氏於「摘要」云：「本文探求『反訓』形成的過程，並改採符號學觀點，分別從句法、語義、語用三方面來論述『反訓』之類型與成因，冀能由此對『反訓』性質有更深廣的認識。」**❹**文分為四部分，一、緒論；二、關於「反訓」的幾個問題；三、「反訓」的類型與成因；四、結論。王君在第三部分，討論形成反訓類型之名稱與原因，並非依次列舉反訓之類型與成因，反於第二部分將徐世榮所歸納之十三種反訓類型增改、刪併成十種。王氏云：

> 前人討論「反訓」現象並非採取單一的視角，因此很難以單一標準來區分反訓的類型。有鑑於此，筆者除了考量正反兩義間的語義關係外，也顧及到「反訓」的可能成因，將徐氏所歸納的 13 種類型增改、刪併成下列 10 種。**❷**

王君的十種反訓類型有：
　　1.施受反訓：詞語兼有動作與使動二義
　　2.轉化反訓；因詞性轉換而兼有正反二義
　　3.內含反訓：一詞本身含有正反二義
　　4.引申反訓：正義由反義引申而來
　　5.相因反訓：正反兩義具有相因的關係
　　6.隱諱反訓：不願直說，用相反的字稱之
　　7.假借反訓：同意假借而形成反訓
　　8.混同反訓：形近義反的兩字混同成一字

9.異俗反訓：「古今談異」造成詞義相反

10.殊方反訓：「四方言殊」造成詞義相反

　　王君於文中以句法、語義、語用三層次探討反訓之類型與成因，蓋以推論方式進行，先述成因，再提出所屬之反訓，故未明顯見及反訓類型，然亦非無條理可言。今爲明晰計，予以揭示列舉：

(一)語法層面❹：

　　1.使動化：有「施受同詞」，即「施受反訓」－實質上是「自動」、「使動」兩種不同的語法意義在同一字形上共存共現。如：

　　貸－施予（自動）。又：求取＝使…施予（使動）。

　　享－進獻（自動）。又：領受＝使…進獻（使動）。

　　敗－自毀自潰（自動）。又：毀人破人＝使…自毀自潰（使動）。

　　2.名物化　有「轉化反訓」－某些語詞既能表徵某種行爲動作，又能轉化爲指稱該動作所涉及的對象。如：

　　釁－塡隙（動詞）。又：裂隙（名詞）。

　　亂－治理（動詞）。又：亂絲（名詞）。

　　糞－掃除穢物（動詞）。又：糞便（名詞）。

(二)語義層面：

　　1.語義的模糊性　有「美惡同詞」，即「內含反訓」－「反訓」類型中，有一類詞語通常泛指事物的總體，因爲本身含攝的概念範疇廣，自然了隱含著正反兩面的下義位，但隱含意義爲「臨時義」無法單獨表達明確的意義，必須置於具體的語境中方能突顯出所指的內涵。古代經籍傳疏以通語句爲首要目的，並未刻意區分「詞典義」與「臨時義」，因而產生好惡、褒貶同在一詞的矛盾現象，此即所謂的「美惡同詞」。如：

　　臭－穢氣。又：香氣。

　　祥－福善。又：妖異。

　　仇－匹偶。又：怨家。

2.語義特徵的突顯　有「因果反訓」即「相因反訓」。另王君未提出之「引申反訓」當置於此。

因果反訓－經籍注解中，某些詞語從不同的角度向外引申形成了「反義同詞」，雖然語義相反對立但卻具有某種因果關係，即如王念孫（1744-1832）在《廣雅疏證》中所謂的「相反而實相因」，姑且將此種類型稱之爲「因果反訓」。如：

置－廢棄。又：設立。

除：芟去。又：登用。

落：終。又：始。

一般學者多以語義「向對立面轉化」解釋此類反訓之成因，王君則以爲「實爲不同語義特徵的突顯所致」。**❹❹**

㈢語用層面：

1.主觀參照的不同，王氏未提出反訓類型。

舉例有：

曩－久。又：不久。

頗－少、略。又：盡、甚。

2.禮貌原則與合作原則的推導

A.禮貌原則　有「隱諱反訓」－心直口快令人不敢恭維，滿口穢言更是惹人生厭。爲了確保良好的交際效果，言談行爲不能只是內在意念的直接反射，必得要受到許多外在條件的制約，而英國利奇（G. leech）所提出的「禮貌原則」便是言談交際時所必需遵守的基本原則。…徐世榮將因忌諱而以反義字稱呼的反訓類型稱爲「隱諱反訓」。此種類型的反訓現象，大部分是在「禮貌原則」制約下所形成的。如：

廁－溷。又：清。

B.合作原則　王氏未提出反訓類型。

舉例有：

無賴－品性不端。又：天真活潑。

冤家－仇人。又：情人。

㈣語言外部的因素：

1.書面形式的相混　有「假借反訓」與「混同反訓」。中國傳統語言學具有「重視文字」的特點，但透過漢字研究詞語，則難免會有字詞相混的現象。或因語音相同、相近而借用相同的字形，或因字形相近而相互混淆，因此分別滋生「假借反訓」和「混同反訓」的現象。

A.假借反訓

a.本義與假借義具有相反關係，如：

乖－背戾。又：和順。

愉－勞、病。又：和、悅。

b.相同的字形具有兩個語義相反的假借義，如：

絲－憂。又：喜。

B.混同反訓

原本兩個語義相反的詞語，因其形體近似而相互混用，時日既久，積非成是，後人早已不解詞語本貌，誤以爲一字兼有正反兩義，即成「混同反訓」。如：

苟－輕率貌。又誠敬貌。

2.時空背景的淆亂　有「殊方反訓」。另王氏未提出的「異俗反訓」當置於此。

某些「反訓」是由於混淆不同歷史層次所形成的，除「臭」字外，如：

墓－葬而成丘者。又：葬而無墳者。

殊方反訓　某些方言詞的語義與雅言恰好相反，然而卻使用相同的形式載體，形成「殊方反訓」的現象。如：

互－差、別。又：交、和。

　　王氏推論中，未明確提出類型者有「引申反訓」「異俗反訓」二種，惟其列表中爲十種反訓類型中之二種，今仍以十類類型視之。王氏從現代語言學角度立論，證明反訓之存在。

十八、宋永培《當代中國訓詁學》剖析《段注》引申六條規律，其中「正反轉移引申」與反訓有關。

　　宋氏以爲段玉裁《說文解字注》總結漢語詞義引申規律，其中「正反轉移引申」乃說明反訓之成因，宋氏云：

> 段氏分析了每一種引申的大量實例，通過作出斷語、採用統一表達格式和分析大量實例來概括與說明每種引申的普遍性，揭示與體現每種引申的內在聯繫。從而初步總結出漢語詞義引申的六條規律。❹

所謂「正反轉移引申」，宋氏謂：「指詞義在演變中出現了本義與引申正相反對的情形」，❹ 段玉裁先針對「正反轉移引申」予以理論說明，再用特定表達格式將實例貫串起來，宋氏列爲二點：

1.作出斷語，闡說理論依據，揭示正反轉移引申的普通性與內在關係。茲爲便於說明，引其中二例：

　①《說文・四下》：副，判也。《段注》：副之，則一物成二，因仍謂之副。因之，凡分而合者，皆謂之副。訓詁中如此者致多。

　②《說文・九上》：面，顏前也。《段注》：引申之爲相同之稱，又引申之爲相背之稱。《易》：窮則變，變則通也。

　　所謂「斷語」，指「訓詁中如此者致多」；「窮則變，變則通」，爲段氏理論依據，正反引申之內在聯繫。

2.以「治亂、徂存、苦快」作爲表達格式❹

　　可知，宋氏以爲「正反轉移引申」造成亂可訓治、徂可訓存，

可視爲反訓成因之一。

十九、蘇寶榮《詞義研究與辭書釋義》將詞義理據性之轉移，分為五類，其中「施受的轉移」、「正反的轉移」二類與反訓有關。

　　蘇氏總結《段注》說明大量詞義演變現象，重新探討漢語詞義演變之原因與主要形式。其中有「詞的主要意義和次要意義矛盾運動的結果－詞義重心的轉移」形式，下再分「詞義理據性的轉移」與「詞義特徵性的轉移」二種。前者中「施受的轉移」與「正反的轉移」❹與反訓有關。

　　施受的轉移：古漢語中「施受同辭」的現象很多，至後代才分化爲兩詞，如「食」與「飼」、「受」與「授」「至」與「致」。這種「施受同辭」的現象，也體現了詞義重心的轉移。如：

　　伐　《說文》：「擊也。从人持戈。一曰敗也。」

　　段注：「《公羊傳曰：春秋伐者爲客，伐者主。何云：伐人者爲客，讀伐長言之；見伐者爲主，讀伐短言之，皆齊人語也。》（八篇上）。「伐」既有「伐人」之稱，又有「見伐」之義，施受同辭。

　　正反的轉移：古漢語中詞義「相反爲訓」的現象非常突出。這種詞義「相反爲訓」的現象，多數也是由於詞義引申而造成的，也是詞重心轉移的一種形式。如：

　　置　《說文》：「赦也。」

　　《段注》：「置之本義爲貰遣（即廢置－引者注）轉之爲建立，所謂變則通也。」（七篇下）

　　蘇氏未明言「施受同辭」即反訓，惟吾人可知古漢語有此現象，即可爲反訓中「施受同辭」之佐證。又蘇氏指出古漢語「相反爲訓」，多數由詞義引申所造成。

廿、徐興海《廣雅疏證》研究：(徐氏歸納《廣雅疏證》所論反訓詞形成原因有四種情況，未標明類型。)

徐氏於「與詞義轉移相關的訓詁方法」一章中論及反訓。其對象雖是《廣雅疏證》一書，惟與古漢語反訓現象有關，仍具參考價值。

徐氏對《疏證》所論證之反訓詞形成原因加以歸類，有以下幾種情況，茲引錄如下，並就其舉例，擇一例附之：

1.通假而成。

> 《詩經·王風·中谷有蓷》：「中谷有蓷，暵其乾矣；中谷有蓷，暵其脩矣；中谷有蓷，暵其濕矣。」

《疏證》引證時說：

> 案「濕」當讀為「曝」，曝亦乾也。曝與濕聲近故通。暵其乾矣，暵其脩矣，暵其濕矣，三章同義。草乾謂之脩，亦謂之濕，猶肉乾謂之脩，亦謂之曝。

「濕」是「曝」的通假字，因而得有其反訓義「乾」的意義。

這種由通假而具有的反訓義是特定環境下臨時具有的意義，和其本義並無關係。

2.一個詞所表示的是同一方面上的兩個意義，因為斷限不同，比如時間的斷限不同，便產生相反的兩個意義。

例如：在引證《廣雅》「曩，久也」之後，《疏證》云：

> 《爾雅》文也。久猶舊也。《楚辭·九章》云：「猶有曩之態也。」

在引證《廣雅》「曩，鄉也」之後，《疏證》云：

亦《爾雅》文也。竝著於此，所以別異義也。襄二十四年《左傳》云：「曩者志入而已。」《說文》「曏，不久也。」曏與鄉同。

「曩」既有不久的意思，又有久的意思，二詞義相反。其實久和不久都指已經過去的時間，是以說話人的「現在」爲立足點，因衡量的尺度，斷限不同，久和不久的含義就隨之發生變化。

　　3.一意義爲另一意義的先決條件，當這兩個相反的意義以一個詞來表達時，即形成反訓詞。

　　例如卷一上「振，棄也」條《疏證》：

振者，昭十八年《左傳》：「振除火災。」杜預注云：「振，弃也。」弃與棄同。

又卷五上「收，振也」條《疏證》：

《中庸》：「振河海而不泄。」鄭注云：「振猶收也。」《孟子·萬章篇》云：「金聲而玉振之也。」《周官·職幣》：「掌式法以斂官府都鄙與凡用邦財者之幣，振掌事者之餘財。」斂、振皆收也，故鄭注云：「振猶抍也，檢也。」《廣雅》卷三云：「抍，收也。」《孟子·梁惠王篇》注云：「檢，斂也」。

收斂是丟棄的物質條件，是先決條件，後者不能離開前者而存在，二義有承繼關係。

　　4.由基本義向相反方面引申而生成的反訓。

　　「亂」字一身而兼相反之二義，既是亂，又是治，便是一個典型的例子。「亂」字又是先秦文獻中的常用字。

　　查《辭源》：「亂」：①沒有條理；②動盪不定；③起事、造反；④擾亂；⑤混雜；⑥淫穢行爲；⑦治，理；⑧橫渡；⑨古代樂曲的最後一章。」共立九個義項，其實均由反訓義「亂」與「治」引申而成，①和②爲「治」，其餘爲「亂」。

卷上「亂，理也」條《疏證》：

> 亂者，《說文》：「𤔔，治也。一曰理也。」《爾雅》：「亂，治
> 也。」《臯陶謨》云：「亂而敬。」亂與𤔔同。樂之終有「亂」，
> 詩之終有「亂」，皆理之義也。古《樂記》云：「復亂以飭歸。」
> 王逸《離騷注》云：「亂，理也，所以發理辭指，總撮其要也。」

是條《疏證》謂《廣雅》此條來自《說文》「𤔔」之注解。又引《尚
書》、《樂記》、《離騷注》以證明之。

段玉裁《說文解字注》之「亂」字注：

> 亂本訓不治，不治則欲其治，故其字从「乙」。乙以治之，謂
> 詘者達之也。轉注之法，乃訓亂為治，如武王曰「予有亂十
> 人」是也。

段注十分精彩地說明了「亂」與「治」之間的邏輯內涵，亂與治是
一對矛盾對立體，因其亂而生出求治的內在動力，遂又可訓為「治」
之義。❹

廿一、毛遠明《訓詁學新編》：二類。

毛氏指出「不是反訓詞而誤認為反訓詞的大致有三種情況」：

其一，沒有分清字和詞。

其二，沒有分清楚上下義位。

其三，沒有認識到文字假借。❺

以為真正之反訓主要有二類，茲舉其所分二類，並各擇二例附
之：

其一，一個詞有反向二義，相反而相因。

如：

乞，①乞求。《左傳·隱公元年》：「宋公使來乞師。」又《左傳·

僖五公年》：「病而乞盟，所喪多矣。」②給與。《漢書‧朱買臣傳》：「妻自經死，買臣乞其夫錢，令葬。」乞求與給與，是就施受雙方而言的，二義包容於一個詞中。

貸，①借入。《左傳‧文公十四年》：「公商人驟施於國，而多聚士，盡其家，貸於公有司以繼之。」②借出。《左傳‧文公十六年》：「宋饑，竭其粟而貸之。」貸這個動作，本來就兼涉正、反兩個方面，故借入與借出相反，而又有聯繫。

其二，詞義的反向引申。

如：

置，①廢棄。《國語‧周語中》：「今以小忿棄之，是以小怨置大德也。」韋昭注：「置，廢也。」②設置、安置。《廣雅‧釋詁四》：「置，立也。」《玉篇》：「置，安置。」廢棄與設置二義相反，放置是中間環節。放置在那裏，可引申爲設置、安置；放置在那裏不用，則爲廢棄。《史記‧項羽本紀》：「項王則受璧，置之座上；亞父受玉斗，置之地，拔劍撞而破之。」兩「置」字都有放置義，但前爲安放，後爲棄置，正可見「置」這個詞反向分化的基點。

舍，①舍之本義是館舍，引申爲住處，又引申爲止息，再引申爲安置、放置。《左傳‧桓公二年》：「凡公行，告於宗廟；反行，飲至，舍爵，策勳焉。」釋文：「舍，置也。」②放棄、廢棄。《易‧賁》：「舍車而徒。」《左傳‧昭公五年》：「舍中軍，卑公室也。」杜預注：「罷中軍。」放置與捨棄義也相通，放置不用則捨棄。捨棄義後來另造區別字「捨」，但是上古祇用「舍」。❺¹

此二類爲毛氏所謂眞正之反訓，觀其所論，蓋即反訓之成因與例證。毛氏未舉類型名稱，吾人若欲舉之，則第一類可稱爲「正反同詞」；第二類可稱爲「引申反訓」。

【注釋】

❶見《燕京學報》第二十二期。

❷見《燕京學報》第二十二期，頁一二〇～頁一二一。

❸見《燕京學報》第二十二期，頁一二七。

❹見《燕京學報》第二十二期，頁一二七～頁一六七。

❺見《舊學輯存‧中》。

❻語見《舊學輯存‧中》，頁一〇九四。

❼仝注❻。

❽以上所引，見《訓詁學概要》，頁一七〇～頁一七六。

❾見《古漢語反訓集釋》〈反訓探源（代序）〉，頁二一。

❿只引其條文，結合古籍文句部分，因十分冗長，予以省略。

⓫見《古漢語反訓集釋》〈反訓探源（代序）〉，頁三～頁二〇。

⓬見《古漢語反訓集釋》目次。

⓭見《南開學報》，1981 年 2 期，頁四一。

⓮仝注⓭，見頁四一。

⓯仝注⓭，見頁四一～頁四五。

⓰以上引文見《南開學報》，1981 年 2 其，頁四五。

⓱仝注⓭，見頁四六。

⓲仝注⓱。

⓳見《訓詁與訓詁學》，頁一一六。

⓴見《訓詁與訓詁學》，頁一一六～頁一一七。

㉑見《詞匯》，頁五八。

㉒見《語言文字學》，1987 年 2 期。

㉓見《語言文字學》，1987 年 2 期，頁四八。

㉔仝注㉒，見頁五〇。

㉕見《語言文字學》，1987 年 3 期。

㉖仝見㉕，見頁五一～頁五二。

㉗見《古漢語詞匯綱要》，頁一四九。

㉘見《古漢語詞匯綱要》，頁一四九～頁一五三。

㉙見《黔南民族師專學報》，哲社版，1994 年 1 期。

㉚仝注㉙，見頁四二～四三。

㉛見《古代漢語詞匯學》，頁一七一～頁一七二。

㉜見《訓詁學綱要》，頁四六。

㉝見《訓詁學綱要》，頁四七。

㉞見《訓詁學》上，頁一七三～頁一七八。

㉟見《國文學報》第二十六期。

㊱仝注㉟，見頁二六二。

㊲仝注㉟，見頁二六二～頁二六三。

㊳見《漢語詞匯的流變》，頁九七。

㊴以上五種情況，見《漢語詞匯的流變》，頁九七～頁一〇〇。此稱
　「美惡同辭」係據該書頁九六，作者曾提及此詞。

㊵見《漢學研究》第 16 卷第 1 期。

㊶見該文「摘要」，見《漢學研究》第 16 卷第 1 期，頁二〇三。

㊷仝注㊵，見頁二〇九。

㊸按王氏於「摘要」云：「分別從句法、語義、語用三方面來論述……」
　（見頁二〇三），此處王氏作「語法層面」。

㊹見《漢學研究》第 16 卷第 1 期，頁二二四。

㊺見《當代中國訓詁學》，頁二〇八。

㊻見《當代中國訓詁學》，頁二〇二。

㊼仝注㊻。

㊽蘇氏所分五種為「因果的轉移」「動靜的轉移」「指物與指人的
　轉移」「施受的轉移」「正反的轉移」，見《詞義研究與辭書釋義》，
　頁六五～頁六六。

㊾見《廣雅疏證》研究，頁一〇六～頁一〇八。

❺⓪見《訓詁學新編》，頁二〇六。
❺①見《訓詁學新編》，頁二〇七～頁二〇八。

第二節　反訓之成因與類型討論

　　本節探討反訓之成因與類型，以爲需從下列數事著手：
㈠區別郭璞訓義反覆旁通之觀念與後世所謂反訓之不同。
㈡由董瑶氏所分十類，徐世榮氏所分十三類，予以檢視、釐清，亦即由傳統訓詁學觀點切入。
㈢再由王松木氏所分十類予以檢視、釐清，亦即由現代語言學角度切入。
㈣區別字與詞之不同。
㈤就其他諸家所列舉反訓原因或類型予以檢視。
㈥參酌不贊成反訓者之看法。

　　經過上述各項目討論後，歸納出反訓之成因與類型。茲依序討論如下：
㈠區別郭璞訓義反覆旁通之觀念與後世所謂反訓之不同：
　　探討反訓之成因與類型，須溯及源頭，郭璞在注《爾雅》《方言》時之用語有「訓義之反覆用之」「義相反而兼通」「詁訓義有反覆旁通」等，經前文討論與後世反訓觀念不同，因之，吾人可將郭氏之說法訂作「郭氏反覆旁通之反訓」，如此，可與後世之反訓有所區別。
　　據本書第二章所討論，筆者對郭氏六例之看法爲：

	例證	筆者看法
㈠	苦而爲快	非反訓
㈡	以臭爲香	1.「美惡同辭」（臭由氣之總名，後爲香氣、惡臭）

		2.以上位義、下位義論之，非反訓。
(三)	以亂為治	詞義反向引申所形成之反訓。
(四)	以徂為存	非反訓
(五)	以曩為曏	非反訓
(六)	以故為今	非反訓

(二)由董璠氏所分十類，徐世榮氏所分十三類予以檢視、釐清：

後世所謂反訓，以徐世榮氏所分十三類為最多，而其所分，與其師董璠所分有密切之關係，如前文所述。

徐氏將反訓分為十三種類型，並稱此十三類即反訓之成因。為反訓分類最完備者，茲就其說，析論如下。又因徐氏分類乃就其師董璠所分十類增減而成，故二氏一併論之。

董氏所分十類為：(一)同字同聲反訓。(二)同字異讀反訓。(三)從聲反訓。(四)變形反訓。(五)表德反訓。(六)彰用反訓。(七)省語反訓。(八)增字反訓。(九)譴譺反訓。(十)疊詞反訓。

此十類中，徐世榮氏以為(三)(四)「都已是另一字，不必認為一個字的反訓關係」，(八)(十)「也非一字本身的反訓」❶，因此，予以刪除。另加七類而成為十三類，茲列表比較二人所分：

徐世榮	董璠	備註
(一)內含反訓	(一)同字同聲反訓	徐氏以為其師所分(三)從聲反訓(四)變形反訓(八)增字反訓(十)疊詞反訓等四類，皆非反訓。
(二)破讀反訓	(二)同字異讀反訓	
(三)互換反訓		
(四)引申反訓		
(五)適應反訓		
(六)省語反訓	(七)省語反訓	

(七)隱諱反訓	(九)譎諱反訓	
(八)混同反訓		
(九)否定反訓		
(十)殊方反訓		
(古)異俗反訓		
(古)假借反訓		
(古)訛誤反訓		
	(五)表德反訓	
	(六)彰用反訓	

　　筆者案：董氏之「(五)表德反訓」與「(六)彰用反訓」，其實可歸入徐氏內含反訓或引申反訓中。今再就徐氏十三類檢視：「(古)訛誤反訓」，既是引書錯誤所造成，應就其錯誤者予以訂正，不應視爲反訓。「(一)內含反訓」，謂一字兼含正反兩義。「(二)破讀反訓」，如：「見」有ㄐㄧㄢˋ、ㄒㄧㄢˋ二音，前者爲觀看之意，後者爲顯示之意，非意義之相反或相對，非反訓。「(三)互換反訓」，徐氏既云「本爲兩字，字義一正一反」，則爲兩字形間之問題，非反訓。「(五)適應反訓」亦可視爲引申反訓或內含反訓。「(六)省語反訓」與「(七)隱諱反訓」，與修辭有關，且亦非一字之反義，非反訓。「(八)混同反訓」，如「苟」有「輕率貌」之義，卻因與「茍」形近而混，遂又有「誠敬貌」之義，蓋亦訛誤所造成，與訛誤反訓同。「(九)否定反訓」，徐氏舉「堊」字爲例，謂「塗飾也；又不塗飾也」，引陳澔《集說》：「堊室，㮚墼爲之，不塗墍也。」「不塗墍」意爲「不塗屋頂」，而非「不塗飾」，❷是亦非反訓。「(十)殊方反訓」與「(古)異俗反訓」，一因地域一因時間而造成語言之變化，非共時意義，亦排除於反訓之外。經分析結果，十三類反訓中，只餘「(一)內含反訓」、「(四)引申反訓」與「(古)假

借反訓」三種而已。

(三)由王松木氏所分十類予以檢視、釐清：

在諸家分類中，王松木氏所分，蓋據現代語言學理論，從句法、語義、語用三方面論述，堪稱手法新穎、獨到，值得參考。王氏所分十類有「施受反訓」「轉化反訓」「內含反訓」「引申反訓」「相因反訓」「隱諱反訓」「假借反訓」「混同反訓」「異俗反訓」「殊方反訓」。若以王氏語法、語義、語用三角度觀之，可得下表：

層面	類別	王氏理由
語法層面	施受反訓	使動化
	轉化反訓	名物化
語義層面	內含反訓	語言的模糊化
	相因反訓	語義特徵的突顯（其中「引申反訓」
	引申反訓	名稱，王氏未列出，當置於此）
語用層面	隱諱反訓	禮貌原則
	假借反訓	語言外部的因素－書面形式的相
	混同反訓	混。
	異俗反訓	語言外部的因素－時空背景的淆
	殊方反訓	亂。（其中「異俗反訓」名稱，王氏未列出，當置於此）

王氏由語法、語義、語用三層面探討反訓問題，至為可取。惟前文對於徐世榮氏所分十三類作討論時，已將語用層面中之「隱諱反訓」、「混同反訓」、「異俗反訓」、「殊方反訓」予以排除。同音通假所造成之「假借反訓」，如「苦而為快」例，前文已據齊佩瑢、胡楚生等人之說予以排除，是以語用層面中各類反訓，筆者以為皆非反訓。

語法層面中之「轉化反訓」，蓋因詞性轉換而兼有正反二義，可據齊佩瑢「不明詞類活用而誤以為反訓者」，胡楚生、王忠林二教授「詞性的變異」造成反訓之說，予以排除。「相因反訓」乃說明正反

兩義具有相因之關係，自有其語義特徵之突顯，惟仍屬一詞兼正反二義，今併入「內含反訓」中。經分析結果，王氏所分十類中，只餘「施受反訓」「內含反訓」與「引申反訓」三種而已。

㈣討論反訓，需區別字與詞之不同：

中國文字爲記錄語言表達意思之圖形符號，有單音節之特性，許慎《說文解字》收錄九三五三個小篆，據形以說解字義。

傳統古漢語之研究，以字爲單位，較少區別「字」與「詞」之不同，即使有稱「詞」或「辭」者，亦與語言學之「詞」含義不同。如《詩經・周南・苤苢》：「薄言采之。」毛傳：「薄，辭也。」《說文・八部》：「曾，詞之舒也。」王引之《經傳釋詞》，乃解說經傳虛詞之書，由此可見，古人似亦有區別「字」與「詞」，然與今之語言學言「詞」者不同。

以現代語言學觀點言，字爲書寫符號，乃組成詞之要素；詞則爲語法單位，是造句時能獨立運用之最小單位。蔣紹愚氏在《古漢語詞匯綱要》一書中強調區別「字」與「詞」之重要，其云：

> 研究古漢語詞匯要以詞爲單位，而不能以字爲單位。這些似乎都是常識，用不著再說。但是，因爲古漢語研究的對象是書面資料，出現在面前的是一個個的方塊漢字，所以在傳統的古漢語研究中一直是以「字」爲單位，「字」的觀念在人們頭腦裏根深蒂固。正如王力先生在《中國語言學史》中所說：「文字本來只是語言的代用品。文字如果脫離了有聲語言的關係，那就失去了文字的性質。但是古代的文字學家們並不懂得這個道理，彷彿文字是直接代表概念的：同一個概念必須有固定的書寫法。意符似乎是很重要的東西；一個字如果不具備某種意符，彷彿就不能代表概念。這種重形不重音的觀點，控制著一千七百年的中國文字學（從許慎時代到段玉裁、王念孫時代。）」直到今天，在古漢語的研究中，還常不

自覺地把字和詞混同起來，或者把漢字直接和概念聯繫起來
的。所以，這個問題還很有強調的必要。❸

前文曾論及，蔣氏曾以字詞分別之觀念排除若干反訓，蔣氏云：「有
的實際上並非一個詞具有兩種意義，把它們看作『反訓』，是沒有區
分字和詞而產生的一種錯覺。」❹又云：「有的是一字兼相反兩義，
而不是一詞兼相反兩義。」❺因之，蔣氏將「以故爲今」、「以苦爲
快」與「廢」兼相反二義之例予以排除，以爲皆非反訓。

　　毛遠明《訓詁學新編》亦持此一觀念，毛氏曾提出「不是反訓
詞而誤認爲反訓的情形」，其中有「沒有分清字和詞。本來是一個字
記錄兩個不同的詞，即同形詞，誤認爲是一個詞兼有相反二義」❻，
舉例與蔣氏同。

㈤就其他諸家所列舉反訓之原因或類型予以檢視：

　　張舜徽〈字義反訓集證〉分爲二類，有造字時之反訓與用字時
之反訓。前者以音轉爲據，本篇不取焉。後者則綜合群書舊詁，拈
出一字兼含正反二義之實例，概括爲四十類例，張氏以經典傳注與
訓詁專書之條文相對照，即認定爲反訓，姚榮松教授評云：「這種粗
糙的論證方式，正好暴露了舊日學者對訓詁證據的運用的漫無限
制，許多人以爲只要在《說文》、《爾雅》、《方言》、《釋名》、《廣韻》、
《小爾雅》等訓詁書中找到合適的字義套列經典文義的脈絡中，即
萬無一失，而完全忽略漢字一詞多義的義項，往往是從不同語境脈
絡中抽離出來，這些義項一離開文本，即失去作爲詞義的功能……
因此，張氏的《集證》絕大半是不可取的。」❼林景伊師所分四類
中「假借關係」、「音轉關係」、「語變關係」三者，依前文所論，筆
者不取爲反訓之例。蔣紹愚「修辭上的反用」、孫永選「修辭上的原
因」，屬修辭問題，筆者亦不視爲反訓。姚師榮松「假借反訓」、「同
源反訓」，前者舉「以苦爲快」爲例，屬記音問題，不應視作反訓；
後者舉「以故爲今」爲例，屬判讀、點斷問題，亦不應視作反訓。

至於「同源反訓」，部分可納入其所分正反同詞（徐世榮氏「內含反訓」），屬破讀反訓者，非意義之相反或相對，非反訓。徐興海「通假而成」之反訓，筆者不視作反訓。

㈥參酌不贊成反訓者之意見：

　　當吾人探討反訓之成因與類型，對於不贊成反訓者之意見，亦有參考之價值。如齊佩瑢氏提出本非義變而誤認為反訓者有：「不曉同音假借而誤以為反訓者」、「不達反訓原理而強以為反訓者」、「不識古字而誤以為反訓者」、「不知句調為表意方法之一而誤以為反訓者」、「不明詞類活用而誤以為反訓者」，胡楚生教授歸納造成似乎是相反為訓之原因有：「由於字義的引申演變」、「由於聲音的轉移」、「由於詞性的差異」、「由於同音的通假」、「由於句法的形式變法」、「由於古字的應用自然」；應裕康教授亦提出造成反訓之原因有：「詞義的變遷」、「方言的不同」、「詞性的差異」、「同音的通假」、「句式的變化」、「形近的誤寫」、「其他」，以及龍宇純先生「亂與治的對立是亂與去亂的轉變」，則「假借反訓」、「省語反訓」、「語變反訓」、「無寧，寧也」等反訓可以刪除。至於「引申反訓」，據董璠、林景伊、徐世榮、徐朝華、陸宗達、王寧、蔣紹愚、余大光、趙克勤、陳伯元、姚榮松、王松木、宋永培、蘇寶榮、徐興海、毛遠明等人均贊成此一成因，信而有徵，筆者據從。

【注釋】

❶見《古漢語反訓集釋》〈反訓探源（代序）〉頁三。

❷據姚榮松教授〈反訓界說及其類型之商榷〉，《國文學報》第二十六期，說見頁二五九～頁二六〇。

❸見《古漢語詞彙綱要》，頁二七。

❹見《古漢語詞彙綱要》，頁一四一。

❺見《古漢語詞彙綱要》，頁一四四。

❻見《訓詁學新編》，頁二○五～二○六。

❼仝注❷，見頁二六一。

第三節　小結

經上節討論，筆者以為反訓之類型可分為二類：㈠「正反同詞」（即徐世榮之「內含反訓」，包括「施受同辭」）。㈡「引申反訓」。

一、正反同詞：

包含「施受同辭」。一詞兼正反二義者。早在先秦時期，《墨子‧經上》即有「已，成；亡」之例。董璠氏稱為「同字同聲反訓」，徐世榮氏稱之為「內含反訓」。此類反訓，學者頗有共識，主張者尚有羅少卿、李國正、趙克勤、姚榮松、張聯榮、王松木、毛遠明等人。如：「受」有「接受」、「給予」二義；「賈」有「買」、「賣」二義；「市」有「買」、「賣」二義；「鬱」、「繇」有「憂」、「喜」二義。「借」有「借入」、「借出」二義；「售」有「買進」、「賣出」二義。茲舉「借」「售」二字為例：

借①借入。《左傳‧定公九年》：「盡借邑人之車。」

　　②借出。《韓非子‧內儲說下》：「權勢不可以借入。」

售①賣出。柳宗元《鈷鉧潭小丘記》：「問其主又曰：『唐氏之棄地，貨而不售。』」

　　②買進。《仝上》：「問其價，曰：『止四百。』余憐而售之。」

又：孫德宣、郭良夫有「美惡同辭」之例，如「臭」由氣之總名，後兼「香氣」「惡臭」二義。

二、引申反訓：

㈠義本相因，引申而形成正反二義：

王念孫《廣雅・釋詁》:「祈、乞、匄，求也。」「假、貸，借也。」「斂、匄、貸、稟、乞，與也。」

王念孫《廣雅疏證》:「斂爲欲而又爲與，乞匄爲求而又爲與，貸爲借而又爲與，稟爲受而又爲與，義有相反而實相因者，皆此類也。」又如:「置」由「設置」引申爲「廢棄」、「棄去」;「廢」由「棄去」引申爲「放置」。

置①設置。《呂氏春秋・孝行》:「父母置之，子弗敢廢。」注:「置，立也。」

②棄去。《國語・周語》:「今以小忿棄之。是以小怒置大德也。」注:「置，廢也。」

廢①棄去:《左傳・襄公二十三年:「天之所廢。」

②放置:《莊子・徐无鬼》:「於是乎爲之調琴，廢一於堂，廢一於室。」釋文:「廢、置也。」

㈡詞義反向引申，形成正反二義者:

段玉裁《說文解字注》有「正反轉移引申」一類。如:

「落」，「終也」反向引申爲「始也」。《離騷》:「朝飲木蘭之墜露兮，夕餐秋菊之落英。」

「舍」，「安置」反向引申爲「放棄」。

第六章　現代漢語與外語一詞兼正反二義之現象

第一節　現代漢語一詞兼正反二義之現象

　　在現代漢語中，有一詞義兼正反之例，如「乖」，指「違反情理」，又指「聽話」。余大光〈「反訓」研究述評〉❶云：

> 反訓詞不僅古代漢語中有，現代漢語中也有，如「納」，既有「收進」義〔如「閉門不納」〕，又有「交出」義〔如「納稅」、「交納」〕。❷

說明現代漢語有反訓詞，然若「乖孩子」一詞，可指「聽話、表現良好的孩子」，在某些方言中又可指「孩子行爲不正常，不合乎情理」。

　　許威漢氏《訓詁學導論》云：

> 詞義兼正反現象，現代漢語中也屬屢見，比如「拉幕」的「拉」有「揭」和「閉」兩種截然相反的意義；「上課」的「上」對學生來說是「聽」，對老師來說是「講」，聽和講是相對立；「看病」的「看」對病人說是「就醫」，對醫生來說是「診斷」。解釋這類現象，自然沒有必要也不應該稱之爲「反訓」。如爲了便於稱述，定要給個名稱，不如用引申更恰當些。❸

羅少卿於〈「同根反訓」現象淺析〉❹一文中，舉例說明「個別施受同詞現象」：

> 如看病，既指病人求醫，也指醫生治病；上課，既指老師講課，也指學生聽課。但這些詞語，在具體語言環境中，表意明確，不致引起誤解。❺

許、羅二氏所言甚是，現代漢語固有一詞兼正反二義之現象，然如「上課」「看病」諸詞語在具體語言環境中，可以表意明確，不致混淆。

　　此外，現代漢語中有愛憎相互轉化之例，如女人用「冤家」「死鬼」「討厭鬼」稱呼自己心愛之人，此種現象即前文所言「反語」，屬語用問題。

　　伍鐵平〈論反義詞同源和一詞兼有相反二義〉❻云：

> 漢語中「老」是「少」、「幼」「小」的反義詞，但在一定條件小，「老」向它的反面轉化，指最小的。例如：北京口語中的「老姨」「老姑」「老兒子」「老閨女」「老妹子」等中的「老」就是指最小的。(但是「老姑娘」卻指沒出嫁的大姑娘。現在為了避免刺激，改用「大齡青年」的委婉說法。)
> ❼

此類例子均屬言語、語用詞題。
　　又如：

> 酷斃了　　（形容非常帥氣）
> 帥呆了　　（形容很帥）
> 美呆了　　（形容非常漂亮）
> 賺翻了　　（形容賺得很多）
> 蠻好　　　（形容很好）

蠻漂亮　（形容漂亮）
令人叫絕　（形容特殊事物）

皆以反言修飾正面意義，仍屬語用問題。

而如：

這矮子多高？
這小孩多大？

為反義詞相通之例，與一詞兼正反者不同。

綜上所論，現代漢語亦有一詞兼正反兩義之情形，如「乘」「納」等字，惟「上課」「看病」等詞，雖含有「聽、講」「就醫、診斷」正反二義，可以表意明確，不應視為反訓。至於北京話「老姨」「酷斃了」等詞，為語用問題，亦非反訓。「這矮子多高」等屬反義相通，亦屬言語、語用問題，非反訓。

再者，閩南話中，如：

好呷卡欲「死」　　　（形容非常好吃）
Ho² tsia7⁸ ka⁷⁴ be⁷⁴ si²

「夭壽」好看　　　（形容非常好看）
iau¹ siu⁷ ho² khuã³

爽「死」　　　（形容非常高興）
song² si⁰

「悽慘」（吃）　　　（形容吃得極多，吃得極飽）
tshī¹ tsham² thui¹

亦皆爲語用，不能視作反訓。

【注釋】

❶見《黔南民族師專學報》，哲社版，1994 年 1 期。

❷仝注❶，見頁四一。

❸見《訓詁學導論》，頁一一七。

❹見《黃侃學術研究》，頁二一九。

❺此文引羅氏自注之語。見《黃侃學術研究》，頁二二五。

❻見《外語教學與研究》，1986 年 2 期。

❼仝注❻，見頁二五。

第二節　外語一詞兼正反二義之現象

古漢語、現代漢語均有一詞兼正反二義之現象，外語中亦可見及。

龍宇純教授〈論反訓〉❶有英語一字正反兩訓之例，其云：

> 英語 skin 一字有皮膚及剝去皮膚二義，scalp 一字有頭皮與剝去頭皮二義，bark 一字有樹皮與剝去樹皮二義，root 一字也有根與拔根二義，而 dust 一字也有灰塵與拂去灰塵二義。❷

伍鐵平〈論反義詞同源和一詞兼有相反二義〉指出「外語中這種一個詞兼含相反的兩種意義，或者在一定的言語環境中詞義向它反面轉化的現象也十分普遍，這種現象在外國語言學中叫做 enantiosemy（энантиосемия），這個詞由希臘語詞根構成，enantios 和 sema 的意義分別爲『相反的』『符號』」❸。伍氏舉例云：

> 先看一詞兼有相反的兩種意義的例子。如古印度語的 aktu 不僅表示「白天」，也表示「夜晚」。日語におい兼有「香味」

和「臭味」兩種涵義。只是書面上人為地加以區別，表示香味時日語自造了一個漢字「匂」，表示臭味時寫作〔臭〕原來也是泛指氣味，如「色惡不食，臭惡不食」（《論語》），後來才專指臭味。波蘭語的 woń 也有「氣味」「香味」和「臭味」三層意義。俄語的 вонь- 原來也是指「氣味」，從 зловоние（臭氣）、благовоние（香氣）還可以看出 вонь- 原來的意義（зло- 表示「壞的」，благо- 表示「好的」），後來詞義縮小，專指臭味。

俄語的 разучить 既有「學會」的意義，又有「使不再會」、「使荒廢」這樣兩種截然相反的意義。рубить 既指「砍伐」，又指「建築」（木房子），因為蓋木房子得砍伐樹木。славить 表示「贊美」，在俗語中卻表示「造謠中傷」。честить 舊義「尊重」、「給予榮譽」、「尊稱」，詞根是 честь（光榮、榮譽），現在向它的對立面轉化，在俗語中意為「罵」和「痛打」。❹

徐世榮氏於〈反訓探源〉❺中論及外語亦有義兼正反之現象，惟不如漢語之多。徐氏云：

> fast 是牢固，又是迅速，fastcolor 是褪得最慢的顏色。Publicschool 是美國私立學校的普通稱呼，而 public 卻是公家的意思。marshall 和 constable 本為馬夫，是給酋長管馬的，後來成為將軍、統帥之稱。❻

此外，徐氏亦引錄其師羅常培先生所告示者：

> 希臘文的石頭 lithos，據說是由 lian theein 兩字變來，這二字原意是跑得太多，石頭沉重，難於轉移，竟用相反的「多跑」構成它的名字。拉丁文 bellum 是兇鬧，字原卻出於 bellus（美麗），又有一句拉丁諺語 lucus a non lucenndo，幽林原無光，

意思是說一片幽林，既名為幽林，即以其無光之故，這個成語表示 lucus 語根的奇怪，因為它是由動詞 lucere 而來，本義是照耀，和幽暗恰反。現在這句成語還被人俏皮地應用著，玄喻荒謬背理之事。❼

又胡以魯氏《國語學草創》一書，亦論及發音長短以辨詞義之反正，胡氏舉英語為例，其云：

英語亦有之，然是緣於起源之異也。如 Incorporate，有積極、消極之兩意，前者取盎格魯撒克遜之前系 In，有益深之意，後者取拉丁前系 In，為否定也。❽

趙振鐸氏《訓詁學綱要》既以為「一個詞同時具有相反的意義，不僅漢語存在，世界上其他語言也有」，趙氏於注文舉德語、日語為例，其云：

如德語的 aufheben，譯成漢語既有捨棄的意思，也有保持的意思。日語的まいる〔參る〕，既表示來，也表示去。來和去的意思正相反，るす〔留守〕既表示在家，也表示不在家，它也是同時具有相反的意義。❾

蘇新春氏《漢語詞義學》舉例說明放射引申造成反義例時，有下列諸例：

英語的 microcosm 表示「微觀世界」義，microfilm 表示「微型膠卷」，microbus 表示「微型公共汽車」，microcomputer 表示「微型電子計算機」。而在下面一些詞當中，microphone 表示「擴音器」，microscope 表示「顯微鏡」。micro-在前後兩組詞中分別表示出「微小」和「擴大」兩個相反的意義。
inven 也具有兩個相反的意義：一個是 to make up or produce for the first time（創造，發明）；另一個是 to make up something

unreal or untrue（虛構、捏造）。這是兩個相反的意義，但其本質又在「原先是不曾存在過的」這點上是相通的。

notorious 一個義項是「臭名昭著的，聲名狼藉的」；一個義項是「著名的，眾所周知的」。

日語中「相手」一詞可以表示「對方」義，也可以表示「我方」義。「ぎりぎり」既表示「最大限度」，如「ぎりぎり一杯」（滿滿一杯），也可以表示「最低限度」，如「ぎりぎりの値段」（最低價錢）。❿

余大光氏〈「反訓」研究述評〉❶云：

> 如德語「aufheben」，就兼有保存、取消兩個相反的義項；法語的「hotelo」既指主人，又指客人。⓬

他如，日文的けってう（結構）既表示「可以、行、沒關係」，又表示「不、不用了、足夠了」，兩者含義相反。いらっしゃる為「いる」「いく」「くる」之敬語，意思分別為「在」、「去」、「來」，亦有相反之義。蘇東坡有名句「不識盧山真面目，只緣身在此山中」，而日文〔真面目〕有「しんめんもく」與「まじめ」兩種唸法，唸成前者，與中文原意相似，惟現今中文用法皆含有負面之義，如「暴露了他的真面目」。唸成後者「まじめ」，則是「認真」、「踏實」、「真心誠意」之義。

　　前二例說明一詞兼正反二例；後例「真面目」，如在同一唸法為似有一詞兼正反二義，惟仍屬語用現象。

　　夏淥氏〈古文字的一字對偶義〉云：

> 古漢語中一詞一字往往具有兩種對立的含義，與古埃及、印歐、阿拉伯語中存在的「對偶意義」類似，心理學家和語言學家認為是原始語言的共同現象。⓭

夏氏之語，可作爲本節外語反訓之現象補充說明。

　　綜上所論，外語亦有一詞兼正反二義之現象。如英語、日語、俄語、德語、古印度語、波蘭語、希臘文等，爲語言之通例，並非中國語言所獨有。

【注釋】

❶見《華國》第四期。

❷見《華國》第四期，頁四二。

❸見《外語教學與研究》，1986 年 2 期，頁二七。

❹仝注❸。

❺見《古漢語反訓集釋》代序。

❻仝注❺，見頁二一。

❼仝注❺。

❽仝注❺。

❾見《訓詁學綱要》，頁一七九。

❿見《漢語詞義學》，頁四七。

⓫見《黔南民族師專學報》哲社版，1994 年 1 期。

⓬仝注⓫，頁三九。

⓭參見注⓬。

第七章　結論

第一節　古漢語字義反訓問題應予正視

　　董璠氏曾謂「反訓是生於語文病態」，呂慶業氏亦謂「承認這樣的說法存在（指「一個詞含有相反的意義」及「用反義詞解釋詞義的方法」），將會擾亂語言的明確性」，毛遠明氏亦謂「正因爲反訓有缺陷，違背了語言的明確性原則……」，❶所謂語文病態或擾亂語言、違背語言之明確性，均點出反訓之不正常與缺失。惟反訓爲古漢語所呈之現象，究非訓詁之方法或原則。由郭璞「反覆旁通」演變至後世反訓觀念，二者迥然有別。以後世之反訓觀念衡諸郭璞用語與例證，自然悖逆不通。且古人亦必不可能以某字反義之詞去訓釋某字。然而在古代經籍中，如《論語·泰伯篇》:「武王曰：予有亂臣十人。」《尙書·盤庚中》:「茲余有亂政。」《尙書·顧命》:「其而能亂四方。」之「亂」字，如不作「治理」解，將如何詮釋？

　　猶記初中時代，外祖父新建房屋完成，當日宴請賓客，親朋好友或贈匾額字畫，或致贈紅包，好不熱鬧！我則駐足客廳，觀賞字畫。見匾額、字畫所題「華廈落成」、「新屋落成」字樣，對於「落」字，頗感疑惑:「落，不是落下、掉落嗎？」及後，見《爾雅》:「初、哉、首、基、肇、祖、元、胎、俶、落、權輿，始也。」方知「落」，始也。華廈始成，堂構更新，美事一樁，值得慶賀，故眾賓客來賀，主人辦桌宴饗賓客，事之宜然也。

　　案:「落」字依字面觀之，有「樹葉脫落」之意，如:《禮·五

制》:「草木零落,然後入山林。」有「下墜、下降」之意,如韓愈
〈聽穎師彈琴詩〉:「躋攀分寸不可上,失勢一落千丈強。」又有「終」
也之意,見前文所述。然「落」又有「始」之意,如《詩經‧周頌‧
訪落》:「訪予落止,率時昭考。」倘若不知「落」有「始」意,則
無法知曉「華廈落成」、「新屋落成」之意,足見了解字義反訓乃極
重要之事。

　　因此,多數學者乃謂反訓客觀存在,爲詞匯現象,今人研讀古
籍或文辭應用,面對此一現象,終不能視而不見,或置之不理,而
應予以正視。

【注釋】

❶董氏語見《燕京學報》第二十一期頁一九。呂氏語見《語言文字
　學》,1985 年 6 月頁三五～頁四五。毛氏語見《訓詁學新論》,頁
　二〇九。

第二節　本書研究結果

　　茲將本書研究之結果,條列敘述如次:

一、在名稱方面:

　　「字義反訓」爲訓詁學義訓中之一方式,含義較廣。「反訓」,
則爲訓詁專門術語。以《荀子‧正名篇》所論與今符號學角度觀之,
此一符號,經約定成俗蓋已爲訓詁學家論著所常舉,爲古漢語訓詁
之術語。

二、在郭璞用語與例證方面:

　　郭璞用語「訓義之反覆用之」、「義相反而兼通」、「詁訓義有反

覆旁通」、「美惡不嫌同名」等，乃指二字字義往來兼通之意，與後世以反義詞相訓含義不同。其所舉之例中：(一)「以臭爲香」例：如以「臭」由氣之總名，後兼香氣、惡臭之義，則屬「美惡同辭」，即一詞兼正反二義；若以上位義、下位義論之，則非反訓。(二)「以亂爲治」例：乃詞義反向引申所形成之反訓。(三)「苦而爲快」例，僅是記音而已，非反訓。(四)「以徂爲存」例：鄭康成「匪我思且猶匪我思存」中之「猶」字，並非指上下句詩義相同。非反訓。(五)「以曩爲曏」例：據刑昺疏：「在今而既言往，或曰曩，或曰曏。」與郝懿行《爾雅義疏》：「對遠日言，則曩爲不久，對今日言，則曩又爲久。」並非所謂正反，非反訓。(六)「以故爲今」例：《爾雅‧釋詁》：「治、肆、古，故也」、「肆、故，今也」，「肆」字爲「因上起下」之詞，「故今」連續，即「故即」之義，非反訓。

三、在歷代學者研究反訓方面：

　　自晉代郭璞之後，歷代學者對於字義反訓現象，均有其人，唐代有孔穎達，宋代有洪邁、邢昺、賈昌朝、元代有李治、明代有楊愼、焦竑等人，惟人數不多，且多爲例證之提出，未見有系統、有條理之辨析，亦未有「反訓」之名稱。至清代有陳奐、段玉裁、鄧廷楨、桂馥、朱駿聲、孔廣森、王念孫、郝懿行、錢大昕、劉淇、俞樾、陳玉澍諸人，一則學者人數增多，授例明顯增多。其中桂馥、朱駿聲不贊成有字義反訓，他如段玉裁、王念孫、錢大昕、劉淇、陳玉澍等人仍本郭璞「反覆旁通」之觀念。俞樾所舉「委蛇」、「豈弟」、「畔援」、「嗜欲」，則皆有相反二義，而以「美惡同辭」稱之。清代所用名稱有「義相反」、「美惡不嫌同辭」、「正反兩義」、「窮則變，變則通」、「一字兼兩義」、「反訓」、「一字兩訓而反覆旁通」、「義有相反而實相因」、「相反爲訓」等，其中「義有相反而實相因」爲王念孫用語；「反訓」名稱爲「劉淇、錢大昕所提出，惟仍屬郭璞「反

覆旁通」者，與後世反訓觀念不同。此時期諸家，對於反訓未進行系統、理論之辨析與研究。

　　自民國以後，(一)董璠以前之學者主張，列章太炎、黃季剛、劉師培、陳獨秀四家討論之，在用語方面有「誼相對相反」、「訓詁相反」、「相反爲義」、「一字兩訓而反覆旁通」、「一字兩訓義相反而實相因」、「二義相反而一字之中兼具其義」、「同一字而義相反」、「正各詞同於反名詞」等。章太炎先生已指出：誼相對相反多從一聲而變；黃季剛先生「一字兩訓，義相反而實相因」，本諸王念孫。此時期大抵仍未作有系統之理論辨析。(二)自董璠以後之學者主張：則分爲贊成派與否定派討論之。贊成派有：董璠、張舜徽、林景伊、徐世榮、郗政民、郭良夫、蔣紹愚、伍鐵平、張凡、李萬福、羅少卿、蘇新春、李國正、陳伯元、趙克勤、馬固鋼、姚榮松、張聯榮、王松木、徐興海、毛遠明諸人，以董璠氏爲首；否定派有：齊佩瑢、郭沫若、龍宇純、張清常、郭錫良、呂慶業、王寧、胡楚生、王忠林、竺家寧諸人，以齊佩瑢氏爲首。贊成派與否定派所持理由至爲紛雜，歸納贊成派所持理由較有共識者爲：字義引申與美惡同辭二項。否定派所持理由爲反訓爲語義變遷現象，一詞在同時同地不可能同時具有正反二義。惟齊氏亦肯定「賈」字兼正反二義，龍教授對於「讎、仇、敵、對、措、置…之類」，以爲屬義之引申，「受、貸、假、市、沽之類」，又稱「本是一事之二面」，筆者爰主張反訓現象客觀存在。

四、在反訓界義方面：

　　筆者界義爲：古漢語因詞義反向引申形成反義共詞，或因詞義內在對立關係形成一詞兼正反二義之詞彙訓詁現象，皆稱之爲反訓。

五、在反訓之成因與類型方面：

　　筆者將反訓之類型與成因分為：

(一) 正反同詞：即徐世榮氏之「內含反訓」，包括「施受同辭」，蓋一詞兼正反二義也。早在先秦時期《墨子・經上》即有「已，成；亡」之例，董璠氏有「同字同聲反訓」，徐世榮氏稱之為「內含反訓」，孫德宣、郭良夫有「美惡同辭」之例。如「借」有「借入」、「借出」正反二義；「售」有「賣出」、「買進」正反二義；「臭」由氣之總名，後兼「香氣」、「惡臭」正反二義。

(二) 引申反訓：又分為：1.義本相因，引申而形成正反二義，如「置」，由「設置」引申為「廢棄」、「棄去」之義；「廢」，由「棄去」引申為「放置」之義。2.因詞義反向引申形成正反二義者，如「落」由「終也」反向引申為「始也」，「含」由「安置」反向引申為「放棄」。

六、在字義反訓與相關詞彙之比較方面：

　　字義反訓與反訓，皆言字義相反為訓之現象，前者含義較為寬廣，後者已成為訓詁專門術語。「反義詞」，僅說明兩詞合義相反或相對；「反語」指古代注音之方式或指修辭格；「倒辭」亦屬修辭手段；「倒語」，指字義相反之現象；「倒言」指語詞顛倒；「反用」亦為修辭手段。

七、現代漢語一詞兼正反二義現象方面：

　　現代漢語亦有一詞兼正反二義之例，如「乖」、「納」等字，惟「上課」、「看病」等詞在具體語言環境中，可以表意明確，不能與反訓之例等同視之。另如愛、憎相互轉化之例，如「冤家」、「死鬼」，為女人稱呼愛人之語詞，當視為語用問題。華語「酷斃了」、「帥呆

了」；閩南語「『夭壽』好看」、「好呷 kah 欲死」等，有以反言修飾
正面意義，仍屬語用問題。

八、外語中一詞兼正反二義現象方面：

外語中一詞兼正反二義，英語、日語、俄語、希臘文、拉丁文、
德語、法語、阿拉伯語等均有之，惟此指一詞兼具正反二義之現象。

茲再舉英語之例，如：

scan　　to examine closely, to glance at quickly：有「仔細研究、
　　　　仔細觀察」及「匆匆一瞥」之意。

strike　miss (baseball), hit：為打擊的意思，但用在打保齡球時，
　　　　指全倒；用在打棒球時，指揮棒落空。

trim　　cut things off, put things on：有「修剪」及「裝飾、整潔」
　　　　之意。

puzzle　pose problem, solve problem：有「使迷惑、使困惑」及
　　　　「解決難題」之意。

resign　to quit, to sign up again：有「解僱」及「僱用」之意。

這些都是當作動詞時，一詞兼正反二義之例。其他諸例，見上
章第二節引文或本人所舉例。

第三節　反訓之改造

反訓為吾國古籍訓釋之現象，吾人為讀通、研究古代典籍，必
須予以正視。伍鐵平氏曾將反義同詞現象譽為我國文化珍貴遺產、
語言學之驕傲，其云：

> 早在 1600 多年前，我國晉朝的郭璞（276-324）就能發現反
> 義同詞這種現象，這應該是我國語言學的驕傲，我們萬萬不
> 可輕易拋棄這一珍貴的文化遺產。至於郭璞在解釋反訓中的

個別例子是否恰當，那是另一個問題，我們不可因此否定反訓本身的存在。❶

對於此一反訓現象，吾人自不必一味排除，或含混詮釋，反之，應予以較多層次之角度與較科學之態度研究，惟反訓有其弊病，蔣紹愚氏《古漢語詞匯綱要》云：

> 一個詞同時兼具相反二義，在交際中會不會引起混亂，這是很可能的。兩個相反的意義，有時可以由上下文來區分，有時不容易區分開來。比如《左傳‧文公二年》說臧文仲有「三不仁」，其中之一是「廢六關」。究竟是廢棄六關，還是設置六關？單從本句看不出來。杜預注：「凡六關所以禁絕末游而廢之。」他是把「廢」理解為「廢棄」的。但是《孔子家語》作「置之關」，王肅注：「魯本無此關，文仲置此以稅行者，故為不仁。」可見這裏本句已由「反訓」而引起理解的混亂。❷

毛遠明氏在《訓詁學新編》中亦述及反訓之缺陷，其云：

> 一個詞具有相反二義，容易引起理解上的混亂，同語言的明確性原則不合。如「廢」，常見義為廢棄。《左傳‧閔公二年》：「吾其廢乎？」又，《左傳‧襄公二十三年》：「天之所廢，誰能與之？」又有設置，放置義。《莊子‧徐无鬼》：「於是乎為之調琴，廢一於堂，廢一於堂。」釋文：「廢，置也。」在這些句子中，「廢」之義憑上下文還可辨識。有的地方就麻煩了。《左傳‧文公二年》：「臧文仲，其不仁者三，不知者三。下展禽，廢六關，妄織薄，三不仁也。作虛器，縱逆祀，祀爰居，三不知也。」林預注：「關所以禁絕末游，而廢之。」以廢為廢棄；廢棄六關，末游肆行，故不仁。但是《孔子家語》述此事卻作「置六關」。王肅注：「六關，關名，魯本無此關，

文仲置之以稅行者，故為不仁。」以廢為設置，設置六關以
徵稅，故不仁。由於理解各異，解釋紛出。❸

毛氏說明對於字之詮釋不同，將影響反訓之研究。此亦學者所謂語
言之矛盾、模糊、未明確者。曹先擢氏曾指出反訓研究有濫用反訓
之弊，而提出建議，其云：

　　……由於反訓的流弊是「濫」，因此，有人就認為反訓不科學，
　　而完全否定反訓，走上了另一個極端。不屬反訓的，我們要
　　排除在外，使反訓不致成為一個防空洞；屬反訓的，要研究。
　　❹

此一態度甚是，今後吾人對於反訓仍當續予重視與研究。
　　蔣紹愚氏既指出反訓在交際中會引起混亂，首先提出改進之
道，其云：

　　正因為如此，所以，「反訓」一般是不能長久存在的，在語言
　　中總要用種種手段把它們區分開來。例如，「假」、「乞」從讀
　　音上區分，「受」─「授」，「貰」─「貸」從字形上區分，「置」
　　多用於「放置」，「廢」多用於「廢」棄，以及現代漢語中「借」
　　和「借給」的區分等等，都是為了不致引起交際中的混淆。
　　❺

羅少卿氏於〈「同根反訓」現象淺析〉❻一文中，亦論及反訓之改進，
有三項辦法，其云：

　　……以相同或相近的語音來表達相反或相對的意思的做法並
　　不科學，為了改進這種現象，後人採取了如下辦法：一是將
　　同一事物的對立雙方各造一個詞語，在現代漢語中，除個別
　　施受同詞現象外，絕大多數「同根反訓」現象已經消失了。（個
　　別施受同辭現象：如看病，既指病人求醫，也指醫生治病；

上課即指老師講課，也指學生聽課。但這些詞語，在具體語言環境中，表意明確，不致引起誤解。）二是別音的方式來別義，如離有附著義，也有分開義，為了區別，前者讀去聲，中古屬來母霽韻，今音 lì；後者讀平聲，中古屬來母支韻，今音 lí。訓詁中為別義而「破讀」的做法十分常見，本文就不列舉了。三是在書面語言中於原有字形上另加意符，如受原來兼有付給、接收二義，後來付給義用「授」字表示；舍有收藏、拋棄二義，後來拋棄用「捨」字表示；屈有彎曲、直挺二義（《漢書・敘傳》：「屈起在此位。」顏師古注：「屈起，特起也。」是屈有挺直之義的例證），後來直立、挺立義用「崛」字表示。有些字加義符後讀音也變了，如舍讀 shě；屈讀 qū，崛讀 jué。這可以說是對漢字的綜合治理。❼

羅氏所提改進之法中，第一項辦法為如「看病」「上課」在具體語言環境中，可以表意明確，不致引起誤解，此類反訓，自無虞慮。第二項辦法，以音區別，亦即以「破讀」方法，予以區別。如：「離」（原有「附著」「分開」二義，破讀以後，就形成：

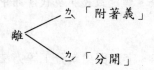

離 ——ㄌㄧ˙「附著義」
　——ㄌㄧˊ「分開」

第三項辦法，從字形上加上意符，予以區別，如：「受」（原兼有「付給」「接收」二義），加手旁，成為授，於是就形成：

```
┌ 受 — 接收
└ 授 — 付給
```

「舍」（原兼有「收藏」「拋棄」二義），加手旁成為「捨」，於是就形成：

```
┌ 舍 － 收藏
└ 捨 － 拋棄
```

「屈」（屈有「彎曲」「直挺」二義），加山旁成爲「崛」，於是就形成：

```
┌ 屈 － 彎曲
└ 崛 － 直立、挺立
```

經過改進之後，可減少反訓之弊。

　　毛遠明氏亦提出反訓改造之法，極具建設性，其辦法有五端：

> 辦法之一，從字音上，變音以別義。如「乞」的乞求義，音
> 去訖切；給與義，音去既切。辦法之二，從字形上，新造區
> 別字。「受」的接受義作「受」，給予義加形符爲區別字「授」。
> 辦法之三，改換說法。「沽」之買進義作「買」，賣出義爲「賣」。
> 「乞」之乞求義爲「乞」，爲「求」；給予義爲「給」爲「予
> （與）」。借，借進爲「借」，借出爲「借給」。辦法之四是重
> 新分工，置之放置、設置義用「置」，置之廢棄義爲「廢」、
> 爲「捨」。辦法之五，完全排除。經過改造，現代漢語中的反
> 訓現象便不多了。❽

蔣、羅、毛三氏所論，大抵皆從字音、字形與重新分工等方法予以
改進，甚有積極性，惟毛氏「辦法五、完全排除」，並無可能，因重
新改造亦屬反訓現象存在之後。經過改造自有助於吾人明辨、理解
反訓現象，惟古漢語反訓確是客觀存在，爲不可否認之事實，是以
吾人仍須正視與研究此一訓詁課題。

　　本書研究對於昔日看法，有所修正，或前出粗造，後出希能轉
精，惟才疏學淺，立論粗疏，尙祈前賢多予教正，則幸甚焉。

【注釋】

❶見〈論義詞同源和一詞兼有相反二義〉一文。語見《外語教學研究》，1986 年 2 期，頁三二。

❷見《古漢語詞匯綱要》，頁一五八。

❸見《訓詁學新編》，頁二〇八～頁二〇九。

❹見〈反訓研究的可貴收穫－讀徐世榮《古漢語反訓集釋》〉一文。在《語文研究》1992 年 3 期，語見頁四一。

❺仝注❷。

❻見《黃侃學術研究》，頁二一九～頁二二五。

❼見《黃侃學術研究》，頁二二五。

❽見《訓詁學新編》，頁二〇九。

附錄　本文主要參考書目

壹、訓詁專著

一、臺灣地區：

《訓詁學引論》　何仲英　臺灣商務印書館　一九六五年十一月

《訓詁學概論》　廣文編譯所編著　廣文書局　一九六七年三月

《訓詁學》　徐善同　臺灣商務印書館　一九七〇年三月

《訓詁學史綱》　胡樸安　華聯出版社　一九七〇年三月

《訓詁學概要》　林尹　訓詁學概要　一九七二年三月

《訓詁學導論》　何宗周　香草出版社　一九八一年十月

《文字聲韻訓詁筆記》　黃季剛先生口述　黃焯筆記編輯　木鐸出
　　　版社　一九八三年九月

《訓詁學要略》　新文豐出版社　一九八四年二月

《訓詁學簡論》　新文豐出版社　一九八四年二月

《訓詁學概論》　齊佩瑢　華正書局　一九九〇年九月

《訓詁學大綱》　胡楚生　華正書局　一九九〇年九月三版

《訓詁學》　應裕康、王忠林、方俊吉　高雄文化出版社　一九九
　　　三年五月

《訓詁學》上冊　陳新雄　臺灣學生書局　一九九四年九月

《訓詁學》　在《文字學》中　竺家寧　國立空中大學　一九九五
　　　年九月

《中國訓詁學》　周何　三民書局　一九九七年十一月

《新訓詁學》　邱德修　五南出版社　一九九七年六月

二、大陸地區：

《訓詁方法論》　陸宗達、王寧　北京中國社會科學出版社　一九

　　　　八三年

《訓詁學》　洪誠　江蘇古籍出版社　一九八四年七月

《簡明訓詁學》　白兆麟　浙江教育出版社　一九八四年十月

《訓詁學簡論》　張永言　華中工學院出版社　一九八五年四月

《訓詁學》　郭在貽　湖南人民出版社　一九八六年二月

《訓詁學》上下　楊端志　山東文藝出版社　一九八六年五月

《訓詁學綱要》　趙振鐸　陝西人民出版社　一九八七年四月

《訓詁學初稿》　周大璞主編　黃孝德、羅邦柱分撰　武漢大學出
　　版社　一九八七年七月

《訓詁學導論》　許威漢　上海教育出版社　一九八七年

《訓詁學概論》　黃典誠　福建人民出版社　一九八八年一月

《訓詁學史略》　趙振鐸　中州古籍出版社　一九八八年三月

《古漢語反訓集釋》　徐世榮　一九八八年八月　安徽教育出版社

《訓詁學新論》　劉又辛、李茂康　巴蜀書社　一九八九年十一月

《訓詁學基礎》　陳紱　北京師範大學出版社　一九九〇年六月

《訓詁學教程》　齊沖天　中州古籍出版社　一九九二年一月

《簡明訓詁學》　劉成德　蘭州大學出版社　一九九二年九月

《訓詁與訓詁學》　陸宗達、王寧　山西教育出版社　一九九四年
　　九月

《訓詁學概要》　陳煥良　中山大學出版社　一九九五年九月

《中國訓詁學》　馮浩菲　山東大學出版社　一九九五年九月

《訓詁學綱要》　孫永選、闞景忠、季雲起　齊魯書社　一九九六
　　年二月第一版　一九九九年九月二次印例

《訓詁學通論》　路廣正　天津古籍出版社　一九九六年十月

《訓詁原理》　孫雍長　北京語文出版社　一九九七年十二月

《訓詁類稿》　董志翹　四川大學出版社　一九九九年三月

《訓詁釋例》　華星白　北京語文出版社　一九九九年四月

《當代中國訓詁學》　宋永培　廣東教育出版社　二○○○年七月

《校勘訓詁論叢》　白兆麟　安徽大學出版社　二○○一年六月

《訓詁問學叢稿》　王繼如　江蘇古籍出版社　二○○一年十二月

《廣雅疏證》研究　徐興海　江蘇古籍出版社　二○○一年十二月

《訓詁簡論》　陸宗達　北京出版社　二○○二年一月

《訓詁學新編》　毛遠明　四川巴蜀書社　二○○二年八月

三、自大陸、香港地區引入臺灣者：

《訓詁學通論》　吳孟復　東大圖書公司　一九八○年十一月

《簡明訓詁學》　白兆麟　臺灣學生書局　一九九六年三月

《訓詁學》（上、下）　楊端志　五南出版社　一九九七年十一月

《文字訓詁叢稿》　單周堯　文史哲出版社　二○○○年三月

《訓詁學》　周大璞主編　洪葉文化事業有限公司　二○○○年六
　　　月

貳、訓詁單篇論文

一、臺灣地區：

〈「無寧寧也」質疑〉　陳大齊　《名理論叢》　正中書局　一九五
　　　七年

〈論反訓〉　龍宇純　《華國》第四期　香港中文大學崇基學院中
　　　國語文學會　一九六三年

〈《說文》「訓」「詁」解〉　張以仁　《文史季刊》第二卷第一期
　　　一九七一年十月

〈從若干有關資料看「訓詁」一詞早期的涵義〉　張以仁　《史語
　　　所集刊》四四卷一期　一九七三年七月

〈論相反為訓〉　周何　《紀念林景伊師逝世十週年學術論文集》
　　　文史哲出版社　一九九三年六月

〈論郭璞的「反訓」觀念及其舉例－兼論反訓是否存在〉　葉鍵得

《陳伯元先生六秩壽慶論文集》　文史哲出版社　一九九四
　　年三月

〈徐世榮《古漢語反訓集釋》述評〉　葉鍵得　《北市師院語文學
　　刊》第二期　一九九五年五月

〈論詞義變遷的分類與原因〉　葉鍵得　《北市師院語文學刊》第
　　三期　一九九六年　六月

〈反訓界說及其類型之商榷－兼談傳統訓詁學術語所隱含的多層次
　　意義〉　姚榮松　國立臺灣師範大學國文系　《國文學報》
　　第二十六期　一九九七年六月

〈經籍訓解上的悖論－論「反訓」的類型與成因〉　王松木　《漢
　　學研究》第十六卷第一期　一九九八年

二、大陸地區：

〈反訓纂例〉　董璠　《燕京學報》　第二十一、二十二期　一九
　　三七年九月

〈字義反訓集證〉　張舜徽　在《舊學輯存‧中》　齊魯書社　一
　　九四五年十月

〈反訓探源〉　徐世榮　《中國語文》　一九八〇年四號　又見《古
　　漢語反訓集釋》（代序）　安徽教育出版社　一九八九年八
　　月

〈反訓成因初探〉　徐朝華　《南開學報》　一九八一年第二期

〈美惡同辭例釋〉　孫德宣　《中國語文》　一九八三年第二期

〈反訓淺說〉　郗政民　《西北大學學報》　哲社版　一九八四年
　　第四期

〈論反訓〉　呂慶業　《長春師院學報》　哲社版　一九八五年第
　　一期

〈反訓辨疑〉　劉慶諤　《語文研究》　一九八六年第一期

〈美惡同辭質疑〉　孫景濤　《語文研究》　一九八六年第一期

〈論反義詞同源和一詞兼有相反二義〉　伍鐵平　《外語教學與研
　　究》　一九八六年第二期

〈反訓辨〉　張凡　《北京師院學報》　一九八六年第四期

〈反訓研究三題〉　華學誠　一九八六年　（收在《華學誠》　一
　　九九一年）

〈五十年來反訓研究情況述評〉　華學誠　一九八六年　（收在《華
　　學誠》　一九九一年）

〈近幾年的訓詁學研究〉　許嘉璐　《中國語文天地》　一九八六
　　年第五期

〈反訓析疑〉　王寧　《學術之聲(3)》　一九八七年初稿一九八九
　　年修改　北京師範大學學報增刊　北京師範大學中文系主編
　　一九九〇年八月

〈反訓即反義同詞嗎？〉　李萬福　《四川師範大學學報》　社科
　　版（成都）　一九八七年第一期

〈「臭」字字義演變簡析〉　唐鈺明　《廣州師院學報》　社科版　一
　　九八七年第二期

〈反訓釋例〉　余心樂　《古漢語論集》第二輯　一九八八年

〈反訓正解－對現實語言例子的考察〉　朱曉農　《漢語學習》　一
　　九八八年第五期

〈「反訓」研究綜述〉　楊榮祥　《中國語文天地》　一九八八年第
　　五期

〈試論反訓中的辯證法〉　羅少卿　《武漢大學學報》　一九九二
　　年第二期

〈反訓研究的可貴收穫－讀徐世榮《古漢語反訓集釋》〉　曹先擢
　　《語文研究》　一九九二年第三期

〈反訓芻議〉　李國正　《廈門大學學報》　哲社版　一九九三年
　　第二期

〈「反訓」研究述評〉　余大光　《黔南民族師專學報》　哲社版（貴陽）　一九九四年第一期

〈訓詁學的現代觀念〉　楊光榮　《山西大學學報》　哲社版（太原）　一九九五年第二期

〈「同根反訓」現象淺析〉　羅少卿　《黃侃學術研究》　一九九七年五月

〈反訓釋詞例〉　馬固鋼　《黃侃學術研究》　一九九七年五月

〈同一聲符的反義同族詞〉　徐朝東　《古漢語研究》　二〇〇一年第一期

三、香港地區：

〈說「亂」〉　黃耀堃　《中國語文研究》　一九八四年第六期　香港中文大學中國文化研究所

參、語言學專著

《高等國文法》　楊樹達　北京商務印書館　一九八四年三月

《語義學論論》　伍謙光　湖南教育出版社　一九八八年五月

《古漢語詞匯綱要》　蔣紹愚　北京大學出版社　一九八八年十二月

《漢語描寫詞匯要》　劉叔新　北京商務印書館　一九九〇年十一月

《實用漢語語法》　房玉清　北京語言文化大學出版社　一九九二年一月

《漢語詞義學》　蘇新春　廣東教育出版社　一九九二年三月

《漢語語義學》　賈彥德　北京大學出版社　一九九二年十一月

《同義詞語和反義詞語》　劉叔新、周荐　北京商務印書館　一九九二年十二月

《漢語語法疑難探解》　張靜　文史哲出版社　一九九四年四月

《古代漢詞詞匯學》　趙克勤　北京商務印書館　一九九四年六月

《漢語詞義引申導論》　羅正堅　南京大學出版社　一九九四年六月

《古代漢語詞義通論》　高守綱　北京語文出版社　一九九四年十月

《當代中國詞匯學》　蘇新春　廣東教育出版社　一九九五年十二月

《實用現代漢語語法》　劉月華等　師大書苑發行　一九九六年八月

《漢語語法學》　邢福義　東北師範大學出版社　一九九六年十一月

《漢語詞匯的流變》　張聯榮　河南大象出版社　一九九七年十二月

《二十世紀的中國語言學》　劉堅主編　北京大學出版社　一九九八年六月

《漢語詞彙學》　竺家寧　五南出版社　一九九九年十月

《古漢語詞義系統研究》　宋永培　內蒙古教育出版社　二〇〇〇年二月

《詞匯》　郭良夫　北京商務印書館　二〇〇〇年七月

《王力語言學論文集》　王力　北京商務印書館　二〇〇〇年八月

《詞義研究與辭書釋義》　蘇寶榮　北京商務印書館　二〇〇〇年十月

《現代漢語詞義學》　曹煒　上海學林出版社　二〇〇一年六月

《語言學概論》　葛本儀　五南出版社　二〇〇二年五月

肆、修辭學專著

《修辭學發凡》　陳望道　文史哲出版社（原著一九三二年出版　一

九八九年文史哲出版）

《修辭學》　黃慶萱　三民書局　一九七五年一月初版

《修辭析論》　董季棠　益智書局　一九八一年十月

《現代漢語修辭學》　黎運漢、張維耿　香港商務印書館香港分館
　　一九八六年八月

《修辭學詞典》　王德春編　浙江教育出版社　一九八七年五月

《修辭學》　沈謙　國立空中大學　一九九一年二月

《漢語修辭通論》　王勤　武昌　華中理工大學出版社　一九九五
　　年一月

《修辭學探微》　蔡宗陽　文史哲出版社　二〇〇一年四月

《實用修辭學》　黃麗貞　國家出版社　二〇〇〇年四月

《修辭學》　陳正治　五南出版社　二〇〇一年九月

伍、經籍文獻、辭典

《十三經注疏》　藝文印書館　一九七六年五月六版

《說文解字注》　洪葉出版社　一九九八年十月

《廣韻》　黎明文化公司　一九八五年九月

《經籍纂詁》　阮元等輯　宏業書局　一九七四年十月再版

《管錐篇》　第一～四冊　錢鍾書　書林出版公司　一九九〇年八
　　月

《東方百科全書》（上中下三冊）　臺灣東方書店　一九五三年十
　　月

《辭源》　商務印書館　一九七六

《形音義綜合大字典》　正中書局　一九八〇年五月

《辭海》　上海辭書出版社　一九八〇年八月

《中文辭源》　藍燈　一九八三年八月

《文史辭源》　天成出版社　一九八四年五月

《中文大辭典》　華岡出版社　一九八五年五月七版

《辭海》　中華書局　一九八五年臺六版

《新辭典》　三民書局　一九八五年八月

《革新版百科大辭典》　名揚出版社　一九八六年十一月

《增修辭源》　臺灣商務印書館　一九八七年六月增修臺八版

《語言學辭典》　陳新雄等　三民書局　一九八九年十月

《世界漢語教學百科辭典》　漢語大詞典出版社　一九九〇年十二月

《中國大百科辭典》　華嚴出版社　一九九二年八月

《漢語大辭典》　臺灣東華書局　一九九七年

陸、其他專著

《文字聲韻訓詁筆記》　黃季剛先生口述　黃焯筆記編輯　木鐸出版社　一九八三年九月

《舊學輯存‧中》　張舜徽　齊魯出版社　一九八八年

《學術之聲(3)》　北京師範大學中文系主編　北京昌平亭自莊福利印布廠印刷　一九九〇年八月

《蔣紹愚自選集》　蔣紹愚　河南教育出版社　一九九四年七月

《黃侃學術研究》　鄭遠漢主編　武漢大學出版社　一九九七年五月

《未輟集－許嘉璐古代漢語論文選》　許嘉璐　中國社會科學出版社　二〇〇〇年三月

國家圖書館出版品預行編目資料

古漢語字義反訓探微

葉鍵得著. – 再版. – 臺北市：臺灣學生，
2005[民 94]
面；公分

ISBN 957-15-1283-4(平裝)

1. 訓詁

802.1   94020686

古漢語字義反訓探微 (全一冊)

著　作　者：葉　　　　鍵　　　　得
出　版　者：臺　灣　學　生　書　局　有　限　公　司
發　行　人：盧　　　　保　　　　宏
發　行　所：臺　灣　學　生　書　局　有　限　公　司
　　　　　　臺　北　市　和　平　東　路　一　段　一　九　八　號
　　　　　　郵　政　劃　撥　帳　號：00024668
　　　　　　電　話　：（02）23634156
　　　　　　傳　眞　：（02）23636334
　　　　　　E-mail：student.book@msa.hinet.net
　　　　　　http：//www.studentbooks.com.tw
本書局登
記證字號　：行政院新聞局局版北市業字第玖捌壹號

印　刷　所：長　欣　彩　色　印　刷　公　司
　　　　　　中　和　市　永　和　路　三　六　三　巷　四　二　號
　　　　　　電　話　：（02）22268853

定價：平裝新臺幣二八〇元

西　元　二　〇　〇　三　年　五　月　初　版
西　元　二　〇　〇　五　年　十　一　月　再　版

80289　　　有著作權・侵害必究
　　　　　ISBN 957-15-1283-4(平裝)